KB173366

산란하는 현실들

청동거울비평선 01

산란하는 현실들

2015년 8월 20일 1판 1쇄 인쇄 / 2015년 8월 25일 1판 1쇄 발행

지은이 강정구 / 펴낸이 임은주
펴낸곳 도서출판 청동거울 / 출판등록 1998년 5월 14일 제406-2011-000051호
주소 (10881) 경기도 파주시 문발로 115 (파주출판도시) 세종출판벤처타운 103호
전화 031) 955-1816(관리부) 031) 955-1817(편집부) / 팩스 031) 955-1819
전자우편 cheong1998@hanmail.net / 네이버블로그 청동거울출판사

책값은 뒤표지에 있습니다.
잘못 만들어진 책은 바꾸어 드립니다.
지은이와의 협의에 의해 인지를 붙이지 않습니다.

ISBN 978-89-5749-176-8 (93800)

이 도서의 국립중앙도서관 출판시도서목록(CIP)은 서지정보유통지원시스템 홈페이지
(http://seoji.nl.go.kr)와 국가자료공동목록시스템(http://www.nl.go.kr/kolisnet)에서
이용하실 수 있습니다. (CIP제어번호: CIP2015024282)

청동거울비평선 01

산란하는 현실들

강정구
평론집

청동거울

| 머리말 |

문학 비평이란 세계를 보는 방법을 끝없이 다시 사유하는 일이다. 왜냐 하면 세계라는 실재는 하나일지 몰라도, 그것을 감각기관에 비추고 사고하는 일이란 사람마다 다르고 시대마다 상이하기 때문이다. 나는 이 시간적이거나 공간적인 상이성을 주목하고자 평론집 『산란하는 현실들』을 상재하고자 한다. 실재적인 현실이 늘 다양한 현실들로 사유공간 속에 드러나는 순간, 현실들을 만들거나 상상하는 사유들의 산란. 나의 비평은 이 산란하는 사유들을 한올 한올 언어로 분석하는 작업이다.

산란하는 현실들의 한쪽 면만 바라보는 것은 우리 두 눈이 앞을 향하기 때문에 어쩔 수 없는 일이다. 그렇지만 현실을 바라보는 나의 시선에 대한 응시를 간과하는 것은, 비평가의 책무를 져버리는 일이다. 내가 주목하는 것은 이 응시다. 우리 시대의 현실을 응시해서 현실들의 가능성과 상상을 펼쳐낸 텍스트를 살펴보기, 이것이 나의 비평적 책무이다.

내가 산란하는 현실들을 가장 분명하게 본 것은 1970년대 창비 세대의 문학이었다. 창비 세대가 만들어낸 '억압된 민중의 해방'이라는 현실에서 산란하는 현실들의 가능성을 찾고 비판 · 해체 · 재구성하는 작업은 이 평론집 1부에 담겼다. '억압된 민중의 해방'이라는 창비 세대의 현실을 1990년대 이후에 내부에서 재구성하려는 노력을 검토했고(「창비 세대와 그 이후의 '현실', 그리고 리얼리즘」, 「1990년대 리얼리즘의 확장」), 창비 세대의 현실(리얼리즘)이 사실 변형의 한 방법이라는 점을 살펴봤으며(「리얼리증, 혹은 사실의 변형」), 창비 세대가 민중시라는 전통을 만드는 과정을 주목했다(「민중시라는 전통」, 「민중시 형성의 한 과정」).

산란하는 현실들에 대한 나의 관심은 동시대의 문학에 더욱 집중되었다. 특히 시인들의 시가 일의적인 의미의 현실을 해체·재구성하면서 혹은 산란시키면서 시를 생성해내는 순간을 눈여겨봤다. 이 책의 2부와 3부에서는 주로 문예지에서 청탁받은 시집평과 시평을 모았다. 2부에서는 시인이 바라본 욕망이 타자들을 만드는 양상에 대해서 김이듬, 장이지, 강윤순, 조정인, 유안진, 윤영림, 류승도, 김현신, 송재학, 고증식, 김초혜, 오탁번, 최명길 등의 신작시집과 심상우의 동화선집에서 살펴봤다. 탐구, 타자, 욕망, 초월, 반성, 환상이라는 용어들은 모두 이들 시인들이 현실들을 어떻게 구성해놓았는지에 대한 탐색의 방법론들이었다. 아울러 3부에서는 정숙, 유종인, 문태준, 손택수, 김민휴, 정영효, 이선균, 김이강, 김제욱, 조동범, 박일만, 윤의섭, 김언희, 조연호, 이은규의 시편에서 현실을 다시 보는 양상을 살펴봤다.

이 책의 4부에서는 남북한문학에 대한 나의 관심을 한 자리에 모았다. 남한의 문학에서는 식민지 시기와 한국전쟁을 나름대로 전유한 유치환, 유완희, 선우휘, 김규동의 작품들을 살펴봤다. 또한 북한의 문학은 모으고 보니 『북한문학의 이해』 시리즈에 게재했던 평론들이라는 공통점이 있었다. 북한의 대표적인 시인 정서촌의 시집평, 노동을 소재로

한 북한 시, 5·18광주민주화운동에 대한 북한문단의 이해 등을 역사의 전유라는 소제목으로 묶었다.

지금은 사라진 계간지 『문학수첩』으로 등단한 지 벌써 10여 년이 넘었다. 평론집 『문학과 서정의 이면』 이후 두 번째 평론집이다. 비평의 세계에 발을 디딘 이상, 끝까지 가봐야겠다는 각오와 반성이 함께 떠오른다. 이 책이 나오기까지 도움주신 분들에게 모두 감사하다.

2015년 8월
천장산 아래에서
강정구

| 차례 |

제3부 현실을 다시 보다

제4부 남북한의 문학, 역사의 전유

제1부 창비 세대의 시각과 그 성찰

창비 세대와 그 이후의 '현실', 그리고 리얼리즘
1990년대 리얼리즘의 확장
리얼리즘, 혹은 사실의 변형
민중시라는 전통
민중시 형성의 한 과정

창비 세대와 그 이후의 '현실', 그리고 리얼리즘

1. 창비 세대가 바라본 '현실'

현실(real)이란, 그것을 보는 자가 말할 때의 '현실'이라는 표현과는 엄밀히 말해서 다르다. 현실이란 가치적인 개념보다는 현실성(사실성(reality))을 더 강조하는 의미이고, 현실성은 의식과 독립하여 객관적으로 존재하는 실재 혹은 그 실재의 진실을 뜻하는 반면, '현실'이란 그것을 말하는 자의 관점, 시각, 의도, 욕망이 은밀하게 삽입되기 때문이다. 현실을 '현실'이라고 말할 때의 그 미묘한 차이를 인정한다면, 리얼리즘에서 논의하는 '현실'이란 그것을 말하는 자가 있다는 점에서 '담론화된 것'이고, 누가 말하느냐에 따라서 조금씩 다르게 서술될 수 있는 것이다.

현실에 대한 이러한 생각은, 오늘날처럼 다양한 담론이 교차하는 혼재의 공간에서 창비 세대가 담론화한 '현실'를 성찰하게 만든다. 여기에서 말하는 창비 세대란, 계간지 『창작과 비평』(이하 창비)을 중심으로 1970~80년대에 전개되었던 일군의 문학운동집단을 뜻하는 다소 편의적인 용어이다. 좀 더 구체적으로 말하면, 문학운동을 통해서 억압된 민중이 해방될 수 있다는 강력한 믿음을 보여줬던 백낙청을 중심으로 한 진보적 민족문학론자를 지칭한다. 이들 세대는 현실을 '현실'화할 때 독특한 인식틀(episteme)이 있는데, 그것은 단적으로 표현하면 '억압된 민중의 해방'이다. 이러한 인식틀로 현실을 바라보면 그 현실은 정말로 '억압된 민중의 해방'이 진행되는 것처럼 보이게 된다.

현실과 담론화된 '현실' 사이의 미묘한 차이를 좁힐 수 없다는 것은 담론자에게는 운명과도 같다. 담론하는 자는 아무리 현실을 그대로 말하려고 해도, "리얼리티는 우리가 오직 상상할 수 있을 뿐 경험하지는 못하는 의미, 완성감, 충족감의 가면을 쓰고 있다"[1]는 명제에서 벗어날 수 없다. 혹은 슬라브예 지젝(S. Zizec)의 지적대로 환상 스크린이 없이는 현실을 보지도 못하고 말하지도 못하고 만다. 따라서 현실에 대해서 말할 때 중요한 한 측면은 실재를 그것 그대로 옮겼느냐가 아니라, 누가 어떤 '현실'을 바라보고 담론화하느냐 하는 것이 된다.

창비 세대가 바라본 '현실'은 백낙청의 초기 리얼리즘 논의에서 잘 드러나 있다. 그는 실제의 현실에서 무엇을 '현실'이라고 말하는가. 그의 평론 「한국소설과 리얼리즘의 전망」에는 그가 주목하고 담론화하고자 하는 '현실'이 분명히 드러나 있다. 그는 이 글에서 리얼리즘을 논의하는 데에 있어서 '실감'이라는 다소 애매한 용어를 강조한다. "리얼리즘을 문학사 상의 어떤 특정한 사조나 수법에 국한시킨다면 큰 관심거리가 되기 힘들거니와 그렇다고 실감나는 작품은 모두 리얼리즘이라고 확대시켜도 싱거운 얘기가 되고 만다. 문제는 실감의 종류와 성격에 있다."는 그의 주장은, 실감이 아주 '현실적'인 것을 대용하는 표현임을 암시한다. 이 때 중요한 것은 '실감', 즉 그가 생각하는 '현실적'인 것의 "종류와 성격"이다.

1 Hayden White, 전은경 역, 「리얼리티 제시에서의 서술성의 가치」, 『현대서술이론의 흐름』, 솔, 1997, 206쪽.

남북의 양단, 빈부의 극대화, 전통의 유실 등으로 누구나 함께 실감할 수 있는 체험의 영역이 나날이 줄어가고 있으며 바로 이 사실을 가장 절실한 공통의 관심사로 삼는 일은 비단 문학적만이 아닌 여러 가지 전달수단의 제약을 받는 것이다. (중략) 한국소설의 고민을 집약하는 리얼리즘의 문제는 문학의 문제이자 사회 전체의 문제임을 알 수 있다.[2]

이 글이 발표된 1967년도는 문단에서 실존주의와 참여문학이 한창 논의되고 있었을 때이었다. 창비의 진보적 민족문학론은 제안되기 이전이었다. 실존주의와 참여문학에서 말하는 '현실'이 단독자의 실존 회복 과정과 관계 있는 것이라면, 위의 글에서 '현실'은 그것과는 사뭇 다르다. 백낙청이 실감나는 것 혹은 '현실적'인 것으로 "남북의 양단, 빈부의 극대화, 전통의 유실" 등과 같은 "사회 전체의 문제"를 제시하고 있기 때문이다.

이 부분에서 주목해야 할 사실은 그가 참여문학에서 잘 논의하지 않는, 그렇지만 1970년대에 활발히 논의될 진보적 민족문학론의 문제의식을 이미 선취하고 있었다는 점이다. 그는 실제의 현실 속에서 "남북의 양단, 빈부의 극대화, 전통의 유실"과 같은 문제를 '현실적'인 것으로 바라보고 있었던 것이다. '실감'의 소재가 이처럼 남북분단, 빈부격차, 전통유실 등으로 구성될 때, 그 '현실' 속에는 이미 남북분단의 극복, 빈부격차의 해소, 전통의 창조와 계승이라는 과제가 포함된 것이 되어버린다. 이 부분에서 창비 세대가 담론화한 '현실'의 경계가 어렴풋이 엿보인다.

그 경계가 좀 더 분명해지는 하나의 사례는 백낙청이 신경림의 시를 논의하는 부분에서 확인된다. 백낙청은 시집 『농무』를 긍정적으로 평가하면서 "아무리 암담한 삶이라도 그것은 발전하는 역사의 한 현장임을

---

2 백낙청, 「한국소설과 리얼리즘의 전망」, 『민족문학과 세계문학』, 창작과비평사, 1975, 240~241쪽.

믿고"[3]라는 표현을 쓴다. 이 때 눈 여겨 봐야 할 부분은 그가 바라본 '현실'이 시집 속의 현실과는 미묘한 차이를 보인다는 것이다. 시집 『농무』를 여러 번 읽어보면 알겠지만, 시인은 백낙청이 말한 "발전하는 역사의 한 현장"을 중심적으로 서술하지 않는다. 그런 시편도 몇 편 있지만,[4] 대부분은 촌민의 울분과 분노, 그리고 슬픔과 한을 보여준다. 그런데도 백낙청은 1960년대의 농촌 '현실'을 "발전하는 역사의 한 현장"으로 담론화한다.

우리는 분이 얼룩진 얼굴로
학교 앞 소줏집에 몰려 술을 마신다
답답하고 고달프게 사는 것이 원통하다
(중략)
보름달은 밝아 어떤 녀석은
꺽정이처럼 울부짖고 또 어떤 녀석은
서림이처럼 해해대지만 이까짓
산구석에 처박혀 발버둥친들 무엇하랴
비료값도 안 나오는 농사 따위야
아예 여편네에게나 맡겨 두고
쇠전을 거쳐 도수장 앞을 와 돌 때
우리는 점점 신명이 난다
한 다리를 들고 날나리를 불꺼나
고갯짓을 하고 어깨를 흔들꺼나

—신경림, 시 「농무」 부분[5]

---

3 백낙청, 「발문」, 신경림, 『농무』, 창작과비평사, 1975, 111쪽.

4 시 「갈길」에서 싸우러 가는 농민의 모습이, 그리고 시 「전야」에서 성난 농민의 심정이 드러나 있다.

5 신경림, 『농무』, 창작과비평사, 1975, 16~17쪽.

위의 인용에서 주요 내용은 학교 앞에서 소주를 마시던 촌민들이 막막한 울분의 심정을 춤으로 달랜다는 것이다. 이러한 내용은 사실 "발전하는 역사의 한 현장"을 보여주지 않고, 오히려 패배적인 느낌을 전달할 뿐이다. 그렇지만 백낙청이 바라본 것은, 아마도 그런 해석과는 정반대인 듯하다. 그는 촌민들의 푸념과 춤에서 민중의 저항과 역사의 발전을 읽어내었을 것이다. 그는 신경림의 시에서 자신이 보고자 하는 '현실'을 본 것이다. 이미 '억압된 민중의 해방'이라는 인식틀이 있고, 그러한 인식틀에 근거해서 위의 시를 본다면 "꺽정이처럼 울부짖고" "비료값도 안 나오는 농사 따위야/아예 여편네에게나 맡겨 두고" "고갯짓을 하고 어깨를 흔"드는 촌민은 '해방'을 기약하거나 예감하는 민중이 되는 것이다. 이 부분에서 창비 세대의 '현실'이 드러나는 것이며, 위의 시가 리얼리즘 경향의 시로 명명되는 것이다. 현실은 창비 세대에 의해서 새로운 '현실'로 담론화된 것이다.

2. 봉합된, 혹은 균열된 '현실'

창비 세대가 바라본 '현실'은, 한마디로 '억압된 민중의 해방'이다. 민중은 전(全)지구적인 자본주의에 의해서 억압당하고 있는 바, 그들의 해방을 모색해 나아가는 과정이 바로 '현실'인 것이다. 그러한 '현실'을 담아내려는 노력 중의 하나가 창비의 리얼리즘이다. 백낙청은 리얼리즘을 "현실에 대한 정당한 인식과 정당한 실천적 관심"[6]으로 규정짓는다. 이때 '현실'은 '억압된 민중의 해방'이라는 과제를 지닌 것이 된다. 그가 민족문학론을 거쳐서 제3세계문학론과 인간해방론, 그리고 분단체제론

6 백낙청, 「리얼리즘에 관하여」, 『민족문학과 세계문학 II』, 창작과비평사, 1985, 356쪽.

과 세계체제론으로 자신의 담론을 확장시켜 나아갈 때에도 가장 핵심적인 부분은 바로 '현실'을 '억압된 민중의 해방'이라는 차원에서 이해했다는 점이다.

이러한 '현실'이 문제시된 것은, 1990년대 초반 현실사회주의의 붕괴 이후부터이다. 창비가 설명했던 '현실'은 해방과 진보의 기획이었는데, 현실사회주의의 붕괴로 인해서 그 기획 자체에 회의가 생기기 시작했기 때문이다. 이러한 상황에서 생태주의의 전(全)문단적인 확산은 '현실'에 대한 창비의 믿음을 흔들어버리는 직접적인 계기가 된다. 이 과정에서 창비 세대는 리얼리즘에 대해 두 가지의 상반된 태도를 보여준다. 하나는 생태주의도 창비가 말한 '현실'에 수용될 수 있다는 것 즉 리얼리즘의 확장이고, 다른 하나는 생태주의는 그 '현실'에 수용될 수 없다는 것 즉 리얼리즘의 해체 혹은 거부이다.

먼저, 생태주의가 '현실'에 수용될 수 있다는 믿음을 살펴보기로 한다. 이 경우 리얼리즘은 지젝이 말하는 일종의 누빔점이 된다. 리얼리즘은 주인기표가 되고 해방의 기획은 지속된다. 생태주의가 생태의 위기를 인식하고 극복하자는 운동이라면, 그것은 리얼리즘 안에서 가능한 것이 된다. 1970~80년대의 리얼리즘이 '억압된 민중의 해방'이라면, 1990년대의 리얼리즘은 '억압된 (민중을 포함한) 생태의 해방'이 되는 것이다. 민중의 자리에 생태가 옴으로써 근본적인 인식틀—억압된 X의 해방—은 변하지 않는 셈이다.

이러한 논리를 지닌 대표적인 글이 구중서의 「자연과 리얼리즘」이다. 구중서는 이 글에서 "문학예술이 생명을 북돋우고 꽃피우는 일일진대, 현대세계가 환경공해로 죽어가고 있다면 이 재앙을 막는 일에 문학인들도 나서야 할 것이다"[7]라는 주장을 편다. 그의 주장을 가만히 눈여겨보

---

7 구중서, 「자연과 리얼리즘」, 윤여탁 · 이은봉 편, 『시와 리얼리즘 논쟁』, 소명출판, 2001, 448쪽.

면, 억압과 해방의 논리가 그대로 작동함을 알 수 있다. "환경공해"가 민중을 포함한 생태의 억압이라면, "문학인들도 나서야 할 것이다"라는 실천강령은 해방의 실천운동이 된다. 창비 세대의 생태주의 수용하기란 리얼리즘으로 생태주의를 누비는 것이고, 그 결과 '현실'은 생태문제를 포함시키면서 그 외연을 확장하는 것이다.

> 여기에서는 1934년 소련의 계급적 당파성 이데올로기가 만들어낸 사회주의 리얼리즘이라든가, 자본주의의 난숙이 빚어낸 것이라는 모더니즘 및 포스트모더니즘이 별로 위협이 되지 않는다. 그러한 요인들은 그것대로 자유로이 해 보라고 하면 그만이다. 리얼리즘은 자신을 지키기 위해 싸우거나 지혜를 짜야 할 만큼 상대적 차원에서 충동적 대응을 하지 않아도 되지 않을까 하는 생각이다.
>
> 객관적 현실과 내재적 깊이를 하나의 총체성으로 지니며 창조와 구원의 작업을 통해 진리에 교분을 갖는 것, 여기까지를 리얼리즘의 테두리로 생각할 수 있을 것이다. 이 테두리는 어디엔가로 계속 질주해 달아나는 진보가 되지 않아도 괜찮을 것이다. 본성과 자연에 따라 자기완성을 구현하고 있으면 될 것이다.[8]

리얼리즘이 여전히 해방의 기획이라는 것을 보여주는 것이 위 인용의 핵심이다. 리얼리즘은 "사회주의 리얼리즘"과의 관계를 도마뱀의 꼬리처럼 절단시키고, "모더니즘 및 포스트모더니즘"의 도전을 애써 무시하면서 1990년대라는 현실을 억지로 누비는 것이다. "객관적 현실과 내재적 깊이를 하나의 총체성으로 지니"면서 생태주의에서 말하는 "본성과 자연에 따라 자기완성을 구현"한다면, 리얼리즘은 여전히 '억압된 X의 해방'을 위한 기획이 되는 것이다.

구중서의 리얼리즘이 생태주의를 흡수하여서 '현실'을 봉합시키는 기

8 구중서, 위의 평론, 453~454쪽.

술을 보여준다면, 김종철은 그와는 상반된 대척점에서 그 '현실'을 균열시키는 작업을 한다. 김종철은 창비 세대가 담론화한 '현실'로는 생태적인 위기가 지속되는 상황을 다 설명할 수 없다고 말한다. 이러한 인식의 전환은 그가 창비 세대의 한 일원으로 있으면서 제3세계 리얼리즘을 주창한 전력에 비추어 볼 때, 상당히 이례적인 경우이다. 그는 창비 세대가 바라본 '현실'을 그 내부에서 균열시켜서 바깥으로 나온 자이다.

이러한 그의 문제의식은 평론 「인간·흙·상상력」에서 확인된다. 이 글에서 그는 리얼리즘에 대한 근원적인 회의를 보여주면서 생태주의를 새로운 대안으로 내세운다. 그는 "종래의 리얼리즘에서는 인간생존의 문제를 순전히 사람과 사람 사이의 사회적 관계에서만 보아왔고, 좀더 근원적인 인간생존의 테두리라고 할 수 있는 자연이나 우주적 연관에서 삶과 세계를 보는 일은 경시되거나 도외시되어 왔다"[9]고 말함으로써, 리얼리즘이 지닌 인간중심주의를 비판한다. 리얼리즘에서 말하는 '현실'은 인간생존을 중심문제로 두기 때문에 자연과 우주적인 지평으로까지 인식을 확장하지 못했다는 그의 비판적인 사유는, 리얼리즘을 근본적으로 회의하는 것이다.

> 다만 리얼리즘의 역할이 부분적인 것이 아니고, 총체적이고 본질적인 것이 되려면, 인간과 자연간의 관계에 대한 새로운 인식을 위한 노력이 있어야 한다는 겁니다. 이러한 노력은 물론 지금까지 있어온 기존의 상상체계의 뼈대를 온전히 그대로 두고 이른바 생태학적 고려를 부분적으로 추가한다는 방식을 통해서는 이루어질 수 없음이 분명합니다. (중략) 결국 핵심적인 것은 인간중심주의적 시각의 극복인 것 같아요. 달리 말하여 우리 자신의 존재가 근원적으로는 일개 자연적 존재이며, 따라서 만물이 우리의 형제라는 사실을 겸허하게 받아

9 김종철, 「인간·흙·상상력」, 윤여탁·이은봉 편, 『시와 리얼리즘 논쟁』, 소명출판, 2001, 183쪽.

들이는 것이 관건이라는 말입니다.[10]

"생태적인 고려"는 창비 세대가 바라본 '현실'의 상징계에는 포섭되지 않는 결여 혹은 잉여이다. 그것은 창비 세대에게는 '보이지 않는' 부분이다. 김종철은 그 결여 혹은 잉여를 가시화함으로써 창비의 '현실'이 균열되어야 함을, 그리고 현실을 다시 바라봐야 함을 역설하고 있다. 이때 중요한 것은, 그가 창비 세대의 인식틀과는 다른 인식틀을 소유하고자 노력하고 있다는 점이다. 현실을 다르게 본다는 것은, 이전 세대와는 다른 인식틀을 이미 인식론적으로 지니고 있음을 뜻한다. 김종철의 생태주의는, 더 이상 현실을 '억압된 X의 해방' 방식으로 보지 않음을 뜻한다. 그가 바라보는 '현실'은 '만물이 우리의 형제'라는, 굳이 도식화시키자면 '인간=생태'이라는 전혀 새로운 인식인 것이다. 생태 혹은 환경은 노동의 대상에서 '형제'가 된 것이다.

김종철은 생태주의라는 새로운 인식틀을 구축함으로써 창비 세대가 바라본 '현실'을 균열시키고 새로운 '현실'을 담론화한 것이다. 여기에서 중요한 사실은 여전히 실재로서의 현실과 그것을 담론화할 때의 '현실'은 미묘하게 다르다는 것이다. 현실을 담론화하기란 구중서와 김종철이 서로 상반된 태도를 보여줬듯이, 기존의 중심담론과 새로운 담론이 충돌할 때에는 서로 어긋날 수 있고 모순될 수 있는 것이다. 더 중요한 사실은, 불안정한 담론장에서는 늘 현실은 다양하게 '현실화'된다는 점이다.

10 김종철, 위의 평론, 196쪽.

3. 2000년대의 '현실들'과 리얼리즘

2000년대에 들어서면서 현실을 담론화하는 문제는 더욱 복잡해진다. 현실을 이루는 여러 복잡한 상황이 실타래처럼 엉키면서, 현실은 탈중심적이고 복수적으로 담론화될 수밖에 없기 때문이다. 이것은 창비 세대가 바라본 '현실'이나 1990년대 생태주의를 둘러싼 상반된 '현실'과는 훨씬 다른 문제를 야기시킨다. 창비 세대 이후의 '현실'을 담론화하기, 그것은 현실의 어느 맥락을 잡아내느냐에 따라서 기존의 '현실'과는 사뭇 다른 '현실들'을 낳는다.

이때 '현실들'을 서술하는 문학은 리얼리즘으로 부를 수 있다는 것이 필자의 판단이다. "현실에 대한 정당한 인식과 정당한 실천적 관심"이라는 백낙청의 리얼리즘 개념은, 2000년대에 들어와서 '억압된 X의 해방'이라는 차원을 넘어서서, 여전히 현실을 수용하는 문학이 지녀야 할 계몽성을 잘 설명하는 표어가 될 수 있다. 물론 이때의 "정당한 인식과 정당한 실천적 관심"은 단수적이거나 중심적이 아니라, 복수적이고 탈중심적인 것이다. 전체 속에서 어떤 맥락이 지닌 상황에 대해서 '비교적' 정당한 인식과 실천적 관심이 되어야 하는 것이다. 물론 이 말은 '현실들'이 제각기 진리를 지니고 있으며 서로 충돌할 수 있는 가능성을 배제하지 않는다. 다만 절대적인 진리가 사라진 오늘날의 리얼리즘은 이러한 조건 아래에서 시대적인 유효성을 지닐 수 있는 것이다.

이런 관점에서 각기 다른 두 가지 층위의 '현실'을 형상화한 시인들의 시편을 살펴보고자 한다. 하나는 디지털문명의 발전에 따른 '현실'을 담아낸 전자시이고, 다른 하나는 인간과 세계 사이의 신비로운 관계를 보여주는 '현실'을 서술한 실험시이다. 먼저, 디지털 문명의 발전에 따른 '현실'을 담론화하는 경우를 검토하기로 한다.

나는 세계를 연속 클릭한다
클릭 한 번에 한 세계가 무너지고
한 세계가 일어선다
[…중략…]
검색어 나에 대한 검색 결과로
0개의 카테고리와
177개의 사이트가 나타난다
나는 그러나 어디에 있는가
나는 나를 찾아 차례대로 클릭한다
광기 영화 인도 그리고 나………나누고
……나오는…나홀로 소송……또나(주)…
나누고 싶은 이야기……지구와 나………
따닥 따닥 쌍봉낙타의 발굽 소리가 들린다
오아시스가 가까이 있다
계속해서 나는 클릭한다 고로 나는 존재한다

—이원, 시 「나는 클릭한다 고로 나는 존재한다」[11]

위의 시에서 주목되는 것은, 그 이전의 시대에서는 경험할 수 없었던 가상공간이 실제의 현실과 교차하면서 만들어진 새로운 '현실'이 서술되고 있다는 점이다. 이 '현실'은 단순한 환각과는 다르다. "나는 세계를 연속 클릭한다/클릭 한 번에 한 세계가 무너지고/한 세계가 일어"서는 것은, 분명 가상공간에서는 실제로 일어나는 일이고, 그 공간에 참여하는 화자에게 너무나 선명한 가시감, 혹은 백낙청 식으로 말하면 실감을 주기 때문이다.

---

11 이원, 『야후!의 강물에 천 개의 달이 뜬다』, 문학과지성사, 2001, 42~44쪽.

위의 시에서는 이러한 실감을 극단화시킨다. 가상공간 속에서 '나'를 찾으려는 노력은 "**나**·········**나**누고/······**나**오는···**나**홀로 소송······또**나**(주)···/**나**누고 싶은 이야기······지구와 **나**·········"에서처럼 실패로 끝나지만, 중요한 것은 그 속에서는 클릭하는 것이 곧 존재하는 것임을 깨닫게 된다는 점이다. '클릭'이라는 현실공간 속의 행위는 가상공간 속에서 화자 '나'가 참여하고 살아가는 방법이 되는 셈이다. '클릭'을 통해서 시적 화자는 가상공간과 현실공간 사이의 환각을 경험하는 것이고, 이 두 겹쳐진 공간 속에서는 그 환각이 바로 '현실'인 것이다.

전자시가 디지털 문명의 발전에 따라 생성된 새로운 '현실'을 형상화한 것이라면, 실험시는 인간과 세계 사이의 신비로운 관계를 보여주는 '현실'을 서술한 것이다. 이 때의 '현실'이란 꿈처럼 무의식의 세계도 아니고, 상상처럼 의식의 세계도 아니다. 시인은 자신을 둘러싼 '현실'이 이미 신비롭고 경이로운 것임을 기록하는 자이다.

> 둥글고 붉은 토마토가 있다 四角의 방 안에 있다 한 사람이 옆에 있다 아버지의 안경을 쓴 그는 고개를 돌려 나를 본다 가만히 보니 애인의 얼굴이다 그의 핏발 선 두 눈이 군침을 삼키던 나를 불결한 듯 욕설로 떠다민다 입이 파랗게 허기진 나는 높다란 선반에서 꺼낸 구름으로 입안 가득 이빨을 문질러 닦고는 돌아온다 방으로 오는 데 한나절이 걸린다 사람이 사라졌다 둥글고 붉은 토마토가 사라졌다 새하얀 사각의 캔버스만 놓여 있다 캔버스를 들여다보니 둥글고 붉은 토마토가 거기 있다 (중략) 애인의 빨갛게 익은 혀가 내 입 속으로 들어와 아침인사를 한다 비릿하고 물컹하다 그의 등 너머로 둥글고 붉은 토마토가 보인다 다시 四角의 방이다
>
> —이민하, 시「토마토」부분[12]

---

12 이민하,『환상수첩』, 열림원, 2005, 20~21쪽.

위의 시에서 시적 화자는 "애인의 얼굴"이 '토마토'가 되는 경험을 한다. 이 경험이 중요한 것은 화자의 환각이 시적 현실의 일부가 되어 있다는 점이다. 다시 말해서 시적 화자는 환각하고 있음을 보여줌으로써 현실이 아님을 강조하는 것이 아니라, 그의 환각이 자신의 '현실'을 구성하고 있음을 말하고자 하는 것이다. 시적 화자가 있는 "사각의 방 안에 있"는 자는 '애인'이고 그 "애인의 얼굴"은 '토마토'로 환각되는데, 그것은 마치 실제인 것처럼 화자의 '현실' 속에 삽입되어 있는 것이다.

이러한 환각적인 경험은 '현실' 속에 있고 그 '현실'의 일부이다. 그것은 자주 "애인의 얼굴"을 하고서 나타나고, "애인의 빨갛게 익은 혀가 내 입 속으로 들어와 아침인사를 한다 비릿하고 물컹하"기도 하고, 또 때로는 다시 "애인의 얼굴"로 돌아온다. 시적 화자는 그러한 환각이 일어나는 '방'을 실제로 살고 있는 것이다. 위의 시는 환각이 현실에 겹쳐져 있음을 보여줌으로써 '현실'을 새롭게 담론화하고 있다.

위에서 검토한 두 편의 시에서 새로운 '현실'은 1970~80년대나 1990년대에 보여줬던 '현실'과는 상당히 다른 차원이다. 그것은 다층적이고 미시적이며 복수적이다. 그것은 서로 충돌할 수도 있으며, 영원히 만나지 않을 수도 있는 세계이다. 창비 세대 이후의 '현실'이 주목되는 것은 이러한 지점에서이다. 이러한 '현실'을 서술하는 것, 그것은 분명히 리얼리즘으로 설명될 수 있는 것이다. 리얼리즘은 1970년대를 기준으로 놓고 본다면 여러 진화를 거듭하는, 오늘날에도 유효한 개념이다.

1990년대 리얼리즘의 확장

우리 문학의 리얼리즘(Realism)이 현실의 발전적인 극복과 그 극복을 위한 매개의 역할을 수행한 계몽의 한 기획이라는 사실은, 리얼리즘을 둘러싼 최근의 논쟁을 우려 섞인 시선으로 보는 이유가 된다. 리얼리즘이 1930년대 카프와 1970~80년대 민족문학론에서 계급과 민족의 형성·발전에 중요한 일조를 했다는 사실은 누구도 부인하기 힘들다. 물론 리얼리즘이 한국사회에 존재하는 유일무이한 계몽의 정신이자 방법이라는 것은 아니지만, 최소한 계몽의 한 정신이자 방법으로써 나름의 의미를 지녀 왔고 그런 배경 속에서 오늘의 우리문학이 형성됐다는 것도 잊어서는 안 된다. 그런데 근래의 논쟁은 과거 민족문학론적인 리얼리즘의 영광에 메여서 벗어나지 못하거나, 아니면 반대로 리얼리즘의 공적과 계몽의 정신을 축소·간과하는 대립의 양상을 보이고 있는 듯하다.

이런 양상은 리얼리즘을 계몽의 방법으로 주장해 왔던 1970~80년대 진보적인 민족문학론자들을 오늘날의 보수 세력으로 규정하고서, 진보의 보수성 또는 해방의 억압성을 비판하는 젊은 평론가들에게서 한층 심하게 나타난다. 탈이념·탈민족의 분위기를 체감하는 젊은 세대가 계급·민족의 문제의식을 지닌 기성세대를 비판하는 것은 과거를 재평가한다는 점에서 여러 모로 의미 있는 일이지만, 그 비판이 우리가 보존해야 할 필요가 있는 리얼리즘의 계몽 정신을 경시·간과한다면 그리 바람직하지 못해 보인다. 적어도 자유·평등·민주를 위해 헌신하던 민족문학론자들의 계몽 정신 그 자체는 오늘날에도 보존될 필요가 있기 때문이다. 그럼에도 요즘의 비판들은 리얼리즘의 동시대적인 유효성을 부정하면서 그것이 지닌 계몽의 정신마저 제대로 인정해주지 않는 인상이다.

가령 김영찬은 『창작과비평』 그룹으로 대표되는 민족문학론자들의 "리얼리즘이라는 독법"을 상당히 냉소적으로 검토하는데, 이 검토에서 아쉬운 것은 리얼리즘을 너무 편향되게 바라보는 자세이다. 그는 배수아와 김영하 등의 소설을 평가하는 자리에서 『창작과비평』 그룹 특유의 "리얼리즘이라는 독법"이 여전히 유지·고수되고 있음을 "한국문학의 증상"으로 규정·비판한다. 이때 배수아와 김영하의 소설적 양식을 리얼리즘, 모더니즘, 포스트모더니즘 중에서 무엇으로 규정할 것이냐 하는 문제보다 더 중요한 것은, 김영찬이 은연중에 리얼리즘의 계몽 기획이 지니는 모더니티(modernity)를 간과·무시하고 있다는 점이다. 그는 "지금 창비의 비평에 요구되는 것은 현재 한국문학의 현장에서 한국사회 모더니티에 대한 응답으로 제출되는 이 모더니즘(들)의 문제의식과 현실적 맥락을 외면하기보다는 그 한가운데로 직핍해 들어가 비판적으로 대화하고 응전하는 것이다."[1]라고 말함으로써 마치 "모더니티에 대한 응답"은 모더니즘에서만 가능하고, 리얼리즘은 모더니티와 아무 관련이 없는 것처럼 말하고 있다는 점이다.[2]

---

1 김영찬, 「한국문학의 증상들 혹은 리얼리즘이라는 독법」, 『창작과비평』 2004. 가을, 289~290쪽.

2 김영찬의 글은 보수적인 집단의 독아론적 태도와 자기중심성에 대한 의미 있는 논의이면서도, 좀 아쉬운 부분이 있다. 그는 백낙청과 최원식이 배수아와 김영하의 소설을 리얼리즘의 관점에서 비판하는 것을 재(再)비판하는데, 이 때 가장 중요한 재비판의 잣대가 그들의 소설이 모더니즘이라는 것이다. 그들의 소설이 모더니즘이냐 리얼리즘이냐 라는 이분법적인 구도 속에서 설명될 수 있는 것인가는 따져볼 문제일 것이다. 그런데 무엇보다도 중요한 문제는 김영찬이 모더니즘의 관점에서 "리얼리즘이라는 독법"을 공격하면서, 모더니티라는 계몽의 정신을 모더니

문제는 작품이 지닌 계몽의 정신 혹은 모더니티를 주의 깊게 살펴보는 일이다. 물론 이런 작업이 김영찬의 숨은 의도처럼 지난 시절의 많은 경우에 "리얼리즘이라는 독법"으로 진행돼 왔고, 또 경직된 작품 해석과 선전·선동적인 창작의 분위기 등 많은 폐단을 낳았지만, 그럼에도 리얼리즘이라는 계몽의 기획이 보여준 정신과 방법은 무시될 수 없는 일리(一理)를 지니고 있다. 이 사실을 논외로 치고서 오늘날의 현실에서 리얼리즘 혹은 민족문학론적인 독법을 공격하는 태도는, 자칫 선학들이 리얼리즘이란 방법으로 구축해 놓은 계몽의 정신마저 송두리째 잃어버리는 모양새가 되기 쉽다.

이 점에서 민족문학론에 대한 신승엽의 최근 비판도 주의해서 걸러들을 필요가 있다. 신승엽은 "민족문학이라는 이념적 표어가 우리 문학에 요구해 온 시각이나 관점이 오히려 억압적 기능을 할 수도 있음을 인정하고 이제는 그로부터 우리 문학을 해방시켜줄 필요도 있으리라"[3] 주장한다. 이때 그의 주장이 과거 통일·변혁 지향의 내용을 작품에 노골적으로 요구하고 그런 관점만을 고집스럽게 지켜 논의해 왔던 것을 민족문학론적인 '이념'으로 규정하고 그 '이념'을 비판하는 것이라면 어느 정도 맞는 얘기이다. 그러나 "오늘날의 문학에 있어 과연 '이념'이란 것이 얼마나 절실히 요구되는지조차도 쉽게 단정할 문제가 아니다"[4]라는 구절처럼, 탈이념·탈민족 시대로 일컬어지는 '오늘날의' 시각에서 민족문학론이 발전시켜온 '이념' 속의 계몽 정신 그 자체를 부정하는 것이라면 그것은 좀더 숙고할 문제가 된다. 역사의 흐름 속에서 당대의 현실을 극복해야 한다는 리얼리즘의 계몽 정신은, 계급·민족이라는 폭을

즘 쪽으로만 애써 '끌어당'긴다는 점에 있다. 이런 태도는 김영찬이 "모더니즘을 리얼리즘 쪽으로 끌어당기는"(김영찬, 앞의 평론, 281쪽.) 민족문학론의 '독법' 방식에 자기 자신도 빠져 있다는 혐의가 있다. 비판은 비판대상의 공적에 대해 인색할 때 그 의도가 약해지는 법이다.

3 신승엽, 「흔들리는 민족문학」, 『창작과비평』 2006. 여름. 438쪽.

4 신승엽, 앞의 평론, 425쪽.

넘어서서 우리가 사는 오늘날의 중요한 핵심 문제들을 그 극복의 대상으로 삼을 수 있고 또 삼고 있기 때문이다.

요즘은 흔히 간과된 사실이지만, 1990년대에는 동구권 사회주의 붕괴라는 전환의 시대, 다시 말해 계급·민족의 인식틀이 탈이념·탈민족의 인식틀로 급변하는 시대를 맞이해서, 1970~80년대 민족문학론이 기획했던 리얼리즘의 고유한 역할과 의미에 대해 그 내부에서 반성하고 리얼리즘의 계몽 정신을 발전시키기 위한 중요한 노력들이 전개된 바 있었다. 리얼리즘이라는 계몽의 정신이자 방법을 너무 쉽게 간과·부정하는 '바깥'의 비판을 경청하기 이전에, 역사의 전환점에서 리얼리즘을 새롭게 확장하려는 '안'의 반성들을 되짚어보는 것은 그 무엇보다 시급하고 중요한 일인 듯하다. 특히 오늘날처럼 민족문학론을 나름대로 넘어서려는 젊은 '오이디푸스들'이 보여준 문제점들을 되밟지 않기 위해서는 꼭 필요한 일이 아닐까 싶다.

1990년대 초반, 계몽의 정신 혹은 리얼리즘의 정신을 확장하려는 노력이 서사보다 서정 쪽에서 앞서고 주목되는 것은 우연이 아니다. 한국문학의 리얼리즘이 "세부의 진실성 외에도 전형적 환경에서의 전형적 인물들을 진실하게 재현하는"[5] 엥겔스(F. Angels)의 논의에 크게 빚지고 있다는 사실은, 아무래도 서사 쪽이 엥겔스의 원칙에 충실했음을 뜻한다. 다시 말해서 리얼리즘을 엥겔스의 반영론으로 규정한다면, 여기에 잘 부합하는 것은 당연히 서사 쪽이었던 것이다. 그렇지만 리얼리즘을 루카치(G. Lukacs)가 말한 "내포적 총체성"[6]의 구현으로 이해한다면, 엥겔

---

5 Marx & Angels, On Literature and Art, 백낙청, 「민족문학론과 리얼리즘」, 『통일시대 한국문학의 보람』, 창작과비평사, 2006, 381쪽에서 백낙청 역으로 재인용.

6 G. Lukacs, 이춘길 역, 「예술과 객관적 진리」, 『리얼리즘 미학의 기초이론』, 한길사, 1985, 55쪽. 이 글에서 루카치는 예술작품의 총체성이란 현실의 모든 것을 반영하는 것이 아니라, 형상화된 삶의 단편에 대해서 결정적인 의미를 지니는 그 자체의 내적으로 완결되고 마무리된 연관

스의 반영론을 주장하던 민족문학론이나 그에 입각한 교조적인 서사 작품들에 비해서, 서정은 좀더 근본적인 리얼리즘적인 문제의식을 지닌 쪽이 된다. 엥겔스의 반영론으로 서정을 설명하기 어렵다는 사실은,[7] "내포적인 총체성"의 구현을 통해서 현실의 발전적인 극복이라는 리얼리즘의 정신을 좀더 사려 깊게 이해·적용하는 아이러니한 계기가 되었기 때문이다.

이 글에서는 민족문학론의 경직된 시각으로 훼손된 서정의 회복을 위해서 계몽과 리얼리즘의 정신을 근본적으로 탐구하는 두 가지의 논의를 살펴보고자 한다. 그 중 하나는 리얼리즘의 문제점을 지적하고 그 대안을 모색한 김종철의 논의이다. 김종철은 「인간·흙·상상력」(『녹색평론』 1992. 3~4월호)이란 평론에서 민족문학론이 지향했던 사회주의 리얼리즘(Socialist Realism)을 생태주의의 논리에 기대어 비판하면서 리얼리즘의 지평을 확장시키고 있다. 이러한 그의 논리가 주목되는 이유는, 리얼리즘이 지닌 계몽의 정신을 인정·전제한 상태에서 생태학적인 사유를 전개하고 있다는 점이다. 특히 이 과정에서 그는 민족문학론의 리얼리즘에 대해 단순한 비판·거부·부정에 머물지 않고 상당히 생산적인 논의의 확장을 보여준다.

김종철의 논의는 민족문학론의 리얼리즘적인 독법이 지닌 문제점을 지적하면서, 리얼리즘의 계몽 정신을 되살리고자 한다. 김종철이 비판하

관계를 의미한다고 말한다. 이렇게 볼 때 엥겔스는 "세부의 진실성"이라는 구체적인 묘사의 원칙에 놓여 있는 데 반해, 루카치는 그 묘사가 아닌 형상화된 삶의 단편에서 총체성을 찾고 있다고 하겠다.

7 그 동안 서정시의 리얼리즘에 대해서 반영론에 근거한 주장들이 없던 것은 아니었지만, 세부적인 묘사라는 부분에서 어떤 뚜렷한 답이 나올 수 없는 장르론적인 한계를 지녔다. 우리 문학에서는 최두석이 "소설에서의 전형은 주로 인물의 창조와 관련되지만 시에서는 대체로 이야기와 관련된다"(「이야기 시론」, 『오늘의 시』 1989. 상반기, 현암사, 윤여탁·이은봉 편, 『시와 리얼리즘』, 소명출판, 2001, 374쪽에 재수록.)는 발언을 한 이후, 오성호와 김형수 등에 의해 전형론을 비롯한 리얼리즘 논쟁이 촉발된 바 있다. 자세한 것은 윤여탁·이은봉 편의 『시와 리얼리즘』을 참조할 것.

고자 하는 민족문학론의 리얼리즘은 "사회주의 리얼리즘"[8]이다. 우리는 백낙청으로 대표되는 민족문학론자들이 1974년의 평론 「민족문학 개념의 정립을 위해」부터 민족문학=근대문학=리얼리즘이라는 논리를 세워서, 리얼리즘을 사회주의 리얼리즘으로 전유한 사실을 잘 알고 있다. 백낙청 자신은 사회주의 리얼리즘의 핵심을 당파성, 구체적으로 말해서 "현실이 담고 있는 모순의 극복이라는 운동과정에서 발원하는 것"[9]으로 규정하였으며, 문학작품이 이 당파성의 논리로 쓰이고 설명되기를 바란다. 이때 "현실이 담고 있는 모순의 극복이라는 운동과정"이 현실적으로는 삼중의 과제—남한 민중의 해방, 분단체제의 극복, 세계체제의 변혁[10]—로 구체화되면서, 민족문학론적인 리얼리즘의 계몽 정신은 추상적이고 막연한 운동의 차원으로 전개되고 더욱이 다른 논리를 수용하지 않는 독아론적인 태도를 보인 측면이 있다. 김종철은 바로 이 점을 지적한 것이다.

> 그 동안 이 계열의 문학 활동에서 한결같이 이야기되어온 한 가지 뚜렷한 주장이 있다면 그것은 사회적 리얼리즘에 충실한 작품이 되어야 한다는 것이었지요. 이제 우리는 바로 이러한 사회주의 리얼리즘이라는 기준이 오늘날 우리가 근본적으로 다시 음미할 필요가 있다는 생각되는 시의 본질적 의미에 연관하여 얼마나 타당한 기준으로 살아남을 수 있는가를 검토해 보아야 하지 않을까 합니다.[11]

---

8 김종철, 「인간·흙·상상력」, 『녹색평론』 1992. 3~4월호, 윤여탁·이은봉 편, 『시와 리얼리즘』, 소명출판, 2001, 169쪽에 재수록.
9 백낙청, 「사회주의현실주의 논의에 부쳐」, 『통일시대 한국문학의 보람』, 창작과비평사, 2006, 419쪽.
10 백낙청, 「민족문학론·분단체제론·근대극복론」, 『흔들리는 분단체제』, 창작과비평사, 1998, 124쪽 참조.
11 김종철, 위의 평론, 169쪽.

김종철은 서정을 통해서 민족문학론 내부의 경직된 리얼리즘에 대한 비판을 이끌어낸다. 그가 보기에, 서정은 민족문학론의 리얼리즘이 만든 경직된 틀을 넘어서는 그 무엇이다. 그가 든 예증처럼 송기원의 시 「살붙이」는 시인 고은이 읽은 민족문학론적인 리얼리즘 독법으로는 설명할 수 없는 어떤 신비함, 즉 좀더 근원적이고 사려 깊은 세계(타자)와 자아(주체)의 동일시가 있다. 시 「살붙이」는 어느 늙은 창녀의 고단한 인생살이를 듣는 방식으로 형상화되었는데,[12] 고은은 이 시를 두고서 현실 사회의 모순을 부각시키는 문학적 저항이 없음을 탓했다. 고은의 평가는 물론 민족문학론의 리얼리즘이 서정의 소재를 현실운동의 "톱니바퀴와 나사"[13]로 가공하는 방식이었다.

김종철은 고은의 논의에 대해서 적극적으로 송기원의 시를 옹호하는데, 그 논리는 서정에 대한 깊은 이해에서 찾아진다. 김종철이 보기에, 송기원은 사회주의 리얼리즘의 당파성을 구현한 방식과는 다른 방식으로 사회적인 관계를 주목한다. 그의 시에서는 현실 억압의 희생자(창녀)를 통해 사회 모순을 폭로하고 극복의 투쟁을 고취시키는 것이 아니라, 창녀와의 "근원적인 우애와 일치의 느낌"[14] 즉 주객의 합일을 통해서 희생자에 대한 관심과 사랑을 은밀히 유도한다. 송기원이 보여준 이러한 서정은 주체와 타자가 극심하게 소외된 시대를 민족문학론과는 다른 방식으로 넘어서고자 하는 새로운 리얼리즘의 계몽 정신을 잘 보여준 예가 된다.

---

12 시 「살붙이」의 전문은 다음과 같다.
나이가 마흔이 넘응께/이런 징헌 디도 정이 들어라우/열여덟 살짜리 처녀가/남자가 뭔지도 몰르고 들어와/오매, 이십 년이 넘었구만이라우./꼭 돈 땜시 그란달 것이 없이/손님들이 모두 남같지 않어서/안즉까장 여기를 못 떠나라우./썩은 몸뚱아리도 좋다고/탐하는 손님들이/인자는 참말로 살붙이 같어라우.

13 V. I. Lenin, 최미숙 역, 「당조직과 당문학」, 문학예술연구소 편, 『현실주의 연구』, 제3문학사, 1990, 228쪽.

14 김종철, 위의 평론, 174쪽.

김종철의 문제의식은 사회주의 리얼리즘으로 국한된 당대의 계몽 정신을 반성하는 한 계기로써 서정의 본질을 부각시키는 것이다. 그는 이러한 인식을 바탕으로 하여서 지난 시대의 리얼리즘적인 인식론이 가진 한계를 적극적으로 비판·반성한다. 그에 따르면 지난 시대의 리얼리즘은 경직되고 협소한 논리에 빠져서 현실을 총체적으로 인식하지 못한다.

> 그것은 리얼리즘에서 말하는 구조적, 역사적 인식 자체가 문제라기보다 정말 총체적인 것이 되려고 그 인식의 지평을 좀더 확대되어야 한다고 믿기 때문입니다. 무슨 말이냐 하면, 종래 리얼리즘론에서는 인간생존의 문제를 순전히 사람과 사람 사이의 사회적 관계에서만 보아왔고, 좀더 근원적인 인간생존의 테두리라고 할 수 있는 자연이나 우주적 연관에서 삶과 세계를 보는 일은 경시되거나 도외시되어 왔다는 말입니다. 그렇게 보면, 여기서 제시되는 (민족문학론적인 리얼리즘의—편집자 주) 관점은 지나치게 인간중심적인 것이라고 할 수 있을 것 같고, 그런 만큼 그것은 도리어 인간의 총체적인 진실로부터 거리가 있는 것이 아닌가 싶어요. 왜냐하면, 우리는 사회적 존재일 뿐만 아니라 무엇보다 자연적 존재이며, 끊임없이 우주적 생명활동이라는 거대한 움직임 속에 참여하고 있기 때문이다.[15]

엥겔스, 레닌(V. I. Lenin), 루카치 등의 "리얼리즘의 이념적 고향이 르네상스적 인본주의"[16]라는 김종철의 식견은 나름대로 일리가 있다. 적어도 그러한 리얼리즘은 자연의 문제를 도외시한 인간의 지배와 그에 맞선 저항에 초점이 맞춰져 있기 때문이다. 그들의 리얼리즘이 저항 대 反저항(해방)의 이분법적인 논리에 기댄 것이고 이점에서는 민족문학론의 리얼리즘도 예외가 아니라면, 탈이념·탈민족이라는 이분법이 흔들리는

15 김종철, 183쪽.
16 김종철, 195쪽.

시대에 리얼리즘의 위상은 새롭게 검토될 필요가 있다. 김종철이 "자연이나 우주적 연관에서 삶과 세계를 보"고자 하는 까닭이 여기에 있다. 전환의 시대에 더 이상 사회주의 리얼리즘과 당파성의 논리로는 역사와 사회, 지구 속의 인간을 총체적으로 형상화하기 어렵다는 인식은, 과감하게 종래 리얼리즘의 왜소한 경계를 해체하고 리얼리즘을 확장하는 중요한 계기가 된다.

이때 김종철의 사유에서 중요한 것은, 리얼리즘을 부정·거부하는 것이 아니라 리얼리즘의 계몽 정신을 인정하고서 그 위에서의 혁신과 변화를 모색하는 자세이다. 그는 종래의 리얼리즘이 지닌 문제의식—"인간에 의한 인간의 억압을 반대한다는 기본적 입장을 줄기차게 견지해왔고, 그런 점에서 역사적 창조적인 역할을 해왔음"[17]—을 인정한 상태에서 전환의 시대에 걸맞은 계몽의 정신을 모색하고 있다. 이런 자세는 민족문학론의 리얼리즘적인 독법을 쉽게 진부한 논리로 내몰면서 자신의 정체성을 규정하려고 드는 일부의 논자들에게 의미 있는 반성이 무엇인가를 생각하게 만든다.

김종철이 생태학적인 인식을 바탕으로 리얼리즘을 확장했다면, 시적 언어에 대한 존재론적인 사유를 통해서 리얼리즘을 확장한 예로 구중서를 들 수 있다. 구중서가 민족문학운동의 현장 한 가운데에 있는 평론가임은 주지의 사실인데, 그는 1990년대라는 역사적 전환기를 헤쳐 나아가는 방식의 하나로써 민족문학론의 경직된 리얼리즘과는 다른 방식으로 계몽의 기획을 재구성한다. 이러한 그의 기획이 주목되는 까닭은, 김종철과 마찬가지로 서사가 아닌 서정 장르를 통해서 리얼리즘의 확장을 모색하고 있다는 사실 때문이다.

---

17 김종철, 196쪽.

민족문학론의 리얼리즘이 그 진정성을 의심받고 문제시되는 전환의 시대에, 리얼리즘의 계몽 정신을 확인할 수 있는 양식은 서사 쪽보다는 서정 쪽이다. 서정은 무엇보다도 언어로, 구중서의 표현에 따르면 "'살아 움직이는 원초적인 말'"[18]로 말한다. 이 "'살아 움직이는 원초적인 말'"이란 시적 언어의 일반적인 특성 중의 하나인 존재론적인 특성에서 그 이해의 단초를 구할 수 있다. 시적 언어는 그 자체로 살아 있는 언어다. 그것은 무엇을 지시하기 도구이기 이전에 스스로의 숨겨진 의미를 드러내는 존재이다. 이 점에서 죽어 있는 사물-언어에게 생명을 부여하고 생명을 되살려 존재 개진의 계기를 만든다. 이것이 시적 언어의 "살아 움직이는 원초적인" 특성인 것이다.

> 이 원초적인 말은 체현된 사고이지 사고의 체현이 아니며, '육화된 존재'이다. 이렇게 살아 있는 원초적인 말은 직감과 초월, 형이상학과 역사, 실체와 그림자, 전체와 부분을 분별하면서도 일치케 한다. 이러한 '말'은 누를 수 없이 솟구치고, 사람들의 마음을 사로잡고, 사물과 세계가 머물러 있기 싫어하는 어둠으로부터 밝은 데로 끌어낸다.
>
> 말의 이처럼 큰 능력은 절대자로부터가 아니고서는 올 수가 없다. 이것은 생명이며 빛이다. 빛이 어둠을 물리친다는 것은 해방이며 통일이며 구원이다. 칠흑의 밤 먼 데서 비치는 등대는 구원의 약속이다.[19]

구중서는 이러한 시적 언어에서 새로운 해방의 단초를 모색한다. 그 해방은 1970~80년대의 민족문학론이 기획한 계몽의 기획과는 다르다. 이 차이를 이해하는 것은 전환기를 맞이하는 구중서의 계몽 기획을 이

---

18 구중서, 「자연과 리얼리즘」, 『시와 리얼리즘』, 공동체, 1993, 윤여탁 · 이은봉 편, 『시와 리얼리즘』, 소명출판, 2001, 446쪽에 재수록.

19 구중서, 앞의 평론, 446쪽.

해하는 첩경이 된다. 그는 1970~80년대 민족문학론의 리얼리즘이 하나의 모델로 상정했던 "소련의 계급적 당파성 이데올로기가 만들어낸 사회주의 리얼리즘"[20]과 사회주의 사회가, 자본주의 사회와 마찬가지로 "원초적인 말"을 죽이고 있음을 심각하게 토로한다. 그가 자본주의 못지않게 사회주의의 이념·계급을 비판하는 이유가 바로 이것이다. "원초적인 말"을 죽이는 사회는 억압의 사회이고 그것은 지양돼야 할 사회이며, "원초적인 말"은 다시 회복되어야 한다. 이것이 그의 새로운 "해방이며 통일이며 구원"이다.

이때 새로운 계몽 기획이 서정적(시적) 언어의 회복을 통해서 가능하다는 사실은 놀라운 일이 아니다. 그는 지난 시절의 사회주의 리얼리즘의 지평에서가 아니라, "원초적인 말"을 회복시키는 리얼리즘을 모색한다. 리얼리즘의 리얼(현실)이라는 문제를 더 이상 자본의 억압과 그에 맞선 사회주의적 저항으로 국한시켜서 보지 않는다. 오히려 현실이란 이념·계급보다는 "원초적인 말"을 죽이고 은폐시키는 좀더 큰 인류의 위협, 구체적으로 말하면 "오늘날 점점 더 인류를 죽이고 살리는 현실 자체인 자연"[21]을 의미한다. 이렇게 보면 "원초적인 말"을 가장 잘 회복하는 상태가 곧 구중서에게 있어서는 스스로 그러함, 즉 자연(自然)이 자연다워지는 것이고, 환경파괴와 생태위기의 위협 속에서 죽어가는 자연을 되살리는 것이 리얼리즘의 계몽 정신이자 방법이 된다.

이러한 구중서의 사유가 의미 있는 것은 전환기의 시대에 과거의 리얼리즘을 부정·무시·거부하는 것이 아니라, 리얼리즘의 계몽 정신을 인정·이해하고 그 위에서 새로운 시대의 문제들—이념·계급의 극복이나 자연·환경의 위기 극복 문제들—과 부딪히고 넘어서려는 자세 때문이다. 특히 리얼리즘의 계몽 정신을 시대에 맞게 다시 인식하는 전략으

---

20 구중서, 453쪽.
21 구중서, 453쪽.

로써 리얼리즘의 지평을 확대하려는 자세 때문이다. 리얼리즘에 대한 구중서의 새로운 모색은, 김종철의 경우와 마찬가지로 오늘날의 리얼리즘 비판이 어떤 모습으로 진행돼야 하는지에 대한 한 암시가 될 것이다.

역사의 전환기에서 서정을 관심 대상으로 하여 리얼리즘 지평의 확대를 보여준 두 사례는, 따지고 보면 우리 문학의 특수한 사정에서 비롯된다. 우리 근대문학이 외세·권력에 맞선 응전과 그 대응이라는 문제에 대해서 가깝거나 멀거나 할 뿐이지 완전히 자유로울 수 없다는 사실은 누구도 부정하기 힘들다. 이미 우리는 그런 인식틀 속에서 문학과 사회를 바라보고 설명하며 이해하고 있기 때문이다. 이런 상황에서 계몽의 기획으로서의 리얼리즘이 득세하는 것은 불가피한 현상일지 모른다. 그렇다면 문제는 리얼리즘으로 설명·규정·이해돼 왔던 현상을 인정하고서, 리얼리즘이 지닌 계몽의 정신과 방법을 다양하게 이해·해석하는 일이다. 이 말은 계몽의 기획이 오늘날에 와서도 이념·계급·민족 중심의 대립·투쟁으로 진행되어서는 안 된다는 뜻과, 아울러 무작정 계몽의 정신을 간과·무시해서는 안 된다는 뜻을 동시에 함축하고 있음을 의미한다. 계몽의 정신을 되살리는 일이 리얼리즘 지평의 확장과 깊은 관련이 있는 이유가 여기에 있다.

물론 이 논의가 김종철과 구중서의 리얼리즘이 1990년대 이후의 현실에서 진리와 같은 위치에 있다는 뜻은 아니다. 무엇보다도 그들의 리얼리즘이 1990년에 유행하던 생명·환경담론에 많은 부분 의지해 있고, 더욱이 생명·환경 담론 이후의 새로운 변화에 대해서 자기변신 혹은 자기모색을 하지 않음으로써 유행을 탄 논의라는 혐의를 지니고 있기 때문이다. 이 지점에서 오늘날의 리얼리즘을 새롭게 맞이하는 우리의 역할이 다시금 제기된다. 리얼리즘이되, 그것은 오늘날의 문제의식과 그에 수반·요구되는 계몽 정신을 지닌 리얼리즘이어야 한다.

리얼리즘, 혹은 사실의 변형

1. 백랍으로 만든 두 날개

백랍으로 만든 날개를 달고 미궁을 빠져나오다 태양에 너무 접근하여 날개가 녹아버린 이카루스의 이야기는, 리얼리즘(realism)의 운명을 너무 잘 비유한다. 한국문학사에서 일정한 주기로 감행된 리얼리즘의 비상은, 사실이라는 것에 엥겔스(F·Engels)와 레닌(V. I. Lenin)이라는 두 날개를 달고서 언제나 해방이라는 강렬한 빛에 접근하고자 했지만, 그것은 늘 불가능한 것으로 판명 났기 때문이다. '소외에서 해방으로'라는 1970년대 이후 리얼리즘의 핵심 논리가 위기에 빠진 것은 어느 논자가 주장하는 것처럼 과연 새로운 포스트 담론의 발현양태가 크게 달라졌기 때문이었을까[1]. 이 글은 그 이유가 리얼리즘 자신에게 있음을 검토해 보고자 한다.

1970년대 이후 리얼리즘의 가장 중요한 전제는, 아마도 사실과 이데올로기 사이의 변증법적인 결합으로 말해질 것이다. 리타 쇼버(R.

1 이 부분에서는 리얼리즘을 "현실에 대한 정당한 인식과 정당한 실천적 관심을 구현하는" 예술로 보고서 근래 포스트모더니즘의 위협을 "근본적인 도전"으로 보는 백낙청의 견해를 지적하고 있다.(백낙청, 「민족문학과 리얼리즘론」, 『통일시대 한국문학의 보람』, 창비, 2006, 359쪽;367쪽.)

Schober)가 사회주의 리얼리즘을 "목표지향적 행위를 지도하는 방향방법(Richtungsmethode)"으로 정의했는데, 김영룡은 그 "방법개념이란 현실의 반영이라는 과학적 영역과 당파성이라는 이데올로기 영역에 동시에 속하게 되는 것"[2]이라고 말한 바 있다. 사회주의 리얼리즘의 논리를 수용했던 당대의 리얼리즘은, 사실과 이데올로기 사이의 변증법적인 결합을 전제로 가능한 것이었다.

그렇지만 문제는 과연 그 결합이 가능한 것이냐 하는 점이다. 1970년대 이후 리얼리즘 시와 그 해석 담론에서는 이데올로기의 영역이 너무나 커버린 나머지 과학적인 사실의 영역이 거의 없었다는 문제가 발생했다. 당대 리얼리즘 시와 그 해석을 오늘날 면밀히 검토해 볼 때, 가장 기본적인 과학적 사실로 설명된 부분에서도 이미 무의식적인 차원에서 이데올로기가 투영되어 있고, 그럴 때만이 그 사실을 진리의 수준으로 이해했다는 점이다. 이데올로기에 의해서 왜곡된 사실이 마치 왜곡되지 않은 것처럼 읽히고 논의됐던 것이다.

이런 비판적인 관점에서 볼 때, 우리가 당대에 과학적인 사실이라고 믿었던 것은, 차라리 사실의 변형(metamorphosis)이었다는 설명이 더 옳은 것이 된다. 리얼리즘이란 사실을 처리하는 기술의 측면이 있었던 셈이다. 사실을 정말 사실처럼 환각시키는 변형의 기술. 여기에서 변형이란 리얼리즘의 핵심 기술인데, 그것은 실제의 사실 또는 사태를 언어 예술로 재현(representation)하거나 혹은 이데올로기를 변증법적으로 엮는 과정에서 일어나는 것이라기보다는, 그 재현 과정에 숨겨져 있는 서술자(리얼리스트)의 의도 혹은 이데올로기에 의해서 거의 무의식적으로 발생하는 것이다. 재현 과정의 심층을 담당하는 것, 표면적으로는 정말 사실처럼 보이고 논의되고 생각되는 것이지만 심층적으로는 사실과 이데올로기

---

2 김영룡, 「사회주의 현실주의 논의의 역사적 전개에 관한 일 고찰」, 문학예술연구소 역, 『현실주의 연구 I』, 제3문학사, 1990, 13쪽.

혹은 사실과 욕망이 서로 충돌하고 때로는 양보하면서 다양한 조건과 상황에 맞게 가공되는 것, 그것이 변형이다.

우리 문학사에서 리얼리즘이 문제시되었을 때에는 늘 변형의 문제가 그 핵심에 있었지만, 그것이 명시적으로 제기된 적은 없었다. 변형은 리얼리즘의 핵심 기술이면서도 늘 은폐되어 있었던 것이다. 1970년대에 민족문학론에서 리얼리즘론이 제출될 때부터 리얼리즘의 사실이란 늘 엥겔스와 레닌, 혹은 루카치(G. Lukacs)의 이데올로기로 설명되었다. 놀랍도록 유사하고 불변적인 이 설명은, 염무웅의 평론 「리얼리즘론」(1973)에서 백낙청의 평론 「리얼리즘에 관하여」(1982)와 「민족문학론과 리얼리즘」(1990)을 거쳐서 1990년대 이후 시와 리얼리즘 논쟁에서도 여전히 반복되었다. 전형적인 환경, 전형적인 인물, 세부의 진실성, 리얼리즘의 승리, 당파성, 혁명성이 그 키워드임은 잘 알려진 이야기이다.

그 사이 "리얼리즘 문학과 리얼리티가 거의 관련이 없다"는 롤랑 바르트(R. Barthes), "등치적 리얼리티(consensus reality)"의 한계를 문제 삼은 캐스린 흄(K. Hume), "리얼리티를 설명하는 데" "분명한 도덕성이나 도덕화에 대한 충동도 있음"을 주장한 헤이트 화이트(H. White) 등의 리얼리즘 비판은 제대로 전달되지 못했다.[3] 이런 사정은 1970년대 이후 리얼리즘 시를 변혁과 투쟁의 관점에서 해석하면서 이데올로기의 완고한 성벽을 무너뜨리지 못했던 이유가 된다. 이 글은 한국문학의 자유로운 소통을 가로막는 이데올로기적인 현상황을 넘어서고자, 리얼리즘 시를 대상으로 해서 사실이 변형되는 은밀하고 무의식적인 과정을 검토·비판하면서 리얼리즘이란 특히 민족문학론의 리얼리즘이란 사실 변형의 기술임을 밝히고자 한다.

---

3 K. Hume, 한창엽 역, 『환상과 미메시스』, 푸른나무, 2000, 85쪽;19쪽.;H. White, 전은경 역, 「리얼리티 제시에서의 서술성의 가치」, 석경진 외 역, 『현대서술이론의 흐름』, 솔, 1997, 210쪽.

2. 첫 번째 기술; '눈'의 환각

리얼리즘을 신뢰하고 활용하는 시인은 '눈(eyes)'의 절대성을 믿는다. '눈'은 세계로부터 주어진 사실 또는 사태를 관찰하고 지각하는 동시에, 의식화의 과정을 통해서 선명한 이미지로 만드는 통로이다. 세계와 내면, 혹은 사실과 이미지가 오가는 '눈'을, 리얼리즘의 시인은 의심을 거듭해 비판하지만 일단 그 의심과 비판이 사라지면 절대적으로 신뢰한다. 사물의 일부분으로 사물의 전체와 세계를 구성할 수 있고, 거기에 확실성을 부여하는 절대적인 이성이 바로 '눈'인 것이다.

리얼리즘의 첫 번째 기술은 이러한 '눈'의 절대성을 과신하는 것이다. 구체적으로 말해서 리얼리즘은 '눈'이 사실을 변형하고 있음을 은폐하는 기술인 것이다. '눈'은 자신이 보지 못하는 것, 보기 싫은 것, 봐서는 곤란한 것, '눈'이 만들어낸 논리적인 균질성을 심하게 어긋나게 하는 것, '눈'이 합리화한 이미지의 세계를 여지없이 균열시키는 것, 이런 것들을 일부로 보지 않거나 아예 볼 수가 없다. 왜냐하면 '눈'은 자신이 스스로 만든 환각을 보지 못하기 때문이다. 환각은 '눈'의 결여요 부재이면서, 동시에 사실의 변형이 사실로 오해되는 현상이다.

어쩌면 나는 기계인지도 몰라
컨베이어에 밀려오는 부품을
정신없이 납땜하다 보면
수천 번이고 로보트처럼 반복동작하는
나는 기계가 되어 버렸는지도 몰라

[…중략…]

저들은

알 빼먹는 저들은

어쩌면 날강도인지도 몰라

인간을 기계로

　　소모품으로

　　상품으로 만들어 버리는

점잖고 합법적인 날강도인지도 몰라

—시 「어쩌면」 부분, 박노해, 『노동의 새벽』, 해냄, 1997, 87~88쪽.

노동하는 '나'가 '기계', '소모품', '상품'임을 수긍하는 자는, '눈'의 환각을 의식하지 못하는 리얼리스트이다. 여태까지 박노해 시인의 '눈'은 노동자를 '기계', '소모품', '상품'으로, 그리고 자본가를 '날강도'로 봄으로써 1980년대 한국 노동의 현실 또는 사실을 재현한 것으로 논의되었다. 그렇지만 그의 '눈'은 오히려 이항대립적인 특수 상황 속에서 가능하거나 복합적인 현실에서는 왜곡됐다고 말할 만한 사실만을 보고, 그 사실이 지닌 복잡성을 무의식적으로 은폐한다. 그 결과 그가 본 환각을 정말 사실인 것처럼 오해한다. '기계', '소모품', '상품', '날강도'는 '눈'의 환각일 뿐이다.

1980년대의 노동 현실에서 자본가를 '날강도'로, 노동자를 '기계', '소모품', '상품'으로 단순화시킬 수 있었을까. 도리어 노동자와 자본가 사이에는 서로 상극적인 대립 이외에도 임금과 노동을 맞바꾸는 부드러운 순환이나, 자본가의 요구를 무화시키는 노동자의 혼성적인(hybrid) 저항과 같은 것은 없었을까. 위의 인용은 마르크스(Marx)가 초기 자본주의의 현실을 분석한 것과 아무런 차이가 없기 때문이다. 이처럼 박노해를 비롯한 리얼리즘 시인의 '눈'은 노동자, 자본가, 국가, 시민, 환경, 생태, 여성, 아동 등으로 연결되는 사회의 복합구성을 간과해 버린다. 그 결과

'사실'의 배경을 지우고서 일종의 기형물 혹은 괴기물만을 남겨놓는다. '기계', '소모품', '상품', '날강도'의 공통점은 '사실'을 괴기적이고 기형적인 산물로 만든다는 것이다.

자본가의 폭력과는 그 성질이 다르지만, 이것은 이데올로기에 의해서 사실을 변형시키고 당대 사회를 좀더 생생하게 재현할 기회를 놓쳐버린다는 점에서 '눈'의 폭력이 된다. 문제는 이 폭력이 리얼리즘 시인 자신이 거의 모르게 행사된다는 데에 있다. 박노해는 시집 『노동의 새벽』에서 노동자를 "때리면 돌아가는 팽이", "돌릴수록 쥐어짜지는 빨래"(시 「멈출 수 없지」), "지문 나오지 않는 사람들" "존재조차 없"는 '우리'(시 「지문을 부른다」)로, 그리고 자본가를 "우리의 생을 관장하는 검은 하늘"(시 「멈출 수 없지」), "노동자의 피땀 위에서/번영의 조국을 향락하는 누런 착취의 손들"(시 「손 무덤」)로 보는데, 아무런 거리낌이 없다. 마치 그것이 절대적인 사실처럼 확신과 믿음을 지니고서 표현한다.

그렇게 보는 이유는 '눈' 그 자체에 이미 이데올로기적인 환각이 작용하고 있기 때문이다. 마르크스는 그의 『자본론』에서 "그들은 그것을 알지 못한 채 행하고 있다."라는 말을 한 바 있는데, 그런 말은 이제 리얼리즘 시인에게 되돌려줄 필요가 있다. 마르크스를 주춧돌로 하여 구성된 변혁 이데올로기가 '눈'의 중핵에서 사실을 강한 힘으로 왜곡·변형시킨다는 것을, 리얼리즘 시인과 이론가들은 알지 못하거나 알려고 하지 않는다. 그들은 자신이 믿는 '눈'을 통해서 현실을 이데올로기적인 환상물로 만들고 있음을 알지 못한다. 따라서 그들은 우직하고, 비판에 대해서 순진한 동어반복만을 하고 있다. 리얼리즘은 사실을 '과학적으로' 재현하고 있다고.

3. 두 번째 기술; 인물의 변신

자본주의를 비판하는 사회주의나 그런 유사한 경향의 이데올로기가 리얼리즘이라는 기술과 만날 때, 어떤 중요한 인식론적인 전도가 발생한다. 그 이전의 '눈'으로는 도저히 볼 수가 없고 초점화할 수 없는 새로운 어떤 것이 마치 예전부터 있어온 낯익은 것처럼 보이고 또 그렇게 논의되기 때문이다. 이러한 전도는 그야말로 새로운 사실에 대한 발명(invention)이고 일종의 도착증으로 설명되어야 하지만, 리얼리즘 진영에서는 늘 전형, 자각, 지혜, 경지로 설명되어 왔다는 사실은 신기하기까지 하다.

리얼리즘의 두 번째 기술은 인식론적인 전도와 관계한다. 리얼리즘은 기존의 이데올로기와 새로운 이데올로기 사이의 도착을 통해서 인물을 다른 존재로 변신시키고도, 그것이 마치 사실인 것처럼 여기게 만드는 기술이다. 인물의 변신. 로지 잭슨(R. Jackson)의 말처럼 인물은 "'사실주의적' 재현이란 이름 아래 산출된 하나의 이데올로기적인 개념"[4]인 것이다. 1970년대에서 인식론적인 전도는 관습적이거나 권력적인 인식과 변혁 이론 사이에서 발생하는데, 그 극단적인 예는 '대다수의 사람들'을 민중으로 변신시킨 백낙청에게서 이루어진다. 그는 1966년에 지식인이 "한국에 관한 한, 민중의 저항을 가로맡"아야 한다고 하나, 1974년에 "민중 스스로가 이 과업을 떠맡는 길밖에 없"다고 주장하면서 민중의 변신을 선언한다.[5] 이런 분위기 속에서 리얼리즘 시는 민중시가 되고, 농촌의 촌민은 민중으로 변신한다.

---

4 R. Jackson, 서강여성문학연구회 역, 『환상성』, 문학동네, 2001, 112쪽.
5 백낙청, 「새로운 창작과 비평의 자세」, 『민족문학과 세계문학 I』, 창작과비평사, 1978, 356면; 「민족문학개념의 정립을 위해」, 앞의 책, 129~130쪽.

우리는 협동조합 방앗간 뒷방에 모여
묵내기 화투를 치고
내일은 장날. 장꾼들은 왁자지껄
주막집 뜰에서 눈을 턴다.
들과 산은 온통 새하얗구나. 눈은
펑펑 쏟아지는데
쌀값 비료값 얘기가 나오고
선생이 된 면장 딸 얘기가 나오고,
서울로 식모살이 간 분이는
아기를 뱄다더라. 어떡할거나.
술에라도 취해 볼거나. 술집 색시
싸구려 분 냄새라도 맡아 볼거나.
우리의 슬픔을 아는 것은 우리뿐.
올해에는 닭이라고 쳐 볼거나.

—시 「겨울밤」 부분, 신경림, 『농무』, 창작과비평사, 1975 증보판, 6쪽.

1965년 《한국일보》에 발표된 시 「겨울밤」을 인용한 까닭은 '대다수의 사람들'을 민중으로서 발견한 거의 최초의 시이기 때문이다. 이 발견을 두 가지의 차원에서 이루어진다. 먼저, 희미한 의식의 차원. 신경림은 1960년대의 우리 시사에서 '대다수의 사람들'에게 관심을 갖고 그들을 작품에 등장시킨 거의 최초의 시인이 아닌가 싶다. 김수영과 신동엽의 시편을 자세히 보면, 거기에는 현실의 모순을 자각하고 비판하고 분노하는, 혹은 "민중의 저항을 가로맡"는 지식인 시인의 독백이 있지, 시 「겨울밤」처럼 다양한 인물들이 등장하지 않는다. 다만 신경림은 위의 시에서 '대다수의 사람들'을 변혁과 투쟁의 주체로 변신시키지 않는다는 점에서 희미한 의식을 지닌다.

그리고, 분명한 의식의 차원. 신경림 연구자들은 '대다수의 사람들'을 변혁 주체로서의 민중으로 평가하는데, 이 과정에서 당대 사회의 인식론적인 전도가 있었음을 암시한다. 이시영은 "올해는 닭이라도 쳐 볼거나"라는 구절에서 "분명한 현실 극복 의지"를 읽을 수 있다고 했고, 백낙청은 시집 『농무』에서 "발전하는 역사의 한 현장"을 찾을 수 있다고 한 것이 그 예가 된다.[6] 그를 비롯한 많은 리얼리스트들이 부지불식간에 '대다수의 사람들'을 현실 극복적·변혁적인 민중으로 논했던 것이다.

이런 과정을 거쳐서 민중은 그 기원을 은폐한 채 마치 처음부터 '대다수의 사람들'이 곧 민중이었고, 민중은 원래부터 현실극복적·변혁적인 존재였던 것처럼 보이기 시작한다. "묵내기 화투를 치"는 '우리', '왁자지껄'하는 '장꾼들', "선생이 된 면장 딸", "서울로 식모살이 간 분이", "싸구려 분 냄새" 풍기는 "술집 색시"는 신경림의 시 이전에만 해도 단지 평범한 '대다수의 사람들' 중의 하나일 뿐이다. 그렇지만 종속이론과 변혁이론을 겸비한 이데올로기가 시인과 비평가의 '눈'에 중핵을 차지할 때, 이미 '대다수의 사람들'은 현실에서 소외되지만 곧 그것을 극복·저항하고자 하는 민중으로 변신하고, 박정희 권력의 기만적인 농업 공업화, 그 공업화에 희생·소외된 자들, 곧 그런 현실의 억압을 뚫고 해방을 지향하는 자로 보인다. 이 존재는 처음에는 어색하고 비판될 수 있는 것일지라도,[7] 일단 민중으로 부르기 시작하면 '대다수의 사람들'이라는 前의미적인 존재는 잊혀지고 만다.

1960년대 이후 리얼리즘 시에서 일어난 변신의 첫 과정이 '대다수의

---

6 이시영, 「70년대의 시」, 『동서문학』, 1990. 겨울호, 180면;백낙청, 「발문」, 신경림, 『농무』, 창작과비평사, 1975 증보판, 111쪽.

7 이기철은 시집 『농무』에 숨겨진 "작품 외적인 것"을 비판한 바 있다. 또한 김주연은 민중을 대하는 민족문학론의 이데올로기적인 태도를 지적한 바 있다.(이기철, 「「농무」와 「남사당」의 상상력」, 『시문학』 1989. 8. 98쪽;김주연, 「민족문학론의 당위와 한계」, 『문학과 지성』 1979. 봄호. 참조.

사람들'에서 '민중'까지였다면, 그 두 번째 과정은 노동자에서 싸우는 민중, 즉 전사까지일 것이다. 김지하가 시 「타는 목마름으로」에서 애타게 민주주의를 부르짖는 모습이나, 김남주가 시 「전사·2」에서 투쟁의 과정 중 의로운 죽음이 예정되어 있음을 담담하게 말하는 부분이나, 고은이 시 「길」에서 통일을 위해서 기어코 험난한 길을 가야 한다는 의지를 보여주는 장면이나, 백무산이 시 「전진하는 노동전사」에서 가난, 수모, 철창, 위선자를 쳐부수는 전사가 되어야 한다는 비장한 목소리는, 계층적으로는 지식인이나 노동자로 나뉠지라도 모두 전사로 변신된 인물들이다. 변신은 당대의 가장 전형적인 인물을 만든 것으로 논의됐지만, 정작 그 과정을 은폐시킨 고도의 기술인 것이다.

4. 세 번째 기술; 사태의 변화

리얼리즘이라는 기술은 인물을 변신시키는 데에 국한되지 않는다. 변신된 인물이 있기 위해서는 그 인물이 어디에서 왔고 어디로 가는지에 대한 문제, 즉 이야기(narrative)의 목적을 인식론적으로 전도하는 좀더 근본적인 기술이 필요하다. 이것이 세 번째 기술이다. 리얼리즘은 이야기의 흐름 혹은 그 사태를 변화시키면서, 마치 그 변화된 사태가 가장 사실적·현실적인 것처럼 만드는 고도의 기술이다.

무의식적으로 사태를 변화시키는 기술. 이 기술이야말로 리얼리즘의 세계관이 지닌 허위성을 가장 잘 드러내는 바일 것이다. 리얼리즘은 발전하는 세계관, 방향방법, 사회주의와 혁명의 지향 등 어떤 것으로 표현되든지 간에 기존 관습·권위의 인식론적인 장(field)을 해체하고서 새로운 이데올로기의 인식론적인 장을 형성하며, 그 위에서 사태를 마름질하고 재단한다. 변화된 사태는 반란, 혁명, 운동, 저항, 변혁 등으로 표현되는데, 문제는 그 표현의 공통점인 리얼리즘의 세계 인식 그 자체가 허구적이라는 점이다. 리얼리즘은 오직 자기 이데올로기의 인식론적인 장에서만 세계를 구성할 뿐이지, 기존의 장을 비롯해서 다양한 이데올로기가 복잡하게 중첩된 복합계적인 장에서는 편협한 인식을 드러내는 데에 불과하다.

> 아아, 그대들은 의병이었구나,
> 나라를 찾겠다고 집을 뛰쳐나온
> 상전들 꾐에 집을 빠져나온
> 굳세고 용감한 의병이었구나.
>
> 지금은 한낱 도둑의 무리
> 끝없는 싸움에 지친 상전들 양반들은
> 바뀐 세상에서 새몫을 찾고자 돌아가고,
> 학문하러 돌아가고,
> 처자식 찾아 돌아가고.
> 이제사 갈 곳을 안 그대들만 남아
> 나라를 되찾으려는 도둑의 무리 되었구나

―서사시 「새재」, 신경림, 『남한강』, 창비사, 1987, 44~45쪽.

이야기 전체의 문맥에서 볼 때 위의 인용은 주인공 '돌배'가 어떤 집단을 만나서 의병을 조직하고 일제와 싸우는 장면이지만, 그 장면에는 인식론적인 전도의 한 문제점이 분명하게 나타나 있다. 새로운 사회를 꿈꾸는 자들의 인식론적인 장에서 '의병'인 자들이 기존 사회의 인식론적인 장에서는 "도둑의 무리"가 된다는 이 구절은, 리얼리즘이 사태를 변화시키는 것이 쉽사리 올바른 세계관으로 표현되는 것이어서는 안 됨을 암시한다. 한편으로 '돌배'의 무리가 왜놈과 싸우는 것은 의병운동 이야기가 되겠지만, 다른 한편으로는 양반과 부자집의 곳간을 털고, 그 반작용으로 양반들이 도둑을 치기 위해서 의병을 모으는 것으로 보면 당대 사회를 혼란에 빠뜨린 도둑 이야기가 된다.

단순히 의병운동의 이야기로 볼 수 없다는 데에, 리얼리스트들이 감행한 인식론적인 전도의 문제점이 있다. 그런데 이 문제점은 인식론적인 전도가 그 사회에서 비교적 균질적이고 논리적인 사유공간을 만들어 놓았을 때에는 별로 주목을 받지 못한다. 위의 인용에 대해서도 기존의 평가가 의병운동으로 획일화되었다는 것은 이것을 반증한다. 그렇지만 문제는 인식론적인 전도는 유동적이고 전복적이며 변위적인 특성이 있다는 점이다. 저항의 논리가 포스트모더니즘이나 해체주의, 혹은 탈식민주의나 탈민족주의의 논리로 전도될 때, 리얼리즘이 문제가 되는 이유는 바로 이 까닭이다. 도적 이야기가 의병 이야기로 변화하는 것은 결코 지속적이거나 확정적인 것이 못 된다.

그 때문에 리얼리즘이 목표로 삼는 새 세상, 해방, 평등, 자유는 위태로운 개념이 아닐 수 없다. 그것은 리얼리즘 내부에서 자신의 이데올로기를 마치 시위의 활처럼 팽팽한 긴장감을 가질 때에 가능한 것이지, 일단 그 이데올로기의 시대가 종결되고 새로운 혹은 다양한 이데올로기의 시대가 올 때에는 긴장감도 사라지고 이데올로기의 가치도 스러진다. 그 변화된 사태의 진정성은, 이데올로기에 대한 흔들거리는 믿음과 함께 사그라지는 것이다.

1970~80년대 리얼리즘적인 경향의 서사시는 새 세상이라는 목표를 향해서 나아갔지만, 그 진로는 그렇게 지속적이지 못하고 만다. 무엇보다도 리얼리즘은 사태를 이데올로기의 시각으로 전유하고자 하기 때문에, 이데올로기와 사태를 꼼꼼하게 엮지 못하고 늘 단순화시킨다. 이것은 이야기가 그 자체에 지닌 서사화의 충동이나 목적론적인 욕망과는

약간 다른 논의이다. 그것보다는 표현보다는 사태를 문학화하는 과정에서 이데올로기의 지배가 너무 강하게, 그리고 쉽게 인정·용인된다는 점이 문제이다. 다른 말로 하면 리얼리즘이 변형 기술이 라는 암묵적인 금기를 깨지 않는 그 강박증 위에서 리얼리스트들이 주장하는 사실이란 결국 순진한 공동체 속의 믿음일 뿐이라는 것이다. 사실과 변형의 관계에 대해서 리얼리스트들은 좀더 심도 깊은 논의를 해줘야 하는 것이 아닐까.

5. 사실의 발명술

다시 이카루스의 이야기로 돌아가기로 한다. 이카루스의 날개가 녹아버린 이유는 무엇일까. 그가 태양에 근접해서일까. 태양에의 도달이란 영원히 지연되는 인간의 꿈일까. 이 글에서는 그 이유를 백랍으로 만든 두 날개로 암시했다. 이카루스가 진짜 날개를 달고 하늘을 날았다면 태양 때문에 날개가 녹지는 않았을 것이다. 그렇지만 이카루스의 날개는 제조된 것, 혹은 발명된 것이다. 그는 사실이라는 몸체를 허공에 띄우기 위해서 제조된 날개를 사용한다. 문제는 제조된 날개가 마치 진짜 날개인 양 생각하고 행동했다는 점, 그래서 태양을 두려워하지 않았다는 점이다. 스스로를 기만하는 무의식, 그것이 이카루스와 리얼리즘 사이의 공통점이다. 그렇다면 만약 1970년대 리얼리스트들이 자신의 이데올로기에 의해서 사실을 왜곡시키고 있음을 자각했으면 문제는 달라졌을까? 당대 사회는 좀더 자유로워지고 다양한 지성의 출현이 가능했을 지도 모른다. 적어도 거대하고 유일한 이데올로기의 그늘에 가려져 있지는 않았을 것이다. 진리의 단순화에 대한 반작용, 거기에 리얼리즘이 보고자 한 사실이 숨어있지는 않을까라는 사족을 붙인다.

민중시라는 전통

1. 만들어진 전통

민중시라는 용어의 의미를 민중을 시적 소재화한 시로 풀어낸다면, 그 기원은 언제부터일까? 이러한 의문은 부지불식간에 민중시를 전통의 지평선에 정위시켜 놓았던 학계·문단 선배들의 인식을 문제 삼을 수 없지 않게 한다. 우리 문학사에서 민중시는 민족문학이라는 유개념을 범주로 할 때 유구한 전통을 지닌 것으로 이해된다. 민족문학이란 그 주요 주창자인 백낙청에 의하면 "근대문학=민족문학"으로 설명된다. "타율적인 근대전환이 민족의 자주성 상실과 민중억압의 지속 내지 강화로 이어진다는 점에서 이곳의 제대로 된 근대문학은 '민족문학'의 성격, 좀 더 구체적으로는 민중적인 민족문학의 성격을 띤다"[1]는 주장이 그 등가성을 보증해주기 때문이다.

민족문학이 근대에 기원한다는 주장은 근 백여 년의 전통을 인정하는 것이지만, 임형택에게 오면 민족문학의 기원은 근대 이전으로 소급된다.

---

1 「근대성과 근대문학에 관한 문제제기와 토론」, 『통일시대 한국문학의 보람』, 창비, 2006, 111쪽.

민족문학 혹은 민중시의 시작이 더 과거로 설명되는 것이다. 임형택은 "근대 이전에 이미 외형적으로 민족이 형성되었고 나름으로 민족의식 또한" 있었다는 점에서 "고전적 민족유산은" "근대 민족문학의 前史로서 문학사에 위치하여 민족문학적 의의를 갖고 있"[2]는 것이 되기 때문이다.

그렇다면 과연 민중시라는 전통은 언제부터 시작된 것인가. 이 글에서는 민중시라는 전통이 근대 초기나 그 이전이 아닌, 1970년을 전후로 한 시기에 만들어졌다는 사실을 검토하기로 한다. 이러한 발상이 가능한 이유는 진보적 민족문학론자들의 논의 속에 이미 전통을 만들려고 한 노력이 숨어 있기 때문이다. 백낙청은 1969년의 평론 「시민문학론」에서 "〈시민의식〉은 현재까지 지속된 가장 오래된 문명사회의 하나인 한반도에 아득한 옛날부터 오히려 두드러지게 있었다고 말해야 옳다"[3]라는 표현을 한 바 있다. 그는 시민의식을 "아득한 옛날"부터 시작된 전통의 문맥에 기입하고자 했던 것이다. 이 때 흥미로운 어휘가 '옳다'이다. '옳다'라는 표현은 사실판단이 아닌 가치평가이다. 그것은 어떤 사실을 발굴한 고고학적인 것이 아니라, 어떤 가치를 만드는 발명가적인 것이다.

전통에 대한 발명가적인 인식은 이후 계속 이어진다. 백낙청은 1974년의 평론 「민족문학개념의 정립을 위해」에서 "조선왕조의 말기로 내려오면 올수록 실제로 민중이 즐기고 민중을 움직일 수 있는 문학에서 민족문학의 전통을 찾아야 할 필요성이 커진다"[4]라고 했는데, 이 때에도 그가 주장하는 민족문학이란 과거의 전통이 이미 있어서 그것을 이어받는 것이 아니라, '찾'고 만들고 구성해야 하는 것이다. 1975년의 평론 「민족문학의 현단계」에 오면 "과거의 전통이란 언제나 다수 민중의 실질적 요구에 맞춰서 혹은 보존되고 혹은 변혁되어야"[5] 함을 역설한다.

---

2 「민족문학의 개념과 그 사적 전개」, 『민족문학사강좌』, 창작과비평사, 1995, 참조.
3 『민족문학과 세계문학 I』, 창작과비평사; 1978, 38쪽.
4 『민족문학과 세계문학 I』, 창작과비평사, 1978, 130쪽.
5 『민족문학과 세계문학 II』, 창작과비평사, 1985, 11쪽.

전통은 과거로부터 이어져온 뚜렷한 흐름이 있는 것이 아니라 현재의 필요에 의해서 과거를 '보존' 혹은 '변혁'해야 한다는 생각을 분명히 인지하고 있던 것이다.

이러한 백낙청의 인식은 분명히 발명가적인 것이지만, 이미 발명된 전통은 그것이 마치 오랜 세월을 견디어 온 낡은, 그렇지만 대단히 신비로운 힘을 지닌 것으로 종종 오인된다. 민중시라는 전통이 바로 그러한 것이다. 민중시라는 전통은 1970년 전후 여러 선배들에 의해서 '만들어졌음'에도 그것은 자주 자연스러운 것 혹은 사실적인 것으로까지 인식된다. 이 글의 문제 제기는 바로 이것이다.

2. 어떻게 만들어졌는가

어떤 문학양식이 유구한 전통을 지닌 것으로 이해되려면 현재적인 내용, 이념, 형식만으로는 불가능하다. 전통은 과거의 낡은 재료를 활용해서 오늘의 필요에 따라서 만들어지기 때문이다. 민중시라는 전통이 어떻게 만들어졌는가를 살펴보기 위해서는, 무엇보다도 과거의 낡은 재료들 중에서 어떤 것을 활용했는가 하는 것을 탐구할 필요가 있다. 동시에 그 재료들을 활용한 까닭은 어떤 필요에 의해서인가를 되물어야 한다. 이 글에서는 민중시의 형성 과정에서 취했던 낡은 재료들을 두 가지의 요소—'민중의 형상화'와 '과거 문학양식의 차용'—로 나누어서 분석하고자 한다. 이 두 가지는 민중시가 과거로부터 이어져 온 전통임을 보증해 주는 것들이다.

1) 민중의 형상화

1970년대의 민중시는 흔히 민중을 형상화한 민족문학(민중-민족문학)의 흐름을 이어받은 것으로 이해된다. 이 때 이 진술은 간과되기 쉽지만 상당히 중요한 전제 하나를 내포하고 있다. 그것은 민족문학이 하나의 전통으로써 당대 사회에 이미 인정돼 있어야 한다는 점이다. 전통이 있어야 그것을 이어받는 것이 가능한 법이다. 그런데 문제는 민족문학이 전통으로써 논의되는 시기와 민중시가 탄생한 시기가 거의 일치한다는 점이다. 1970년 전후의 우리 문학사에서는 전통을 이어받는 것과 전통이 만들어지는 것이 동시적으로 진행되고 있었던 셈이다.

이러한 사실은 1970년대의 민중시를 전통 계승의 양식으로써 합리화하기 위해서, 그 이전에는 부재했던 민중시와 민족문학이라는 전통이 구상되지 않았나 하는 의구심을 갖는 이유가 된다. 사실 민중시라는 용어는 1960년대 초반까지는 없었다. 민중시는 1970년 전후 약 10여년 사이에 명명된 양식이다. 그 양식의 출현은 민중 개념의 의미 확장과 관련된다. 민중이 '대다수의 사람들'이라는 원(原)개념에 국한될 때에 민중을 형상화한 시, 곧 민중시란 아무런 중요성을 지니지 못한다. 사람들을 다루지 않는 문학은 없기 때문이다. 그렇지만 민중이 변혁주체라는 의미로 확장될 때에 민중시라는 용어의 중요성이 부각된다. 민중시란 대다수의 사람들(실체)을 변혁의 전망 속에서 형상화한 양식이 되기 때문이다.

이러한 민중시의 탄생은 변혁주체로서의 민중이라는 용어가 출현한 시기와 거의 일치한다. 우리 문학사에서 새로운 민중 개념은 1969년 평론 「시민문학론」에 와서야 눈에 뜨이기 시작한다. 민중은 "소수의 선구적 지식인"이 대변할 존재가 아니라 그들과 동반자적인 위치에서 "하나의 시민의식으로 뭉칠 수 있는 잠재적 가능성이 자라고 있"[6]는 존재로 파악되기 때문이다. 민중은 선구적 지식인과 함께 시민의식, 즉 변혁의식으로 "뭉칠 수 있는 잠재적 가능성"이 있는 존재로 재인식된 것이다. 이러한 민중 개념이 출현한 1969년 이후, 그러한 민중을 형상화한 시(문학)를 민중시(민족문학)로 부르기 시작한 것이다.

이 과정에서 놀라운 사건이 발생한다. 변혁주체로서의 민중 개념은 과거의 사람들을 지시하는 것으로 소급적용되면서, 민중시가 전통으로써 논의된 것이다. 과거의 사람들이 민중(변혁주체)으로 명명되면, 우리 문학사에는 민중을 형상화한 흐름이 '이미' 있는 것이 된다. 전통이란 이어지는 것이 아니라 발명되는 것이 된다. 신경림의 평론 「문학과 민중」에서는 "마침내 우리의 시에서 한용운, 이상화 또는 백석, 이용악 등 시대정신에 투철하고 민중의 목소리로 노래할 수 있었던 시인들"[7]이라는 구절이 나온다. 여기에서 반(反)식민적인 경향의 시인들이 "민중의 목소리"를 가졌다는 표현은 주목에 값한다. 식민지 시대에는 '대다수의 사람들'이라는 뜻으로 씌었던 민중이 시대의 모순을 해결할 변혁주체의 어감으로 사용되었기 때문이다. 1970년 전후에 탄생된 민중 개념이 소급적용되면서 민중시의 전통이 발생한 것이다.

민중 개념의 소급적용으로 인해서 한국문학이 민중-민족문학으로 재해석·재구성되는 것은 1970년대 중반이다. 백낙청의 평론 「민족문학의 현단계」를 보면 한국문학은 식민지 시기, 분단, 4·19로 나뉜 시기에 따라서 역사적인 단계에 맞는 "목전의 과제"를 성취하는 민중의 문학으로 재설정된다.[8] 식민지 시대 이후의 우리 문학사에 민중-민족문학이라는 전통이 만들어지는 토대가 형성된 것이다. 이렇게 본다면 민중시가 탄생한 것과 민중시가 전통이 된 것은 거의 시기적으로 일치한다. 다시 말

6 앞의 평론, 41쪽.
7 『문학과 민중』, 민음사, 1977, 48쪽.
8 위의 평론, 25쪽.

해서 민중시는 그 양식의 탄생과 동시에 전통이 된 셈이다.

그렇다면 이러한 전통의 발명은 왜 일어나는 것일까. 그것은 진보적 민족문학 진영에서 민족문학이라는 전통을 만듦으로써 자신들의 민중-민족주의 이데올로기를 정당화하고자 한 것과 관련 있다. 이러한 정당화는 두 가지의 메커니즘—'집단적 우월감의 고취'와 '역사의 활용'—에 의해서 가능해진다. 먼저, 전통은 그 발명 과정에서 열등자의 복종심을 강요하기 보다는 지적 엘리트들의 집단적 우월감을 고취시킨다. 민중이라는 용어는 당대의 젊은 진보적 문인들의 집단적 우월감, 혹은 연대의식을 강력하게 표명하는 것이었다. 신경림의 시집 『농무』에 대한 서평에서 백낙청은 이렇게 말한다.

> 무슨 말장난 같습니다만, 실지로 글을 쓰는 분이나 시를 논하는 사람들 중에는 「우리」라는 말에 큰 관심이 없는 분들이 많은 것 같아요. 그냥 하나의 문장을 기술하는 편의상 필자라는 말 대신 「우리」를 쓰는 경우야 얼마든지 있고, 또 몇몇 소수의 사람들끼리만 서로 특권의식을 확인하는 낱말로 「우리」가 쓰이기도 하지요. 그러나 한국인으로서 한국현실에 살고 있고 한국의 역사에 함께 걸려 있다는 의식을 가지고 이렇게 함께 걸려 있는 사람들 모두가 「우리」라는 연대의식을 가지고 문학을 대하고 현실을 대해야겠다는 의욕과 의지가 있는 문사들은 많지 않을는지 모르겠습니다.[9]

백낙청은 신경림의 시집 『농무』의 「발문」에서 "이제 우리는, 보아라 이런 시집도 있지 않은가"라고 외친 뒤, '우리'의 정체성 문제에 직면했다. '우리'란 누구인가. 위의 인용에서 다음과 같이 논의된다. 당대의 문단에서 '우리'에 대해서 "큰 관심이 없는 분들이 많"고, "몇몇 소수의

9 「시인과 현실」, 『신동아』 1973. 7월호, 295쪽.

사람들끼리만 서로 특권의식을 확인하는 낱말"로도 쓰인다. 그렇지만 백낙청의 '우리'란 특권계층 혹은 지배계층이 아닌 것이다. 그것은 "한국인으로서 한국현실에 살고 있고 한국의 역사에 함께 걸려 있다는 의식", 즉 민중억압적인 '한국현실'을 변혁하고자 하는 집단의 연대를 의미한다.

이때 '우리'의 정체성을 규정짓는 백낙청의 도도한 태도는 주목에 값한다. 민중시를 지지하거나 진보적인 변혁주체인 민중을 암시하는 '우리'라는 표현 속에는 진보에 대한 강한 신념과 집단적 우월감이 숨어 있기 때문이다. '우리'는 아무런 관심이 없는 자들이나 보수적인 '특권계층'보다는 월등히 우월하며, 그들보다 지적·윤리적으로 훨씬 낫다는 자기 확신이 깊숙이 배어 있다.(물론 이러한 지식인의 우월감과 '대다수의 사람들'의 우월감은 다른 것일 수도 있다.)

또 하나의 메커니즘은 역사를 활용하는 것이다. 민중시에는 과거 민중의 활약상을 형상화한 시편이 많이 있다. 이것은 역사를 활용해서 민중시라는 전통을 정당화하는 것이다. 과거의 사람들이 보여준 막연한 현실비판적·저항적인 움직임을 이데올로기적인 역사변혁의 차원으로 가공하는 기술을 활용한 것이다. 가령 '돌배'의 이야기를 서술한 신경림의 서사시 「새재」를 보면, 당대의 막연한 저항이 진보적 이데올로기의 저항으로 가공되고 그 과정에서 민중을 형상화한 시는 전통의 맥을 잇는 것으로 생각된다.

저것은 도적의 무덤이라
그렇게 배웠지만,
도적의 무덤이라
말하고 배웠지만,
저것은 한 이름없는

젊은이의 무덤.

"1913년 새재에서 싸우다가
원통하게 목잘려
원귀로 객지를 떠돈 지 그 몇 해
이제사 고향땅에 돌아와
잠들다, 병진년에"

—「새재」[10]

위의 시에서 '돌배'는 변혁주체로서의 민중으로 논의된다. 시인은 당대의 지배계층에 의해서 '도적'으로 규정된 '돌배'가 의병을 조직해서 친일파 부자의 집과 관공서를 습격한 사실을 자세히 서술한다. 만약 이러한 서술이 변혁주체로서의 민중을 형상화한 것으로 이해한다면, 그것은 여러 측면들을 간과한 사고의 결과이다. 필자가 여러 논문에서 이미 밝혔듯이 신경림의 서사시에서 민중은 양가적·혼성적인 존재이지 변혁주체로서의 민중만으로 볼 수 없다.[11] 더욱이 당대의 의병운동사를 살펴보아도 의병은 상당히 산발적이고 비조직적인 경향을 띠었다. '돌배'의 막연한 비판과 저항을 1970년대 민중-민족주의적인 이데올로기의 경향으로 살펴볼 근거는 미약한 것이다. 이 점에서 민중을 형상화하는 시적 전통은 1970년을 전후로 한 동시대에 만들어진 것이며, 진보적 민족문학 진영의 변혁 이데올로기에 역사적 정당성을 부여하는 데에 활용된 측면이 다분히 있다.

10 『새재』, 창작과비평사, 1979, 74쪽.
11 강정구, 「탈식민적 저항의 서사시」, 『한국시학연구』 12호 참조할 것.

2) 과거 문학양식의 차용

오늘날 민중시가 과거의 문학양식을 계승·발전시킨 전통적인 것이라는 점은 너무도 분명한 사실로 이해된다. 그렇지만 그러한 인식 속에는 현재의 필요에 의해서 과거의 문학양식을 취사·선택했고 변형시켰다는 사실이 숨겨져 있다. 민중시가 전통이 되는 과정은 자연스러운 것이기보다는 인위적인 것이며, 과거의 원형을 보존하는 것이기보다는 현재의 필요에 따라 변형시키는 것이 그 중심을 이룬다.

이러한 생각은 1970년대에 하나의 슬로건처럼 여겨졌던 '민족적인 형식과 민중적인 내용의 결합'을 재고하기 위한 것이다. 이 '결합'은 당대에는 진보적인 문학의 당면 과제로 여겨졌고, 문학의 정당성과 진보의 전통을 보증하는 것으로 인식되었다. 그러나 그러한 인식은 근본적으로 전통을 발명한다고 선언하는 것일 따름이다. '민족적인 형식'이 과거의 문학양식이라면, '민중적인 내용'이란 당대의 변혁 이데올로기를 의미한다. 이 때 변형 혹은 발명의 태도가 필연적으로 개입된다. 1970년대의 변혁 이데올로기에 맞게 과거의 문학양식을 차용하는 일이란 단순한 결합으로는 불가능하다. 문학양식이란 그 시대의 고유한 산물이기 때문이다.

1970년대의 진보적인 문인들이 이러한 '결합'의 문제를 고민했음은 물론이다. 그러한 고민은 전통을 만들고자 한 의지를 보여준다는 점에서 주목된다. 가령, 김지하는 1970년의 한 강연에서 민중시의 건설은 "예리한 현실의식과 강한 역사의식 그리고 민중적 정서를 토대로 하여 현대적인 지성의 조명 아래 민요와 현대시를 서로 통일시키는 곳에서부터 내디뎌져야 한다"[12]고 주장한 바 있다. 이 구절에서 보면 김지하는 과

---

12 「민족의 노래 민중의 노래」, 『민족의 노래 민중의 노래』, 동광출판사, 1984, 200쪽.

거의 양식을 활용해서 민중시를 구상하고자 의도했음을 알 수 있다.

또한, 신경림의 1978년 평론 「시와 민요」에서도 보면 "우리가 오늘의 시 속에 되살려야 할 민요의 가락은 이러한 패배주의적 사대주의적 그것이 아님은 다시 말할 것도 없다. 가난하고 억눌린 사람들의 보편적 느낌과 의지와 저항, 이것이 우리 시 속에 이어져야 할 민요의 가락이다"[13] 라고 말한 적이 있다. 그 역시 민요라는 전통양식을 "억눌린 사람들의 보편적 느낌과 의지와 저항"을 '이어'야 할 것으로 의식적으로 연결시켰다. 민중시가 차용한 과거의 문학양식이 전통적인 것이라면, 그것은 의지적 · 의도적인 것이다.

이러한 전통화의 과정은 필연적으로 과거의 문학양식을 원형 그대로 혹은 그 당시의 의도에 맞게 계승하지 않았음을 암시한다. 과거의 문학양식이 계승되는 과정에는 변혁 혹은 민중-민족주의 이데올로그들의 취사 · 선택과 변형의 작업이 숨어 있다. 전통은 과거로부터 이어져 왔기 때문이 전통인 것이 아니라, 현재의 필요에 따라 서로 상이한 것들을 이어놓음으로써 전통이 된다. 1970년대에 김지하가 판소리의 전통을 이어받은 것으로 알려진 담시 「오적」과, 1980년대에 신경림이 집단민요의 전통을 계승한 것으로 논의된 서사시 「쇠무지벌」을 통해서 전통화의 과정을 좀 더 주목해 보자.

> 시를 쓰되 좀스럽게 쓰지말고 똑 이렇게 쓰랏다.
> 내 어쩌다 붓끝이 험한 죄로 칠전에 끌려가
> 불기를 맞은지도 하도 오래라 삭신이 근질근질
> 방정맞은 조동아리 손목댕이 오물오물 수물수물
> 뭐든 자꾸 쓰고 싶어 견딜 수가 없으니, 에라 모르겄다

---

13 『삶의 진실과 시적 진실』, 전예원, 1982, 69쪽.

불기가 확확 불이나게 맞을 때는 맞더라도
내 별별 이상한 도둑이야길 하나 쓰겄다.

—「오적」[14]

황밭들 십만 평 내 땅이라 우긴대서
그를 내쫒은 게 누구던가
그를 잡아간 게 누구던가.

내 한 일 아닐세 우리 한 짓 아닐세,
내쫒으라니 내쫓고 잡아오라니까 잡아갔지,
사람 잘나 재물 많아 그 죄밖에 더 있나,
지금은 잊을 때 지난 일을 다 잊을 때,
감싸주고 덮어주고 서로 손 맞잡을 때.

—「쇠무지벌」[15]

1970년대의 전통화 과정은 민중-민족주의 이데올로기에 의해서 취사·선택된다. 진보적 문인들이 전통으로 여겼고 계승하고자 했던 판소리와 민요는 수많은 '민족적인 형식' 중에서 단지 일부일 뿐이다. 그것은 취사·선택된 것이다. 더욱이 조선 후기의 판소리를 구성하는 여러 요소들 중에서 현재의 필요에 맞는 부분만이 취사·선택되었음은 물론이다. 위의 담시 「오적」은 판소리가 지닌 여러 요소들 중에서 현실비판적·풍자적인 요소를 특히 강조한 것이라는 사실을 무시할 수 없는 것이다. 이러한 강조는 연행 장소가 집회와 시위가 있는 곳과 대학가 주변에서 임진택이라는 일인 창자에 의해서 주로 전담되었다는 사실과도 관련

14 『오적』, 솔, 1993, 25쪽.
15 『남한강』, 창작과비평사, 1987, 154쪽.

이 있다. 그것은 대중적 · 세속적이기 보다는 공동체적 · 이데올로기적인 특성을 지닌다.

또한, 전통화 과정은 현재의 필요에 따라서 변용된다는 중요한 특징이 있다. 서사시 「쇠무지벌」은 "여러 사람이 각기 조금씩 다르게 여러 가지 목소리로 함께 섞여 노래를 부"르는 진도의 집단 민요 방식을 "시 속에서도 한번 시도해보"고자 한 것으로 이해된다.[16] 그렇지만 위의 「쇠무지벌」은 가창 민요에서 서술시로 변용되어 있음을 알 수 있다. "내 한 일 아닐세 우리 한 짓 아닐세"라는 구절에는 구술하기 편한 반복(AABA)과 리듬(4 · 4조)이 있지만, 그에 반해서 "그를 내쫓은 게 누구던가"라는 구절은 구술적인 것보다는 서술적인 반복과 리듬을 타는 것으로 이해되기 때문이다. 이러한 예 이외에도 전체적으로 구술적인 요소와 서사시적인 요소가 서로 혼재해 있다. 이러한 상황으로 볼 때 신경림의 「쇠무지벌」은 민요 형식에서 서사시 형식으로 상당히 변용되어 있다. 그럼에도 집단민요의 형식으로 제작했음을 밝히는 이유는, '민족적인 형식과 민중적인 내용의 결합'이라는 시대적인 과제에 부응하고자 했던 것이 아닐까 판단된다.

3. 전통이라는 인식

이 글에서는 민중시라는 전통을 재고하고자 했다. 민중시가 전통이라면, 그것은 적어도 과거로부터 이어져 온 것, 혹은 계승 · 발전하는 순수한 형태가 아니다. 오히려 전통이라는 인식을 만듦으로써 그 계승이 가능했던 것이다. 민중시라는 전통에는 이러한 의식의 전도가 숨어 있는

16 신경림 · 김사인, 「신경림의 시세계와 한국시의 미래(대담)」, 『오늘의 책』 1986. 봄호, 26쪽.

것이다. 민중시는 전통이 되기 위해서 과거의 전통을 만들고 그처럼 만들어진 전통의 흐름 위에서만 전통이 된 것이다.

이 점에서 민중시라는 전통은 가리타니 고오진의 표현에 따르면 독아론적인 것이다. 그것은 스스로 묻고 스스로 대답하면서 스스로 그 진리성을 보증하기 때문이다. 이것이 민중-민족주의 이데올로기가 살아남는 방식이다. 물론 이러한 내 주장이 겨냥하는 것은 민중시가 지니고 있는 위대한 가치와 의미가 아니다. 오히려 민중시를 이데올로기와 연결짓고 그러한 인식 속에서 민중시를 전유하고자 했던 입장들이다. 이데올로기가 다 밝혀내지 못한 민중시의 의미와 가치에 대한 탐구는 여전히 미지의 세계를 가지고 있다.

민중시 형성의 한 과정

1. 들어가며

오늘날 민중시라는 용어는 너무나 분명한 내포를 지닌 것으로 이해된다. 문학적인 측면에서 볼 때 민중이라는 용어는 1970~80년대에 시적 관찰의 대상 혹은 시 창작의 주체로 이해되고, 현실 비판적 · 변혁적인 존재라는 의미를 그 핵심으로 한다. 민중을 주제로 한 시, 즉 민중시라는 개념도 동일한 이해의 바탕 위에 선 용어임은 물론이다. 지난 시대의 민중시는 민중이 현실 비판과 변혁의 존재임을 잘 보여주는, 혹은 현실에서는 아직 아니지만 가까운 미래에 그러한 주체가 될 분명한 성향을 포착한 시로 이해돼 왔다.

이러한 민중시는 한국근대시사가 시작된 개화기부터 혹은 韓國史가 시작되면서부터 씌어져 왔던 것처럼 간혹 설명되기도 하는데, 정말로 민중시가 그런 오랜 기원을 가진 것인가에 대한 물음은 거의 던져지지 않은 듯싶다. 이 글이 문제제기하고자 하는 부분은 바로 이 지점이다. 민중시는 언제부터 시작되었고, 과연 어떤 맥락에서 생성된 것일까. 이 글에서는 민중시 형성의 한 과정을 신동엽의 시를 발전적으로 극복하는 신경림의 시에서 찾고자 한다.

시인 신동엽은 1959년에 서사시 「이야기하는 쟁기꾼의 대지」를 발표한 이후, 10여 년 간 활발한 문단 활동한다. 그는 시인 김수영과 함께 1960년내 시단의 과제, 구체적으로는 4·19 혁명이 보여준 현실비판적인 의지와 실천을 시의 형식으로 표출했다. 한편 신경림은 1950년대 중반에 발표된 몇 편의 시를 제외하면 주로 1960년대 중반 이후 박정희 권력이 주도한 산업화·근대화·공업화·도시화에 의해서 소외된 사람들을 주목한다. 두 시인은 1960년대의 시단에 동시에 존재했고 함께 현실비판적인 경향의 시를 썼다는 공통점이 있음에도 그 둘 사이의 영향관계는 잘 언급되지 않은 듯싶다.

동시대에, 그것도 유사한 경향의 시를 썼다는 공통점은, 신경림의 시에서부터 유래된 민중시의 형성 과정에서 선배시인인 신동엽의 시가 어떤 영향을 끼쳤다는 점을 직관하게 만든다. 신동엽이 고민했던 현실비판의 시를 좀더 발전적으로 모색한 지점에 신경림의 시(민중시)가 있는 셈이다. 신경림을 중심으로 한 영향관계를 살펴보는 일이란, 기실 신동엽의 현실비판적인 시가 어떻게 신경림부터 시작하는 민중시와 차이가 있고, 어떤 차이가 현실비판적인 시를 민중시로 만드는가 하는 것을 보여주는 작업이 된다. 신동엽과 신경림 시의 '사이'를 주목해 보는 이유는 바로 이것이다. 이 글은 신경림이 읽은 신동엽의 시는 어떤 것이고(2장), 또 신경림이 신동엽의 시가 지닌 문제점을 극복하는 양상을 분석하기로 한다(3장).

2. 신경림이 읽은 신동엽의 시

신경림이 시인으로서 본격적인 활동을 한 것은 1960년대 중반의 일이다. 그는 10여 년간의 농촌생활을 끝내고 우연히 만난 김관식의 도움으로 상경하며 그의 격려로 시인의 길을 다시 걷게 된다. 1960년대의 중반에 다시 시를 쓰고자 할 때, 신경림에게 있어서 신동엽이란 존재는 무시 못 할 존재가 아닐 수 없다. 1960년대란 신동엽이 살아생전 대부분의 시를 발표했고 또 김수영과 함께 그 시대를 대표하는 현실비판적인 경향의 시인으로 이해되었기 때문이다. 이 말은 初心의 자세로 시를 쓰려는, 그것도 현실비판적인 시를 쓰려는 신경림에게 있어서 신동엽의 시란 어떻게 해서든지 뛰어 넘어야 하고 구별되어야 함을 뜻한다.

1973년에 발표된 신경림의 평론 「문학과 민중」의 부제 '현대한국문학에 나타난 민중의식'은 그의 시가 앞으로 전개될 방향을 단적으로 보여준다. 민중의식의 탐구, 그것은 이중적인 의미에서 중요하다. 그 탐구는 민중의식이라고 전제할 만한 것이 한국문학에 있다는 선험적인 신념과, 민중의식은 1970년대 초반에 분명히 획득된 것이 아닌 아직 탐구 중인 개념이라는 의미를 지닌다. 신경림이 바라본 신동엽이란 어떤 존재일까. 신경림이 생각하는 민중과 신동엽은 어떤 관계를 형성할까.

> 신동엽은 좀더 直情的이었다. 확고한 판단과 단호한 각오 위에서라기보다, 그는 숙명적으로, 생리적으로 민중의 편이었다. 그러면서도 그의 시가 결코 김수영의 시에 비해 더욱 감동을 주는 것이었다고 말할 수 없음은 김수영이 가지고 있던 투철한 비평정신을 가지지 못했다는 것으로 설명이 될 것 같다. 그래서 때로 그의 시는 장황해지기도 하고 혼란에 빠지기도 하나, 본질적으로 그는 민중 그 속에 서 있었다.[1]

평론 「문학과 민중」에서는 4·19 이후 김수영, 신동엽을 비롯해서 김

1 신경림, 「문학과 민중」, 1973, 『문학과 민중』, 민음사, 1977, 66~67쪽에서 재인용.

지하, 조태일, 김정한, 방영웅, 이문구, 황석영 등의 문학에 나타난 민중의식을 살펴본다. 1973년도가 민중의 정체성에 대한 과학적인 탐색이 부재했고,[2] 민중에 대한 분명한 내포가 아직까지 설정되지 않은 시기라고 할 때, 신경림의 글은 *그*가 민중이란 용어로 내포하고자 했던 것이 어떤 것인지를 살펴볼 수 있는 중요한 자료가 된다.

김수영의 지식인적인 "목소리는 완전히 민중의 것이 되"[3]지 못한 데에 비해서, 신동엽은 "투절한 비평정신"을 지니지는 못하지만 "숙명적으로, 생리적으로 민중의 편"에 있다고 신경림은 말한다. 이 때 신동엽이 "민중의 편"에 있다는 표현은 상당히 중요하다. 신경림이 생각하는 민중의 의미 혹은 어떤 요체를 암시하기 때문이다. 신경림은 이런 설명 뒤에 시 「껍데기는 가라」를 예로 들면서 "민중의 속으로 되돌아가는 느낌"[4]이라고 설명한다. 이 말 속에는 신동엽의 시 「껍데기는 가라」 속에는 신경림에서부터 시작되는 민중시와 구별되면서도 연속되는 어떤 것이 있음을 의미한다.

> 껍데기는 가라.
> 4월도 알맹이만 남고
> 껍데기는 가라.
>
> 껍데기는 가라.
> 동학년 곰나루의, 그 아우성만 살고
> 껍데기는 가라.

2 민중에 대한 사회과학적인 탐색은 1980년대에 이르러야 가능해진다.
3 앞의 평론, 66쪽.
4 앞의 평론, 67쪽.

그리하여, 다시
껍데기는 가라.
이곳에선, 두 가슴과 그곳까지 내논
아사달 아사녀가
중립의 초례청 앞에 서서
부끄럼 빛내며
맞절할지니

껍데기는 가라.
한라에서 백두까지
향그러운 흙가슴만 남고
그, 모오든 쇠붙이는 가라.

—「껍데기는 가라」 전문[5]

1970년대 이후의 민중시에 익숙한 자라면, 위의 시는 민중시의 수준에 미달하는 느낌을 받는다. 1960년대 이후 민중이란 개념이 여러 차례 의미의 변주를 겪으면서 거의 유일하게 불변적인 것은 소외계층을 의미한다는 점이다. 변혁·혁명의 존재라는 개념도 소외계층의 자기 혁신과 관계하는 것이고, 지식인이 민중에 속하거나 연합할 때에도 (지식인도) 소외되었다는 점은 변하지 않는다. 그런데 위의 시에서는 지식인의 선각자적인 목소리와 소외된 계층을 대변하는 목소리가 서로 섞여있다. 먼저, 위의 시는 소외된 계층을 형상화한다. '아우성' 치는 동학 농민은 현실 소외를 경험한 계층이 분명하고, "껍데기는 가라"라는 목소리를 내는 지식인 혹은 선각자도 소외를 경험한 자로 보는 것이 타당하다. 이

5 신동엽, 『신동엽전집』, 창작과비평사, 1975, 67쪽.

점을 주목할 때에는 위의 시는 신경림의 표현대로 "민중의 편"에 선 시가 분명하다. 그러나 "두 가슴과 그곳까지 내논/아사달 아사녀"는 소외된 계층이라기보다는 우리 민족의 순수한 원형 인물을 뜻한다는 점에서 소외와는 상당히 무관한 이미지를 지닌다. 이 점에서 위의 시는 아직까지 완전한 민중시의 의식이 지니지 않으며, 민중 범주에 대한 시인 자신의 명확한 인식이 형성되어 있지 못하다.

소외계층에 대한 분명한 자각이 없는 현실비판적인 시, 그것은 오늘날 보편적으로 이해되는 민중시의 수준에 미달한다. 민중시는 농민, 노동자, 도시빈민, 비판적인 지식인 등의 소외계층을 민중으로 범주화하기 때문이다. 나아가서 이런 범주화는 민중시가 "지금 여기"의 현실을 다룬다는 사실을 분명히 보여준다. 민중시가 당대 현실의 기록이라고 볼 때 신동엽의 시는 과거지향적인 면모가 너무 강하다. 신경림은 다른 글에서 신동엽의 시가 "우리의 역사의 현장, 역사적 사건 또는 역사적 한 시점이 유난히 많이 눈에 띈다"[6]고 말한 바 있다. 신경림은 신동엽의 시에서 민중시와의 차이를 잘 이해하고 있던 것이다.

신동엽은 1960년대의 현실을 표현하고자 할 때, 현실을 직접 말하지 못하고 우회해서 말한다. 알레고리적인 수법이나 추상적인 방식을 사용한다. "동학년 곰나루의, 그 아우성"이나 "아사달 아사녀가/중립의 초례청 앞에 서서/부끄럽 빛내며 맞절하"는 모습은, 과거를 통해서 현실의 소망—'아우성'의 저항이나 '맞절'의 화합—을 표상하는 일종의 알레고리가 된다. 또한 "4월도 알맹이만 남고"나 "한라에서 백두까지/향그러운 흙가슴만 남고/그, 모오든 쇠붙이는 가라"라는 표현에서 현실은 지극히 추상화되어 있을 뿐이다.

이러한 현실비판적인 시는 민중시로서 그 자격을 획득하지 못한다. 민

---

6 신경림, 「역사의식과 순수언어」, 1981, 구중서 · 김형철 편, 『민족시인 신동엽』, 소명출판, 1999, 32쪽에서 재인용.

중시는 '과거'가 아닌 "지금 이곳"의 현실을, 그리고 추상적·알레고리적인 상황이나 인물이 아닌 구체적인 소외계층을 다루어야 하기 때문이다. 이렇게 본다면 신경림이 신동엽의 시를 어떻게 넘어서고자 했는지를 알 수 있다. 그것은 현실 비판적이되, 알레고리적·추상적이지 않고 구체적인 현실을 생생하게 다루는 것이다. 신경림은 10여 년 동안의 농촌생활을 시에 옮겨놓는데, 이 과정에서 신동엽의 시적 수준은 극복된다. 민중시가 형성되는 순간이다.

3. 소외계층의 현실을 형상화한 신경림의 시

신경림은 신동엽보다 먼저 등단했지만, 본격적인 시작 활동을 한 것은 신동엽이 시인으로서의 자질과 명성을 얻고 난 뒤이다. 이 점에서 신경림은 신동엽의 시를 자양분으로 삼고, 그의 시보다 한 단계 더 발전해야 할 문학사적인 사명을 부여받는다. 신경림의 새로운 시적 출발점을 알리는 시는 1965년에 발표된 「겨울밤」이다. 이 시는 신동엽이 획득하지 못했던 수준, 즉 소외계층과 "지금 여기"의 현실을 표상한다는 점에서 진일보된 것이다. 신경림과 함께 민중시 형성에 지대한 공헌한 김지하와 고은의 시편과 비교해 봐도 비교적 빠른 시기에 발표되었다는 점에서 최초의 민중시로 이해될 만하다.

우리는 협동조합 방앗간 뒷방에 모여
묵내기 화투를 치고
내일은 장날, 장꾼들은 왁자지껄
주막집 뜰에서 눈을 턴다.
들과 산은 온통 새하얗구나. 눈은

펑펑 쏟아지는데
쌀값 비료값 얘기가 나오고
선생이 된 면장 딸 얘기가 나오고,
서울로 식모살이 간 분이는
아기를 뱄다더라. 어떡할거나.
술에라도 취해 볼거나. 술집 색시
싸구려 분 냄새라도 맡아 볼거나.
우리의 슬픔을 아는 것은 우리뿐.
올해는 닭이라도 쳐 볼거나.
겨울밤은 길어 묵을 먹고.
술을 마시고 물세 시비를 하고
색시 젓갈 장단에 유행가를 부르고
이발소집 신랑을 다루러
보리밭을 질러 가면 세상은 온통
하얗구나. 눈이여 쌓여
지붕을 덮어 다오 우리를 파묻어 다오.
오종대 뒤에 치마를 둘러 쓰고
숨은 저 계집애들한테
연애 편지라도 띄워 볼거나. 우리의
괴로움을 아는 것은 우리뿐.
올해에는 돼지라도 먹여 볼거나.

—「겨울밤」 전문[7]

위의 시는 신동엽의 시 「껍데기는 가라」와 비교해 볼 때, 민중시가 지

7 신경림, 『농무』, 창작과비평사, 1975. 6~7쪽.

녀야 하는 두 가지 요건을 갖추고 있다. 먼저, 위의 시는 소외계층을 다루고 있다. '우리'라는 시적 자아는 그 동안 신경림 시 연구자라면 한 번씩 논의할 만큼 많은 논란이 되어 왔는데, 그 논란에서도 소외계층을 범주화했다는 사실은 공통된 의견이다. 위의 시에서는 '우리'의 구체적인 범주가 확인된다. '우리'는 숨겨진 화자 '나'를 포함해서 "협동조합 방앗간 뒷방에 모여/묵내기 화투를 치"고, "올해에는 닭"과 "돼지라도 먹여" 보고 싶어 하며, 농촌에서 만연된 "우리의 슬픔"과 "괴로움을 아"는 자들, 다시 말해서 자기 삶의 주인이 되지 못한다는 의미에서 소외된 농촌의 촌민들이다.

또한 위의 시는 '우리' 이외의 주변 인물들, '장꾼들', "선생이 된 면장 딸", "서울로 식모살이 간 분이", "술집 색시", "이발소집 신랑", "오종대 뒤에 치마를 둘러 쓰고/숨은 저 계집애들"조차도 농촌 혹은 도시 생활에서 주도적인 역할을 하지 못하고 소외된 것처럼 느껴지는 인물들이다. 이들은 '우리'처럼 당대 사회에서 주도적이지 않은 주변적·수동적인 역할을 하고, 그래서 삶의 비탄과 불운을 경험하는 자들이다. 이처럼 자기의 삶에서 소외된 존재들이 바로 민중인 것이다.

이러한 민중을 형상화하기 위해서는 "지금 이곳"의 현실을 생생하게 전달하는 것이 필수적이다. 이 점은 상당히 중요하다. 앞에서 본 신동엽의 시가 현실을 비판하는 방법으로 우회의 기법을 사용한다면, 신경림의 시 「겨울밤」은 현실을 곧바로 말한다. 위의 시에서 농촌 촌민들이 겨울밤에 화투를 치면서 슬픔과 괴로움을 한탄하고, 닭과 돼지를 키우고자 하는 것은 1960년대의 박정희가 기획한 농촌 공업화와 그 부작용을 생생하게 보여준다. 박정희는 농촌보다 도시를 우선시 하는 정책을 세운다. 농촌 촌민들을 도시의 저임금 노동자와 일꾼('분이')으로 유입시키고, 쌀 증산 정책을 핑계로 수입 비료('비료값)와 수세('물세')를 고가로 책정하며, 쌀을 저가('쌀값')에 유통시켜서 농촌 피폐화를 묵과한다. 또한 농가수입 증대를 목표로 영농다각화 사업('닭', '돼지')을 펼치지만, 농촌의 현실은 피폐 일로에서 벗어나지 못한다. 위의 시는 마치 농업 공업화 정책에 대해서 조목조목 비판·반발하는 것처럼 1960년대의 농촌 현실을 적나라하게 형상화한다.

이 점에서 위의 시는 1960년대('지금') 농촌('이곳')의 현실을 생생하게 보여준다고 말할 수 있다. 더욱이 이런 현실이 강력한 슬픔 혹은 비판의 정서에 기초한다는 사실은 주목할 만하다. 민중시는 현실의 소외만을 다루어서는 안 된다. 그것은 언제라도 현실 비판을 넘어서서 변혁의 방향을 겨냥해야 한다. 현실이란 변혁을 위한 한 단계이고 민중시인은 그런 현실을 서술해야 한다. 위의 시를 읽다 보면 농촌의 피폐한 현실을 사는 '우리'의 슬픔은 언제라도 분노의 적극적인 정서로 뒤바뀔 수 있는 감성임을 알 수 있다.

시 「겨울밤」의 세계는 이처럼 꽉 짜여진 구조를 지닌다. 그 세계에는 '우리'뿐만 아니라 '우리'의 주변 인물들을 민중으로 범주화하고, 1960년대 박정희의 정책이 끼친 농촌의 부정적인 현실을 적나라하게 서술함으로써 민중의 슬픔을 분노로 전환시키는 아우라가 있다. 민중시의 탄생은 이 아우라와 관계한다. 이 부분에서 신경림이 개척한 민중시가 형성된다. 소외된 대다수의 사람들을 범주화하고 '지금 여기'의 현실을 다루고자 하는 의지에서 민중시가 발생한 것이다.

신경림이 시 「겨울밤」을 쓸 당시만 해도, 아직 민중시라는 용어가 탄생하지 않았다. 그 때문에 시 「겨울밤」이 민중시로 논의된 것은 상당히 뒤의 일이다. 심지어는 1973년에 시집 『농무』가 발행되었을 때에도 백낙청의 「발문」을 보아도 민중시라는 용어가 없다. 단지 소외된 계층이라는 막연한 개념으로서 민중이란 용어만이 있었을 뿐이다. 백낙청이 신경림의 시를 민중시라고 못하고서 "민중의 사랑에 값하는 문학"[8]이라고 에둘러 표현한 까닭이 그것이다.

민중시의 형성과 아울러 중요한 문제 중 하나는 이데올로기화에 대한 위험이다. 현실은 스크린이라는 지젝(S. Zizec)의 논의를 굳이 참고하지 않아도, 시인이 현실을 바라본다는 것은 어떤 시각을 지닌다는 뜻이다. 이때 시각이란 이데올로기의 다른 표현이다. 신경림의 시 「겨울밤」 역시 현실비판이라는 특정한 시각을 지니고 있고, 나아가서 이데올로기화의 위험을 안고 있다. 중심 권력에 대한 비판이 한 개인에 의해서 치밀하게 행해지고 그러한 현실을 시로 형상화한다는 것은 시인 개인으로서는 감당하기 힘든 일이기 때문이다. 변혁을 예감하는 슬픔과 분노의 존재로 민중을 본다는 것은, 그것이 긍정적이든 부정적이든 간에 당대의 변혁 이데올로기와 긴밀한 관계에 있음을 의미한다.

신경림 역시 당대의 변혁 이데올로기와 긴장관계에 있다. 1920~30년대 카프시에서 경험되듯이 이데올로기에 압도되어서는 좋은 시, 좋은 문학이 나오기 힘들다. 선동적인 목소리, 그것도 유사한 목소리가 반복될 뿐이다. 이것은 「겨울밤」의 시인이 이데올로기의 압력을 적절하게 조절하면서 현실을 바라봐야 한다는 과제를 부여받았음을 뜻이다. 위의 시에서 신경림은 당대의 이데올로기적인 논리가 아직 구체적으로 건들지 못한 개인의 경험을 형상화하면서 그런 위험에서 아슬아슬하게 비켜나 있다. 이 점에서 카프시와 구별된 민중시가 형성된 것이다.

4. 나오며

민중시 형성의 한 과정을 신동엽과 신경림 시의 '사이'에서 찾는 일은 많은 한계를 노정한다. 신경림의 시가 민중시 형성 과정에서 중요한 한

8 백낙청, 「발문」, 신경림, 『농무』, 창작과비평사, 1975년 증보판, 111쪽.

부분이지만, 김지하와 고은의 시를 제쳐두고 시발점으로 생각할 수 있는가라는 질문, 혹은 신경림의 시가 영향 받은 문학사가 김수영을 비롯한 많은 현실비판적인 시인의 시를 제외하고 비단 신동엽의 시만을 들 수 있는가는 의문 등이 그것이다.

이 글에서는 그런 비판들을 겸허하게 수용하고자 한다. 그리고 굳이 변명하자고 한다면 민중시 형성 과정을 규명하기 위한 시론으로써 이 글을 이해해 주었으면 하는 바람이다. 신경림을 중심에 놓는 것이 못마땅하다고 하면 어쩔 수 없지만, 민중시 형성의 중심에 신경림이 놓인다면 그 옆에 김지하와 고은을, 그리고 그 앞에 가깝게는 김수영과 신동엽, 좀 멀리는 백석, 오장환, 이용악, 만해를 세워둘 필요가 있다. 그래야만 민중시 형성에 대한 정신사적, 양식사적, 방법론적인 측면의 연구가 가능하리라고 본다. 이때 이 글의 논의는 상당히 중요하다고 본다. 신경림이 그의 시에서 이룩한, 현실의 민중을 다루고자 한 민중시의 문법은 당대는 물론이거니와 오늘날에도 민중시를 연구하는 중요한 척도가 되기 때문이다. 그의 시는 분명히 1960년대 詩史의 한 장을 연 것이 분명하다.

제2부 욕망들, 혹은 타자들

타자성의 탐구
—김이듬, 장이지, 강윤순의 시집

때로는 철학 용어에서 출발하는 것이 문제를 해명하는 데에 낫다. 이 글에서 타자성(他者性)이라는 용어는 가라타니 고진(柄谷行人)의 저서 『탐구』에 나온 타자의 타자성을 지시한다. 그는 이 책에서 비트겐슈타인(Wittgenstein)의 언어규칙을 논하면서 주체의 의식으로 구성되지 않는, 혹은 주체와 분명한 경계를 지닌 타자의 존재를 문제 삼는다. 초월론적인 주관으로 '구성'된 후설(E. Husserl)의 타자는 타아(他我) 즉 또 다른 나에 불과하다는 가라타니 고진의 논의는 김이듬, 장이지, 강윤순의 신간 시집에 나타난 타자(他者)를 어떤 종류로 봐야 하는가 하는 문제를 던져 놓는다.

시인은 미지의 세계를 탐구하는 자요, 언어의 극점에 있는 자이다. 그는 우리가 알고 있는 것을 넘어서서 알지 못하는 것을 보고 듣고 만지고 느끼는 자이면서, 동시에 우리가 언어화할 수 있는 것을 넘어서서 언어화할 것으로는 전혀 생각할 수 없는 것을 언어화하는 자이다. 비트겐슈타인의 표현을 빌면 "우리말을 이해하지 못하는 사람", 즉 타자와 대화하는 자이다. 그 때문에 시인의 언어규칙은 개인적이고, 생경하며, 난센스(non-sense)적이다.

시인의 운명은 이것이다. 낯선 것을 향한 끝없는 도전과 좌절, 그 기록이 시인의 시편이다. 서정시가 주체와 타자(객체)의 동일성 시론에 근거한다고 할 때, 낯설고 설명하기 힘든 이 타자를 주체의 언어로 포섭하려는 거의 불가능한 시도가 서정시의 운명이요 시인의 사명이다. "독창(獨創) 혹은 숙명(宿命)이라는 착란 속에서 단지 쓰다가 사라지고 싶다"라는 김이듬의 의미심장한 시작노트는, 바로 타자와의 만남이 어렵고 고통스럽다는 절규를 내포한 것이리라.

1. 팜 파탈 이미지의 전복

—김이듬의 시집 『명랑하라 팜 파탈』(문학과지성사, 2007)

왜 시집의 제목을 '명랑하라 팜 파탈'이라고 했을까? 이 의문은 시집을 덮을 때까지 계속된다. 시집의 서명은 그 시집의 성격을 대표하는 시 제목 혹은 시 구절로 하는 상례로 비추어 봤을 때, 팜 파탈(Femme fatale)이라는 어휘는 시집의 시편에서 한 번도 나오지 않는다. 이렇게 보면 팜 파탈이라는 용어는 원재료를 가공한 산물의 일종이다. 다시 말해서 그것은 시집 전체의 느낌과 생각을 팜 파탈의 이미지로 의미화하겠다는 것이고, 더우기 남성을 유혹한 뒤 파멸로 이끄는 치명적인 여자라는 뜻을 지닌 팜 파탈의 이미지를 잔혹이나 공포가 아닌 '명랑'으로 보겠다는 시인의 의지이다.

김이듬의 시집은 이처럼 입구부터 복잡한 자의식을 보여준다. 팜 파탈의 기존 이미지와는 다르게 읽어달라는 시인의 부탁이 시를 읽기 전부터 제시되어 있다. 우리가 이 부탁을 받아들인다면, 시인의 시집에 나온 수많은 팜 파탈들 역시 단순히 남성을 치명적으로 유혹하는 악녀의 이미지가 아니리라. 그것은 남성의 시각에서 보는 것이다. 시인은 그런 남성의 시각으로 보여진 여성의 이미지를 전복시키고자 하는 의도를 지닌다.

이 부분에서 시인이 바라본 팜 파탈의 고유한 이미지가 생성된다. 팜 파탈은 유혹하는 존재이지만, 그 유혹이 문제시되는 이유는 늘 기존의 권위와 체제를 붕괴시키는 것이기 때문이다. "유혹에 내재되어 있는 힘은, 여성의 모든 진실을 제거하고 여성을 유희 속에, 가상의 순수한 유희 속에 들어가도록 한다. 그리하여 거기에서 눈 깜짝할 사이에 의미와 권력의 모든 체계를 붕괴시켜버린다"[1]는 J. 보드리야르의 말이 유효한 것이다. 김이듬은 이상, 김수영과 같은 문학사적인 권위를 지닌 시인들과의 내면적 대화를 "급하니 빨리 빨리 빨아"(시 「유령 시인들의 정원을 지나」)라는 외설로 만들어 놓음으로써, 또는 "유치하게 할아버지는 내가 너무 잘해서 처음이 아니지? 좋아라 하다가 입 닥쳐 뭐가 되려고 이러니 집안일은 밖에 나가서 말하는 게 아닌 법이야"(시 「유니폼은 싫어요」)라는 구절처럼 가부장적인 권위의 상징인 할아버지의 모습을 비하함으로써 기존 권위와 체제를 전복시키는 팜 파탈의 이미지를 사용한다.

이때 팜 파탈의 이미지가 남성 중심의 권위와 체계를 붕괴시키는 페미니즘적인 시각으로만 읽히지는 않는다. 그 이유는 팜 파탈의 이미지가 전복을 통한 복수 혹은 평등의 요구로 향하는 매개가 아니기 때문이다. 오히려 팜 파탈의 이미지는 관습과 권위의 체계를 붕괴시키는 과정에서 여성 자신의 정체성을 끝없이 되묻는다. 김이듬의 팜 파탈 이미지는, 남성을 유혹하는 나쁜 여자라는 여성상의 해체를 전제하기 때문에 필연적으로 진짜 이미지에 대한 해명이 요구된다. 이 부분에서 팜 파탈의 기존 이미지는 다시 한번 전복되는 셈이다.

그가 내 혀를 잘라 먹으며 똥구멍을 과도하게 벌리는 바람에 통쾌하게 어릴

1 J. Baudrillard, 정연복 역, 「섹스의 황도」, 『섹스의 황도』, 솔출판사, 1993, 207쪽.

적을 떠올린다 나는 발가벗겨진 채 죽은 지 오래되어 나는 흰 티셔츠를 찾아 커다란 옷장 안에서 나는 어딨어? 나는 더듬더듬 큰 소리로 무언극 대사를 주고받는다 몇 차례 경련이 일어나더라도 모자 따위가 일그러지는 건 피해야 한다 그는 모든 연기를 다음으로 연기하자고 나를 설득한다 나를 찾아온 것을 후회하며 자신을 자신의 옷으로부터 추방하지 않기 위하여 필사적으로 버티고 있다고 울부짖는다 마침내 오 하느님 나의 새침한 여신이여 그는 무릎을 /꿇으며 나를 파고든다 그가 미쳐서 값비싼 신발과 모자를 찢어버리지 못하도록 나는 나를 내버려둔다

—시 「망한 정신병원 자리에 마리 수선점을 개업하기 전날 밤」 부분

사람들은 들었을까요? 내 방은 강에서 멀리 있는데 물 빠진 청바지 같은 하늘엔 유령들이 득실거립니다. 가르쳐주세요. 눈사람처럼 내 다리는 하나로 붙어 광채를 띤 채 꿈틀댑니다. 나는 어느 바다로 흘러갈까요? 혼자 그곳에 갈까요? 손바닥에서 입에서 흘러내리는 이것이 한때 머리였는지 몸통이었는지 아무것도 아니었는지 나는 왜 지금 막 사라진 것들에만 쏠릴까요? 부르면 혼자 오시겠어요?

—시 「일요일의 세이렌」 부분

악녀로서의 팜 파탈이 존재하는 자리의 이면에는 시인이 생각하는 팜 파탈의 진짜 이미지가 숨어 있다. 남성의 시선에서는 "혀를 잘라 먹"고 "똥구멍을 과도하게 벌리"는 변태적인 행위를 유도하고, "찾아온 것을 후회하"면서도 어쩔 수 없이 매달리게 되는 치명적인 유혹의 "새침한 여신"이지만, 그 시선이 분열된 자리에 존재하는 팜 파탈의 진짜 이미지는 "나는 어딨어?"라고 자문하는 정체성의 위기를 겪는 불쌍한 존재일 뿐이다. '그'를 전적으로 지배하지 못하고 '나' 자신을 '내버려'두는 이 어정쩡한 자세, 팜 파탈은 고독과 고통과 곤혹의 존재인 것이다.

이 시선의 분열 속에서 팜 파탈의 이미지는 새롭게 제시된다. 아래의 시에서 팜 파탈은 유혹하는 이미지가 아니라 '유령들'의 유혹에 의해서 존재가 소멸되는 불운의 이미지이다. 마치 '눈사람'처럼 "한때 머리였는지 몸통이었는지 아무것도 아니었는지"를 알 수 없는 자기 소멸의 위기를 겪는 존재, 그 존재는 관습과 권위의 세계에서는 볼 수 없고 아무도 보지 않는 비련하고 불쌍한 진짜 팜 파탈인 것이다.

김이듬의 탐구는 유혹하는 나쁜 여자라는 자리를 벗어나서 기존의 지배질서에 유혹당하는 불쌍한 여자라는 이미지를 진지하고 집요하게 파고든다. 그 이미지는 아직까지 우리 문학에서 시선화 되지 못한, 즉 주체의 의식 바깥에 있는 타자이다. 김이듬의 탐구가 주목되는 이유가 바로 그것이다. 인간이지만, 여성으로서는 타자의 자리에 놓여있는 팜 파탈, 그녀는 김이듬에 의해서 육체를 얻고 우리들에게 말을 걸어온다. 따라서 팜 파탈의 실재(reality)와 대면하는 일은 퍽 고통스럽고 그것은 시인도 마찬가지이다. '명랑하라'라는 명령은 우리와 시인 모두에게 주어진 것이다.

2. 울음의 긍정적인 의미

—장이지의 시집 『안국동울음상점』(랜덤하우스, 2007)

울음은, 아니 슬픔으로 유통된 이 단어는 한국문학사에서 주로 고통의 제스처요 탄식의 포즈로 혹은 계급적 분노의 표출과 각성의 계기로 이해되었지만, 장이지의 처녀시집에서는 그런 부정적이거나 이데올로기적인 의미를 넘어선다. 시인의 시에서 울음은 존재의 충만함과 관계한다. 울음이라는 행위를 통해서 세계에 대한 분노, 그리고 개인적인 고통과 괴로움으로 폭발할 것 같은 존재 자신을 정화시키는 것, 그것이 시인이 부여하는 울음의 긍정적인 의미이다. 울음은 극한의 초월이요 존재의 생동이다.

이러한 울음의 이미지는 한국문학사에서 상당히 낯선 것인데, 시인이 그것을 주목하는 이유는 무엇보다도 존재의 충만함을 경험하게 만드는 의미 있는 방법이 되기 때문인 듯하다. 사실 한국문학사에서는 만해에 의해서 슬픔이 희망으로 전화되는 가치 전도를 이미 경험한 바 있었지만, 울음 그 자체의 행위에서 존재의 충만함과 생동을 느끼고 그것이 공포와 폭력과 타락으로 가득 찬 세계를 견디는 방법이 된다는 발상은 제출된 바 없었다. 이 점에서 장이지의 시는 독특하고 새로우며 의미 있는 것이다.

그러나 새벽이 오기 전에는 돌아가야 하리. 내일의 일용할 울음을 걱정하며 내가 일어서려 하면, 고양이 군은 '엇갈리는 유성들과도 같은 사랑'을 짐짓 건넬지도 모르리. 손에 가만히 쥐고 있으면 론도 형식의 회상이 은은히 퍼지는.

지갑은 텅 비었지만 울음을 손에 쥐고 고양이 군에게 뒷모습을 들키면서, 보석비가 내리는 차원의 문을 거슬러 감동 없는 거리로 돌아와야겠지. 비의 벽 저편 어렴풋 내 울음을 듣는 내 귀가 아닌 내 귀의 허상을 응시하면서. 비가 내린다면 역시 맞아야 하리.

—시 「안국동울음상점」 부분

시인이 볼 때 세계는 "감동 없는 거리"이다. 그의 시집에 실린 다른 시편을 참고할 때 세계는 막연한 적개심으로 지하철에 불을 지르거나 "모든 것들을 쓰러뜨"(시 「철남」)리는 폭력이 난무한 지옥과 같은 공간이고, 그 곳을 사는 인간들은 서로에게 "상처를 입힐(을)까 봐"(시 「꽃게처럼 안아줘」) 사랑하지 않는 비정한 모습으로 형상화된다. 따라서 인간이라는 존재는 "나는 어디 있을까요"(시 「장이지 프로젝트」)라는 부재감과, "너는 네가

두고 간 너의 이미지일 뿐이야"(시 「버스 정류장에서」)라는 분열감을 느끼며 살아간다.

이러한 모든 것들이 "감동 없는 거리"의 실체라면, 시인은 그러한 세계를 견디기 위한 방법으로 '울음'을 강조한다. 그에 따르면, 울음은 "내일의 일용할" 양식과도 같은 것으로써 인간의 내면 깊숙이 메말라 있는 감동을 일깨우고 생동시키는 매개가 되는 것이다. 쉽게 말해서 울음은 메마른 감성의 시대에 존재 충만의 방법이 되는 것이다. 이 점에서 울음의 행위는 세계와 수동적으로 부딪힌 결과가 아니라 능동적으로 넘어서는 도전이 된다.

이때 중요한 것은 울음이 외향적인 것이 아니라 내향적인 형식이라는 점이다. 울음은 세계에 대한 주체의 분노와 고통을 바깥으로 표출하는 것이 아니라, 안으로 밀어 넣어서 보듬고 쓰다듬고 껴안는 내향적인 행위이다. 이런 의미에서 울음은 현재의 자신과 과거의 자기를 만나게 하고 그 만남을 통해서 존재 자체에 대한 반성과 성찰을 가능하게 하며, 욕된 것을 정화시키는 작용이다. 존재가 지닌 상처를 건듦으로써 치유와 회복이 일어나는 것이 울음의 역설이다.

벽난로의 붉은 불꽃을 보고 있었을 때
세상은 온통 눈보라 속이었다.
자작나무 길은 숲 속으로 아득하게 뻗어 있었다.
그 길을 따라 한 소년이 도착했다.
소년은 차가운 얼굴을
내 가슴께에 묻고 한참을 울었다.
바둑이가 죽었다고 끝내 자신을 알아보지 못했다고,
그리고 할아버지도 할머니도 돌아가셨다고 했다.
나는 뜨거운 코코아를 소년에게 대접했다.

소년은 벽난로 앞에서 잠들었다.

불꽃의 춤이 소년의 흰 뺨 위로 물들고 있었다.

나는 멍하니 어린 나를 내려다보고 있었다.

—시 「자작나무 길을 따라」 부분

시적 화자 '나'가 주목하는 것은 "끝내 자신을 알아보지 못"한 '바둑이'와 '할아버지', 그리고 '할머니'의 죽음으로 인한 "어린 나"의 고통이다. 시적 화자는 "차가운 얼굴을/내 가슴께에 묻고 한참을" 우는 "어린 나"의 고통과 슬픔을 바라보고 공감하며 위로한다. 이 과정을 통해서 내면 속의 거친 울음은 순해지고 감정이 격했던 "소년은 벽난로 앞에서 잠들"며 슬픔과 고통은 정화된다.

이처럼 울음이 깊은 상처를 꺼내 놓게 하면서 동시에 위로와 치유를 가능하게 하는 것이라면, 그것은 우리 시대에 꼭 필요한 것이 아닐까 싶다. 지금 이곳의 현재만을 중시하는 인간들에게 자신이 쌓아온 슬픔과 고통, 분노와 상처를 드러내고 그것과 만나고 대화하고 화해하는 것, 그것은 너무 낯설고 두려운 행위가 된 것이 아닐까? 난데없이 자기 자신에게 "안녕, 여기는 잊혀진 별 명왕성이야"(시 「명왕성에서 온 이메일」)라는 이메일을 보내는 그 당혹스러운 이면의 존재, 그는 지금 이곳의 '나'에게는 쉽게 경험되지 않는 타자이다. 그 타자는 불안하게 겨우겨우 살아가는 주체의 틈을 벌리기도 하지만 메우기도 하는 존재이다. 장이지의 시적 탐구가 주목한 것이 이것이다.

3. 사랑이라는 것
—강윤순의 시집 『108가지의 뷔페식 사랑』(한국문연, 2007)

시인 강윤순의 사랑은, 사랑하는 사람에 대한 사별 이후의 사랑이다. 그러한 사랑은 흔히 죽은 자에 대한 과거의 추억과 기억으로 설명되는 것이지만, 시인에게 있어서는 생생한 현재형이자 진행형이다. 현실에서 부재한 자와의 지순·지고한 사랑, 그것은 홀로 이 세상에 남은 시인이 살아가는 힘이자 이유이다.

죽은 자와의 사랑은, 시인의 마음속에서 적절한 거리두기를 통해서 가능한 것이다. 만약 이 거리가 너무 멀어지거나 가까워지면 자칫 자신을 위협하는 위험한 것이 된다. 죽은 자와 그녀의 거리가 너무 멀어져 있다면, 죽은 자는 지독한 고통과 슬픔의 기억만을 줄 뿐이다. 시 「사분음표가 된 숟가락」에서 "우리들의 화음이 절정이었을 때" '끊어'진 첼로의 현이 '마흔셋'의 남편과의 사별을 뜻한다면, "그날 이후 비올라도 바이올린도/더 이상 소리 내지 않았지"라는 구절은 시적 화자의 참담한 심정과 고통을 암시한다. 그것은 시간의 정지이고 고통의 발현을 뜻한다. 남편의 사별을 기준점으로 해서 "웃고 있는 사진 속의 나를 울고 있는" '나'의 고통은, "시간을 붙잡고 있는 사진 속의 나와/시간을 붙잡지 못하는 나 사이"(시 「갭」)에서 오는 것이다.

또한, 그 거리가 너무 가까워져 있다면 죽은 자에 대한 사랑은 집착이 된다. 그것은 시인의 주체성이 망각되는 것이자 존재의 의미를 상실하는 것이다. "동정의 뒷면처럼/당신에게 붙어"서 "언제까지 당신을 결코 떨어져서/존재할 수 없는"(시 「사랑」) 비(非)주체적인 삶을 사는 것이며, "너무 가까워져 탈이 났다/집착이 지나쳐 협착증"(시 「추나요법」)이라는 병적인 심리 상태가 되는 것이다.

이처럼 사랑하는 사람에 대한 사별 이후의 사랑은, 시인과 죽은 자 사이의 거리가 문제시된다. 그 거리란 실상 실의와 도탄에 빠진 시인이 자신의 삶 속에서 죽은 자라는 고통과 괴로움을 어떻게 이해하고 극복해야 하는가 하는 문제를 의미한다. 시인의 시집에서 적절한 거리두기란 일상 속에서 자기 존재 속의 허전한 구멍을 발견하며 그것을 삶의 활력으로 바꾸어 놓는 것이 된다. 그러한 한 예가 이 시집의 표제 시이다.

그녀 몸에는 백여덟 개의 주머니가 있다 그 주머니가 언제부터 생겼는지는 그녀도 모른다

같은 크기의 주머니들 속에는 모양과 색깔이 다른 번뇌들이 담겨져 있다 그들은 주머니에서 하나씩 나오기도 하고 떼를 지어 한꺼번에 나오기도 한다.

(중략)

불신, 경망, 교만, 게으름 등 백여덟 개의 주머니들을 일일이 다 나열할 수가 없다 머리가 지끈거려 외울 수도 없다 그녀는 그들을 떨쳐버리려고 몸부림을 치지만 거머리처럼 몸에 붙어서 떨어지지도 않는다

그래서 그녀는 그들을 즐기기로 마음을 바꿨다 딱딱한 탐욕도 가시 돋친 진에도 질기디질긴 우치도 입에 넣고 씹는다 언제 어느 때고 튀어나오는 백여덟 개의 번뇌들을 접시에 담아 꼭꼭 씹어 삼킨다 즐기면서 맛있게 먹는다 사람들은 그녀를 백여덟 개의 번뇌를 뷔페식으로 즐기는 여자라고 한다

—시 「108가지의 뷔페식 사랑」 부분

번뇌란 "떨쳐버리려고 몸부림을 치지만 거머리처럼 몸에 붙어서 떨어지지도 않는" 성질을 지닌다. 그것은 욕망이라는 빈 구멍이 존재의 한가운데에 있음을 전제하고 그 빈 구멍에서 기원하는 괴로움이다. 시인에게 있어서는 사별한 남편에 대한 그리움이자 그로 인한 살아있는 자의 괴로움이다. 이 그리움과 괴로움 사이에서 시인이 선택한 것은 "백여덟 개의 번뇌들을 접시에 담아 꼭꼭 씹어 삼"키는 것이다. 그것은 번뇌

를 회피하면서 고통에 빠지는 자세와는 달리, 번뇌라고 하는 존재의 구멍을 발견하고 그것을 가만히 바라보는 통찰의 행위이다.

이러한 강윤순의 태도는 그녀의 말대로 '즐기는' 것이다. 자신의 고통을 즐긴다는 점에서 그것은 역설적이고 초월적인 태도이다. 괴로움과 집착이라는 두 극점의 사이에서 죽은 자에 대한 사랑을 지속해 나아가는 것, 그것은 죽은 자에 대한 태도 변화를 통해서 삶을 균형 잡아 나아가겠다는 의지의 소산이다. 이 때 죽은 자의 생경하면서도 낯선 모습이 발견된다. 죽은 자는 그녀가 원래 알고 있던 그리움과 집착의 대상이 아니라 그것을 넘어서 있는 낯선 타자이다. 그 타자로 인해서 시인은 자신이 살아가는 힘과 이유를 찾은 것이다.

말할 수 없는 욕망들

—김이듬, 조정인의 시집

욕망이 환유적이라는 라깡(J. Lacan)의 표현은, 그것을 성취하는 것이 극히 순간적이어서 실제로는 성취되지 않음을 의미한다. 욕망은 그 대상을 손에 쥔 어떤 짧은 순간에 얻어지는 것이지만, 곧이어 그 대상은 욕망하는 것이 아닌 것이 된다. 욕망의 대상은 다른 것으로 바뀌기 때문이다. 따라서 욕망 그 자체는, 어떤 대상을 통해 얻었다고 인식하는 직후부터는 다른 대상에 옮겨지기 때문에 부재하는 것이 된다. 욕망하는 인간이 지니는 고통이 이것이고, 그 욕망을 언어로 포착하고자 하는 시인의 딜레마가 이것일 터이다.

이 점에서 욕망 그 자체를 표현하려는 시인은, 그 환유성으로 인해서 말하되 말할 수 없는 딜레마에 빠진 자가 된다. 그래서 욕망을 언어로 표현하는 일은 불가능하지만, 그 불가능의 극점까지 가닿는 두 권의 시집이 여기 있다. 김이듬의 시집 『말할 수 없는 애인』(문학과지성사, 2011)과 조정인의 시집 『장미의 내용』(창비, 2011)은 욕망 그 자체를 표현하고 싶어도 표현하지 못하는 언어의 한계 앞에 놓여있음을 잘 보여준다. 다른 표현으로 말하면, 언어로 말할 수 있는 극한의 지점에서 비언어적인 한계상황에 직면해 있는 것이다.

이러한 비언어적인 한계상황은 로만 야콥슨(Roman Jakoson)의 논문 「언어의 두 양상과 실어증의 두 유형」(『문학 속의 언어학』, 문학과지성사, 1989)을 참조하면 두 가지로 분석된다. 로만 야콥슨은 실어증 환자를 분석하면서 실어증이 두 가지의 유형을 보임을 논의한 바 있다. 하나는 유사성 장애로써 대상언어를 메타언어로 말하는 능력, 즉 명명하는 능력에 결함에 생긴 경우이다. 이 경우 선택과 대체능력이 부족하여 언어는 환유적 표현에 의존한다. 다른 하나는 인접성 장애로써 문맥을 만드는 능력에 결함이 생긴 경우이다. 이 경우 결합과 문 구성 능력이 부족하여 은유적 표현에 기댄다.

김이듬은 시집 『말할 수 없는 애인』에서 대상에 있다고 여겨지는 욕망 그 자체와 대면할 때의 두려움을 말하고 싶어 한다. 좀 더 정확하게는 시집의 제목처럼 욕망 그 자체를 대면할 수 없는 혹은 시인으로서 '말할 수 없는' 한계상황을 말하고자 한다. 시인은 바로 이 지점, 구체적으로 언급하면 '말할 수 없는' 것을 말하고자 하는 불가능한 지점을 주목한다. 욕망과 대면하고자 하나 그것이 두렵고 고통스러워 피하고자 하는 이 딜레마, 이것은 욕망을 메타언어로 명명하는 능력에 결함이 생긴 유사성 장애와 유사하다. 언어화하고 싶지만 언어화되지 않는 불가능성, 혹은 욕망들을 '말할 수 없'음.

올해 막바지 팔에 금이 갔다.

빙판에 미끄러졌나 보지
결국 그 선배 멱살을 잡았구나
친구들은 제각기 한마디씩 던지고
가만히 등 뒤로 와서 너는

자해한 거 아니냐며 킬킬거린다

얼마나 멋진 밤인가
어둡고 캄캄하고

우리는 더 이상 알고 싶지 않은 욕망으로 가득 차서
구체관절인형을 가지고 놀듯 서로를 만지막거린다

—시 「나 말고는 아무도」 전문

시집을 펼치면 서시의 역할을 하는 것이 바로 위의 인용이다. 위의 인용에서 관심을 끄는 것은 "우리는 더 이상 알고 싶지 않은 욕망으로 가득 차" 있다는 다소 낯선 구절이다. 감수성을 내보여주는 시집에서 서시의 자리에 차지하는 시의 핵심구절이 "더 이상 알고 싶지 않은 욕망"이라니! 김이듬의 시집은 이러한 역설이 수긍된다는 점에서 시적 매력과 호소가 있다.

"팔에 금이 갔다"는 사건은 "그 선배"라는 욕망의 대상을 향한 과정에서 일어난 것이 분명하지만, 위의 인용에서는 그 과정이 분명히 나와 있지 않다. "그 선배"를 만나서 실랑이를 벌이다 넘어져서 다쳤는지, 실의에 빠져 스스로 자해를 한 것인지, 아니면 또 다른 상황인지에 대한 '친구들'의 추측만 있지, 정작 시인 자신의 설명은 없다. '친구들'이 예의상 캐묻지 않았다 하더라도, 시인 자신은 스스로 왜 다쳤는지를 분명히 알고 있음에도 말이다. 그리고는 "우리는 더 이상 알고 싶지 않은 욕망으로 가득 차" 있다고 말하면, 이 "알고 싶지 않은 욕망"은 '친구들' 뿐만 아니라 시인 자신에게도 해당되는 것이다.

시인은 왜 "알고 싶지 않"을까, 혹은 "말할 수 없"을까? 이 의문을 풀어나가는 것이 이 시집을 읽는 한 방법이 된다. 시인은 이 "알고 싶지 않은 욕망"의 맨얼굴과 가만히 대면하기를 두려워하고 있으며, 사랑 혹은 증오라는 표현으로 메타언어화하지 못하는 태도를 잘 보여준다. 이 부분에서 김이듬 시의 미묘한 긴장감이 형성된다. '나의 욕망은 무엇이다'라고 메타언어화 하는 대신, '나의 욕망은 언어화되지 않는 어떤 것이다'라는 극히 개인적인 독특한 언어 관습을 만들어내고 있는 것이다. 따라서 김이듬의 시에서 욕망은 부연되고 환치되어 표현된다.

> 나는 내게 시적이지 않은 시를 쓰며
> 시인답지 못하게 살다
> 문학적이지 않은 죽음을 맞게 되길 빈다
>
> —시 「문학적인 선언문」 부분

> 새가 날아간다 어스름한 저녁 하늘을 자유롭게
> 아니, '자유롭게'를
> 재빨리
> 뺀다
> 새가 날아갔다 그냥, 제멋대로, 제가 알아서, '자유'에 얽매이지 않고
>
> —시 「백발의 신사」 부분

시인은 위의 인용에서처럼 '시', '문학', '자유'에 대해서 아무 것도 분명하게 말하지 못한다. 시는 "시적이지 않"고 "시인답지 못하게 살"며, '자유롭게' 살고 싶지만 "'자유'에 얽매이지 않"은 채로 살고 싶어 한다. 이러한 부정과 반항의 언어는 위에서 말한 "알고 싶지 않은 욕망"과 상통한다. 그것은 '시', '문학', '자유'가 겨냥하는 욕망 그 자체와 대면할 때의 두려움에 기인하여, 그 욕망을 회피할 때의 심리상태를 그대로 보여주는 것이다. 따라서 시인의 시에서는 시는 무엇이다, 자유는 무

엇이다라는 은유가 만들어지지 않는다. '애인'(욕망)들을 '말할 수 없'음이라는 이 어려운 마음의 상태를 언어화하기, 이것이 세 번째 시집을 낸 관록의 김이듬이 보여주고자 한 지점이다.

조정인은 시집 『장미의 내용』에서 과거에 사랑했던 욕망의 대상에 대해서 그리워하고 있음을 말하고자 한다. 이 때 이 그리움이 주의를 요하는 것은, 그리워할수록 그 대상에 대한 고통스러운 기억이 함께 떠올라 견딜 수 없을 정도의 혹은 '말할 수 없'을 정도의 심리적인 한계상황에 직면한다는 사실이다. 따라서 시인의 시는 그 대상을 구체적인 현실의 맥락 속에 문맥화시키지 못한다는 점에서 실어증 환자의 인접성 장애와 비슷한 양상을 보여준다. 구체적인 현실의 맥락을 상실한 시인의 시는 사물을 은유화하는 방향으로 나아간다.

> 하루가 다 젖어 비를 듣는 귀는
>
> 흐르는 빗물을 더듬어 어디로 가나
>
> 가을의 큰 사각형, 페가수스 네 변이 사과의 둥근 틀에 내려와
> 마지막 조율을 마친 그후였다. 사랑이 무거워져 불현 듯 휘고 또 굽이쳐
> 온몸이 물소리를 낸 건
>
> 당신에게서 정물처럼 생략되고 있는 한 심장이 탁자 모서리에 올려놓은
>
> (바람의 분배와 그늘의 밀도가 치우쳐 살갗이 트고 미세하게 기운)
>
> 고요한 구(球)

분첩으로 눌러 고친 우기의 흔적 너머, 벙어리 여자의
모음만으로 엮어진 고백을 들을 것 같은

당신이라는 중력에 닿고서야 멈추었을 이 붉은 운행, 창문을 젖혀

—시 「한 개의 붉은 사과」 부분

시적 화자의 '귀'가 "흐르는 빗물을 더듬어" '가'는 곳은 욕망의 대상이 생생하게 살아있는 과거의 기억 속이다. 그렇지만 그 기억은 "사랑이 무거워져 불현 듯 휘고 또 굽이쳐/온몸이 물소리를" 내는 정도의 고통스러운 것으로 묘사될 뿐, 과거의 현실 속에서 구체적으로 맥락화(서술)되지 않는다. 이러한 양상은 조정인의 시편 대부분이 구체적인 삶의 현실을 문맥화하지 못한 채로, 기억 속의 사물 혹은 자기 이미지를 은유적으로 보여주는 가장 중요한 이유가 된다.

이러한 사정 때문에 조정인의 시는 은유적인 낱말더미가 된다. 위의 시 제목인 "한 개의 붉은 사과", "당신에게서 정물처럼 생략되고 있는 한 심장이 탁자 모서리에 올려놓은" "고요한 구(球)" 혹은 "당신이라는 중력에 닿고서야 멈추었을 이 붉은 운행"은 모두 시적 화자를 은유화한다. 이처럼 삶의 맥락을 문맥화하지 못한 채로 시인 자신을 유사한 사물로 대치시키는 시적인 양상은, 아이러니하게도 조정인 시인 특유의 수사전략이 된다. 그녀의 시는 은유에서 시작하여 은유에서 끝난다.

지난 여름 낙뢰, 그 환한 샛길로 사과밭의 환영이 지나갔다 몽상과 예감의 거친 파도가 쓸고 간 하늘 아래, 꿈처럼 재현된 과수원에서 사과를 땄다 그 붉은 필름에 바람의 소용돌이와 구름의 정처가 인화돼 있다 지상에 흘린 에덴의 풍문을 한입 베어 물었다

—시 「사과 따기」 부분

폭설을 몰고 올 당신이라는 별…… 홍옥은 그 많은 겹을 입혀 구워낸
붉은 종, 9월의 캐럴이다

—시 「홍옥」 부분

그리고 낙과의 하혈을 견디었다 사과나무는 만선이었다
달빛 반짝이는 양철지붕 아래, 과수원 안채에는
과육에 저며드는 칼날처럼 아름다운 사람이 찾아왔었다

—시 「사과의 감정」 부분

시적 화자는 사과나 장미와 같은 사물로 은유의 세상을 만든다. 위의 인용시편에서 사과는 "지상에 흘린 에덴의 풍문"이 되어 에덴동산에서 선악과를 따먹고 죄와 부끄러움을 알게 된 아담과 이브의 사랑이 되기도 하고, 구세주와 같은 '당신'의 재림을 알리는 "붉은 종, 9월의 캐럴"이 되기도 하며, 몸의 상처를 견디면서 깊은 사랑에 빠졌던 대상인 "아름다운 사람"이 되기도 한다. 이러한 은유는 시인 자신의 표현대로 한다면 "말해질 수 없는 비문"(시 「문신」)처럼 봉인된 기억을, 그 구체적인 내용 없이 말하면서 숨기는('말할 수 없는') 방식이다. 시집 제목이 장미의 내용인 것은 이러한 상황을 암시하는 듯하다. 그 '말해질 수 없는' 또는 '말할 수 없는' 심리적인 한계상황에 팽팽한 긴장감으로 당겨진 은유의 화살들, 이것을 읽어내는 일이 조정인 시 읽기의 묘미인 듯하다.

시적 탐구의 두 양상

—유안진, 윤영림의 시집

자아가 세계를 일방적으로 대상화하는 장르가 서정이라는 조동일의 말을 참고한다면,[1] 시인은 독아론(獨我論) 속에 빠져 있는 자가 된다. 이 말은 자칫 시인이 일방적으로 혹은 자기 마음대로 대상을 주관화하여서 결국 대상(타자)을 또 다른 자아인 타아(他我)로 인식해 자기 대화(monologue)에 빠지는 자라는 생각으로 오인될 위험이 있다. 여기까지 오면 시인에게 있어서 근본적인 새로움(타자성)이란 없는 것이다. 그렇지만 시인은 새로운 대상을 탐구해 나아가면서 자신의 시적 영토를 넓혀 나아가는 그 순간만큼은, 낯선 타자와 조우한다. 그 순간이 시가 시작되는 때요 미증유의 영감이 갑자기 다가오는 때이다. 물론 이러한 때 역시 서정이라는 장르로 언어화되는 과정에서 일방적으로 대상화되는 것이겠지만.

자아가 대상(타자)과 대면하는 그 순간은, 시가 발현하고 탄생하는 시간일 것이다. 시적 탐구는 근본적으로 타자성과 만나고 그것을 다시 주관화(주체화)하는 작업이 된다. 이러한 시적 탐구의 두 양상을 잘 보여주

1 조동일, 『한국소설의 이론』, 지식산업사, 1977, 66~136쪽 참조.

는 시집 두 권이 우리 문학계에 동시에 출간된 것은 참 기쁜 일이다. 이 두 권의 시집에서는 근본적인 새로움의 세계를 탐구하는 시의 두 양상을 보여준다는 점에서 한데 모아 논의의 공간이 만들어진다. 유안진의 시집 『둥근 세모꼴』(서정시학, 2011)과 윤영림의 시집 『구름해부학』(한국문연, 2011)은, 낯선 타자와 만나는 그 탐구의 순간을 잘 보여주고 있다.

우선 유안진의 시집 『둥근 세모꼴』을 펼쳐보기로 한다. 이번 시집에서 유안진이 시도하고 있는 것은 경구시(epigram)이다. 경구시란 원래 기념비에 새겨 넣을 만한 적합한 비문을 지시하는 것으로써 보편적인 진리나 신랄하고 도덕적인 교훈을 짧은 문구(시)로 담아내는 형태를 뜻한다. 유안진은 한국시단에서는 보기 드문 이러한 경구시의 형식으로 외부 세계에 대한 낯선 탐구를 시도한다. 그녀의 시는 우리 사회에서 경험되거나 느낄 법한 상식과 질서에 숨어있는 모순을 새롭게 찾아서 그것을 냉소하거나 풍자한다.

> 이브가 뱀에게 유혹 받고 있을 때
> 남편이란 작자는 도대체 뭘 하고 있었을까?
>
> *낮잠 자고 있었을 것이다
> *무슨 짓 하나, 엿보고 있었을 것이다
> *밥상 안 차려주고 쏴 다닌다고 혼낼 궁리만 하고 있었을 것이다
> *갈비뼈를 만지며 새 아내의 S라인을 상상했을 것이다
> *남편 노릇을 반성했을 것이다
>
> —시 「그때 아담은 뭘 하고 있었지?」 전문

> 불빛 한 점이 마주 오고 있다

충돌위험에 경고신호를 보내도 막무가내이다
무전을 쳤다 "10도 우향하라"
응답이 왔다 "10도 좌향하라"
함장은 다시 쳤다. "나는 대령이다 명령에 따르라"
응답이 또 왔다 "나는 일병이다 지시에 따르라"
기가 찬 함장은 최후통첩을 보냈다
"여긴 군함이다. 명령 무시하면 박살난다"
응답이 다시 왔다
"여긴 고장난 등대다. 지시 무시하면 박살난다"

—시 「오만과 편견」 전문

위의 두 시에서는 모두 우리 사회가 지닌 성적 · 계급적인 차별과 불평등의 모습을 낯선 방식으로 서술하고 있다. 앞의 시에서는 기독교 성경의 한 구절을 문제 삼음으로써 한국 사회의 남성이 지닌 가부장제적인 인식을 비판하고 있다. 주지하다시피 기독교 성경에서 이브는 뱀의 유혹으로 인해 선악과를 따 먹어 선악을 분별하게 되고, 그것을 남편인 아담에게 먹이어 원죄를 범하게 하는 문제 있는 여성이다. 이 시에서는 이러한 인식을 뒤집어서 아담에게 화살을 돌린다. 아내가 유혹당할 때 "도대체 뭘 하고 있었을까?"라는 질문의 순간은, 그래서 도발적이고 신랄하며 근본적으로 낯선 것이 된다. 아내를 향한 뱀의 유혹이라는 사건 앞에서 무관심하게 다른 일을 하고 있었을 법한 아담의 행위를 상상한 일은, 아담을 낯선 타자로 다시 보기 함으로써 한국 사회의 가부장제적인 문제점을 적나라하게 드러내고 있기 때문이다.

아래의 시에서는 한국사회의 고질적인 문제점 중의 하나인 계급적인 위계질서의 문제점을 낯선 방식으로 탐구하고 있다. 충돌위험에 서 있는 두 불빛은 서로 상대의 항로를 바꾸라고 무전을 보낸다. 이 때 함장과 일병의 대화는 독자의 허를 찌른다. 함장은 자신의 계급과 그 권위를 내세워 "나는 대령이다 명령에 따르라"라고 말하지만, 이병은 자신이 대령의 명령에 따를 수 없는 이유를 간명하게 말해 계급적인 위계질서에 대한 냉소를 보여준다. "여긴 고장난 등대다. 지시 무시하면 박살난다"라는 이병의 말은, 한국사회에서 상위의 권력이 그 아래의 권력들을 무시하고 하대하면서 자기본위로 살아가는 모습이 자기 자신과 그 공동체('군함')마저 위기에 빠트릴 수 있음을 암시한다.

이러한 경구시는 한국사회 뿐만 아니라 시인 자신에게 직면한 현실을 새롭게 바라볼 때에도 유용하게 활용된다.

식은 죽 먹기
땅 짚고 헤엄치기
눈감고도 찾아내기
누워서 팥떡 먹기

너네들 왜 날 피해?
나만 보면 왜 꼭꼭 숨어버리느냐구?

—시 「괘씸한 것들」 전문

어제는
나 그대와 같았으나
내일은
그대가 나와 같으리라.

—시 「은발이 흑발에게」 전문

위의 두 시에서는 인생이 자기 뜻대로 되지 않음을 통찰한 시인의 철학이 짧은 경구로 담겨져 있다. 앞의 시에서는 인생에서 쉬운 것들이 하나도 없다는 격언을 간명하고 선명하게 서술하고 있다. 살면서 쉽게 되는 것들, 혹은 걱정되지 않는 것들은 오히려 "괘씸한 것들"이 되는데, 그 이유는 "나만 보면 왜 꼭꼭 숨어버리느냐구"하는 시인의 푸념에 들어 있다. 또한 뒤의 시는 터키의 히에라폴리스에서 죽은 자가 산자에게 전하는 비문의 구절을 그대로 번역해 옮긴 것인데, 인생무상을 단적으로 말하고 있다. 이처럼 유안진의 시는 자기 삶의 지경을 넓혀서 외부 세계의 낯선 대상들과 조우하여 그 타자성을 찰나적이고 신랄한 경구의 형식으로 표현하고 있는 것이다.

시인 유안진이 자아의 외부 세계에 대한 시적 탐구를 진행하고 있다면, 시인 윤영림은 자아의 내부 세계에 대한 시적 탐구를 새롭게 보여주고 있어 주목을 요한다. 윤영림의 시에서 주목되는 것은 시적 자아의 내부 세계를 탐구하는 것이 일종의 존재탐구의 서사로 이루어져 있다는 것이다. 시적 자아는 자신으로부터 나와 자신으로 돌아가는 존재탐구의 여정을 통해서 자기 존재의 회복에 이르고자 한다.

가자, 어디로든 가자
너에게서 걸어 나왔으니 망설이지 말고 가자
미련 없이 가자
가장 나다운 것은 너에게서 걸어 나오는 일
네 몸 밖으로 밀려나는 일이다
너에게서 밀려나니 허공이다
그래도 나은 것이 있다면
매달려야 한다는 것
몸부림이 남아 있다는 것이다

고질적 몽상의 폭발물이 존재한다는 것이다
나의 여력을 보라
너로부터 걸어 나온 나를 보라
저절로 걸어 나와 내가 된 나를 보라

가자, 어디로든 다시 가자
너에게서 걸어 나왔으니 멈추지 말고 가자
어느 방식으로든 멈추지 않고 가려는 것
상처의 다리 이끌고
가만가만 흘러가는 나를 보라
울음이 꽉 차올라 있는 나를 보라
몇 겹의 눈물 낙과처럼 흔들리고 있을 것이다
간다
나의 귀환에 의무를 느끼며
너로부터 걸어 나온 성소 같은 곳으로
여한 없이 가려는 것이다

누구든, 신전으로 가는 나를 맘껏 우러러보라

—시 「네에게서 걸어 나와」 전문

위의 시에서는 '너'로부터 "걸어 나"오니 비로소 "내가 된 나"를 확인할 수 있다는 점, 그래서 다시 "너로부터 걸어 나온 성소 같은 곳으로/여한 없이 가"야 한다는 존재탐구의 서사를 보여준다. 쉽게 말해서 '너'(과거의 나, 피투존재)에서 나와 다시 '너'(새로운 나, 기투존재)에게로 돌아가려는 존재탐구의 서사를 의미하는 것이다. 이러한 존재탐구의 서사는 하이데거 식의 존재(sein) 문제를 함축하고 있다는 점에서 낯선 타자성(존재성)의 탐구 서사가 된다. 이러한 타자성의 감각을 잘 보여주는 것은, 존재에서 나와 다시 존재로 향하는 그 과정에서이다. "가장 나다운" '나'를 찾는 작업은, "너에게서 밀려나니 허공이"라는 허무와 "울음이 꽉 차올라 있는" 고통을 견디면서 진행되는 것이다. 존재탐구의 서사는 자아의 낯선 내부 세계에서 경험되는 역경과 시련의 감각을 드러내는 것이다.

> 간직했어야 하는 말이 입 밖으로 새어나와 가을과 섞인다 알을 품듯 품었던 말이 동여매둔 입에서 쏴아쏴아 거린다 내 몸 어딘가 펑크가 나 있는 구멍으로 가을바람 같은 것이 샌다 말이 샌다 열정이 샌다 자히르! 당신이 샌다 새어나는 말들에게 나는 저항도 못한다 주문처럼 술렁술렁 흘러나오는 말 몇 킬로의 무거운 말들이 외출을 한 걸까 가벼워진 몸 이제 마지막 문장에 마침표를 찍어도 될까? 망설인다. 다른 그 무엇에는 결코 섞이지 않던 말 그 멀쩡한 언어 그 언어가 자히르! 당신이다
>
> —시 「자히르」 전문

위의 시에서도 존재탐구의 여정이 녹녹치 않음을 보여준다. '자히르'란 시인의 말에 따르면 "우리의 사고를 점령해, 다른 무엇에도 집중할 수 없게 만들어버리는, 어떤 사물 혹은 사람"[2]이라고 한다. 이러한 '자히르'는 존재탐구의 여정에서 일종의 장애물로 기록된다. 그것은 "다른 그 무엇에는 결코 섞이지 않던 말"로써 그 정체를 알 수 없는 의문 그 자체이면서도 "우리의 사고를 점령해, 다른 무엇에도 집중할 수 없게 만들어버리는" 곤란 그 자체이기 때문이다. 이 '자히르'는 분명히 그 정체를 알 수 없는 근본적인 타자이다. 이 타자는 자기로 귀환해 가려는 시적 자아의 발목을 붙잡아 옴짝달싹하지 못하게 만드는 함정과 같은 것이

---

2 윤영림, 『구름해부학』, 한국문연, 2011, 23쪽.

다. 그것은 그녀의 시에서 "子城이라는 존재의 집에 스스로 간"(「子城」)힐 때의 '子城', "나는 너에게 가서 네 손을 만져볼 수 없"(「바람」)을 때의 '너', "어떤 사실이나 정체가 드러나지 않"(「카무플라주의 城」)는 것인 '카무플라주'와 같은 것이다. 윤영림 시인은 이 시집에서 '자히르'와 그와 유사한 타자들과 낯설게 조우하면서 자기탐구의 서사를 펼쳐내고 있는 것이다.

언어를 넘어서는 지점

—류승도, 김현신의 시집

1.

시의 재료인 언어 속에 자신의 상상을 주입하는 시인은 그 상상의 내용이 언어라는 관습적 의미와 상징을 넘어서는 순간과 직면할 때가 있다. 자신의 상상이 마치 숙성되어가는 밀가루 반죽처럼 부풀어서 언어의 관습적 의미·상징 경계에 꽉 차고 이어서 부풀어 터지는 것처럼 그 경계에 숭숭 구멍이 뚫려 바깥으로 삐져 나가는 지점, 그 지점이 바로 이 글에서 말하고자 하는 언어를 넘어서는 지점이다. 시인 류승도의 시집 『라망』은 이처럼 언어를 넘어서는 지점을 잘 보여주는 시집 중의 하나로 판단된다.

시인 류승도의 이번 시집에는 시인의 상상이 언어를 넘어서는 찰나를 잘 간직한, 그야말로 생생한 시편들이 다수 들어있다. 이 찰나는 시인의 상상이 언어의 관습적 의미·상징을 넘어서고, 비일상적인 심정·의도가 일상적인 인간의 정서·태도를 넘어서며, 무의식적인 욕망이 현실 제도를 넘어서는 충동의 시간이다. 어떻게 보면 언어라는 관습적 의미·상징을 넘어서는 탈(脫)언어의 순간에 이성적인 자신이 아닌 무의식적인 욕망의 자아가 현실 속의 세계를 강렬하고 자유롭게 비판·비난하면서 동시에 희망·이상으로 세계를 겹쳐보는 것이기도 하다. 굳이 이 시간을 라깡의 표현으로 말한다면, 향락(주이상스 Jouissance)의 순간인 것이다. 커다란 고통과 강렬한 쾌락이 서로 부딪히는 충돌의 강렬한 빛이 눈 멀게 하는 순간인 것이다.

2010년에 출판된 류승도의 시집 『비행기로 사막을 건너며 목련을 생각한다』가 국립환경과학원에 근무하는 이공계 출신 공무원이 자연에 대한 관찰자적인 시선을 모색하면서 언어의 세련을 단련해 나아간 시절의 기록이었다면, 이번 시집은 그러한 시기를 거쳐서 언어에 대한 시인의 패기와 대결을 진지하고 화려하게 보여주고자 노력한 비망록 정도가 된다. 류승도는 이제 시를 쓰는 공무원이 아니라, 공무를 생계로 하는 시인인 것이다. 그는 시인이 지녀야할 덕목 가운데에서 언어를 넘어서는 지점을 예리하게 발견할 줄 안다.

나로부터 시조까지 찾아가기 위하여 한 겹씩 풀어나가는 한지 두루마리의 가승처럼
바다에서 하천으로 물결을 길게 거스르는 유선형 물고기의 편대가 漁躍, 힘차게 봄을 행진한다.
(중략)
오늘의 연곡천은 황어의 길이 되지 못하네
뚫어놓은 어도는 보를 막은 사람의 생각처럼 좁고 험한 길, 힘찬 점프를 해보지만 보를 넘지 못하네

난생의 인연이 비롯된 소금강의 깊은 곡의 도화를 다만 머릿속으로 그리며, 연곡의 문밖에 난들을 쏟네

사는 것이 받은 것을 돌려주기 위한 것, 그리하여 생명의 끈을 잇기 위한 것, 생 이전에 이미 알았기에, 피를 제단에 바치려 하였으나, 죄의 사함을 받으려 하였으나

의식을 치르지 못한 황어가 지느러미를 흔들어 삶의 방향을 돌리는 시간, 위에서 기다리는 입들이 허전하네, 캄캄하네.

—류승도, 시 「연곡천—봄, 이유」 부분, 『라망』, 예술가, 2014, 15쪽.

시적 화자가 위의 시에서 주목한 것은 연곡천 황어 떼가 산란을 위하여 힘차게 상류로 넘어가고자 하나, 농업용수를 목적으로 곳곳에 설치한 (50cm 정도 높이의) 인공보에 가로막혀서 죽어가는 모습이다. 이 모습이야 말로 황어 떼의 회귀 본능과 비생태적이고 잔인한 현실이 부딪혀서 생명의 의미에 대한 하나의 깨달음이 몰려오는 찰나이다. "사는 것이 받은 것을 돌려주기 위한 것, 그리하여 생명의 끈을 잇기 위한 것, (중략)//의식을 치르지 못한 황어가 지느러미를 흔들어 삶의 방향을 돌리는 시간"을 본다는 것은 살아있으되 죽어가는, 나아가서 인간으로 말하면 일상을 살아가되 몰락하는, 시인 자신으로 말하면 환경부 공무원이되 죽음의 보 정책을 비판하는 존재를 상상하는 행위가 된다. 관습적 현실(언어)의 재현 속에서 "좁고 험한 길"의 고통과 "소금강의 깊은 곡의 도화"라는 쾌락이 교차하는 순간에 인간과 그 존재의 의미 · 깨달음을 들춰내고 확대시키는 것이다.

황어에서 인간으로 넘어서는 시적 전략은 시집 곳곳에서 삶의 희망 · 쾌락, 그리고 그 반대편의 고통 · 좌절이 서로 극적으로 맞닿아서 시의 의미를 확장시키면서 나름의 깨달음과 성찰을 적절하게 제시해 준다.

능소화, 당신과 뜨거운 여름 태극으로 감아 돌다 상하의 주도권이 바뀌었을

때 말 달린다는 생각을 했어

봅슬레이 누운 썰매 된 기분, 온몸이 굽이굽이 오르락 내리락 급경사로 추락하고, 혈류는 블랙홀로 모여들었지

그러다 우리가 지구의 시간 끝까지 이어달리기를 하고 있는 것이라면, 완주하여 전하려는 것이 뭔가 있을까? 하고 생각했어

놓으면 안 되는 바통, 희망(?)조차도 전하기 위한 것일뿐, 말 달린 우리가 진짜 전해야 할 것은 아닐까? 늘 같도록 변하는 사랑처럼,

—류승도, 시 「한여름 밤 별을 보며 겨울스포츠를 생각하다」 부분, 『라망』, 예술가, 2014, 16쪽.

흉물스러운 발전소가 어떤 사람에게는 풍경이 되는 밤,
누가 켜 놓았을까, 저 불빛들은 누구를 기다리는 표지일까, 청라를 소등하고, 이지러진 달이 저물고 싶다.

—류승도, 시 「푸른 담쟁이」 부분, 『라망』, 예술가, 2014, 24쪽.

모두 잃지 않고는 갈 수 없기에 많을수록 더 잃어야 한다
털려다 털리고 털리면 못 일어나는 수가 있다
나를 나로 증명할 수 없는 곳이다
막장에서 삶을 찾았던 사람들의 꿈들은 굽이굽이 아라리 곡조와 함께 흘러흘러 흩어져 갔음일 터인데
카지노를 가득 채운 사람들은 한 생을 잠시 넘어가기 위하여 넋을 놓았다 하더라도
그 주위를 일상으로 기웃대는 사람들은 남겨진 무엇을 보았기에 그 메아리 귀에 맴도는지

—류승도, 시 「하늘에서 놀아라, 하늘만큼 하이원—정선의 강원랜드에서」 부분, 『라망』, 예술가, 2014, 26쪽.

세 편의 인용시에 나타난 공통점은, 시적 화자가 언어의 관습적 의미·상징을 넘어서는 전복의 충동을 보여주고 있다는 것이다. 시적 화자는 현실 속에서 허용되고 인정되는 규칙, 관습, 상식, (아버지의)법, 규정 등을 은밀하게 해체하고 파괴하고자 하는 전복의 충동을 드러낸다. 일상 속의 공무원이라면, 또는 일상 속의 50대 나이라면 감히 말하기 힘든 비일상적인 생각들을 그는 다소 충동적이고 강렬하게 뱉어내고 있다.

첫 번째 시 속의 섹스, 두 번째 시 속의 혐오시설인 발전소, 세 번째 시 속의 카지노라는 소재는, 엄밀히 말해서 정부의 정책을 잘 이해·홍보하고 비교적 건전하고 올바른 생활을 해야 하는 공무원이라면 선뜻 가까이 하기 어려운 것들이다. 더욱이 시적 화자의 발화는 인정과 홍보가 아니라, 비판과 비난의 태도를 지닌다. 시인의 직업에 비추어 보면 시적 화자가 도덕적인 성과 청라 발전소 홍보와 카지노의 건전성을 말하는 편이 더 수긍이 간다. 그렇지만 정작 시적 화자가 말하는 것은, 그러한 도덕과 정책의 전복 또는 의외성이다. 섹스는 "완주하여 전하려는 것이 뭔가 있을까?"하는 의문으로, 발전소는 "흉물스러운 발전소가 어떤 사람에게는 풍경이" 된다는 것으로, 그리고 카지노는 "모두 잃지 않고는 갈 수 없기에 많을수록 더 잃어야" 하는 공간으로 서술된다.

류승도는 강렬한 쾌락·욕망과 현실의 고통이 충돌되는 지점에서 나름의 깨달음을 보여줌으로써 비교적 성공적인 시편을 생산해낸다. 이러한 그의 시적 전략은, 이번 시집에서 라망(羅網, L'Amant) 혹은 구멍이라는 시어에 집중되어 있다. 시집 제목 라망이란 그물을 뜻하는 한자어 羅網이자, 연인을 뜻하는 불어 L'Amant를 중의적으로 지시한다. 그물이란 곧 구멍을 촘촘히 짠 것이고, 여성 연인이란 생리학적인 성기(구멍)를 지닌 자이며, 시인 자신도 구멍처럼 비어 있는 상태를 신체의 각 부분들이 연결시킨 것이다. 이렇게 보면 모든 것이 라망이고 구멍이다.

구멍이라, 구멍을 본다, 구멍으로 본다

기찬, 구멍 없는 구멍(틀 없는 틀?)을 뚫어 놓은 구멍을 구멍이 본다

—류승도, 시 「청간정, 구멍의 즐거움」 부분, 『라망』, 예술가, 2014, 38쪽.

총 쏜 당신과 맞은 내가 일순 서로 느꼈기 때문

맞다,

그리고 빠진 것 하나 더

구멍 때문, 아픈, 아픔을 주는

—류승도, 시 「구멍, 총 맞은 것처럼」 부분, 『라망』, 예술가, 2014, 54쪽.

구멍으로
남을 것 없는
구멍,
내가 구멍이다

—류승도, 시 「아, 구멍」 부분, 『라망』, 예술가, 2014, 45쪽.

구멍은 자기 존재성이자 자기와 같은 타자의 존재성이고, 자신과 타자의 관계를 가능하게 하거나 금이 가게 만들기도 하는 모든 것의 근본 원리가 된다. 이 때문에 세 편의 시에서 볼 수 있듯이 구멍의 비유는 만능이다. "구멍이라, 구멍을 본다, 구멍으로 본다", "구멍 때문, 아픈, 아픔을 주는", 또는 "내가 구멍이다"라는 방식으로 구멍의 연작은 사실상 이 시집의 핵심적인 상징어로 자리한다. 이 구멍의 발견은 관습을 넘어서서 시적인 것을 드러내는 방법이 되고 어느 정도는 일리가 있다. (시인과

친분을 지닌 필자가 사적으로 말한다면 시인 자신이 1여 년 정도 동안 '구멍'에 푹 빠져서 살았던 것 같다.)

라망 또는 구멍이라는 시적 상징어에 매달린 시인은 언어의 관습적 의미·상징을 넘어서는 시적인 상상을 서술하는 데에는 어느 정도 성공한 듯하지만, 시인이 이번 시집에서 집중적으로 미는 이 용어들이 구체적인 삶의 세부를 지니지 못하는 위험성을 갖고 있음을 함께 지적할 필요가 있다. '구멍이라(존재론), 구멍을 본다(지각론), 구멍으로 본다(인식방법론)'라는 구절에서는 세계의 세부와 차이를 너무 단순화시키고 추상화시킨 셈이 됐다. 이렇게 되면 류승도의 시는 풍성한 언어를 지니기 어렵게 되고, 시적 사유 역시 단순화될 위험이 있다. 물론 풍성한 삶의 세계를 하나의 시선·전략으로 풍성하게 서술하기가 얼마나 어려운가 하는 점은, 시인이라면 누구나 고민이 아닐 수 없다. 시인 류승도에게는 언어를 넘어서는 찰라의 지점에 이런 고민이 새삼 필요할 듯싶다.

2.

언어를 넘어서는 지점을 모색하는 다른 방식의 경우도 주목된다. 김현신 시인의 신간시집 『전송』은 언어를 사용하는 우리들의 관습을 의도적으로 훼방함으로써 언어의 관습적 의미·상징으로 설명되지 않는 시인 자신의 깨달음·인식을 말하고자 한다. 이러한 방식은 사실상 시에 대한 이해를 불가능하게 할 위험이 있는 단점에도 불구하고, 김현신 시인에게 있어서는 전위적으로 실험된다. 그는 언어가 세계를 온전하고 생생하게 재현해낸다는 믿음이 없는 듯하다. 그저 파편적으로 재현내 내면서 그것이 마치 진짜 현실인 것처럼 일상인들을 착각하게 만들기 때문인 것이다. 김현신 시인이 보기에 이러한 착각의 현실을 벗어나는 방법은 언어의 관습적 의미·상징을 파편화·해체화함으로써 그 속에 숨은 현실을 언뜻언뜻 혹은 보일 듯 말 듯 보여주는 것이다.

> 등받이 없는 소파에서 초침으로 내가 연결 중이다
>
> 칸나를 피울 순 없을까 폭설과 의자와, 의자와 폭설을 이야기 중이다 폭설의 숨결, 새의 발톱에 누운 폭설이다. '부츠는 어디 있을까' 새떼의 속삭임이 부서지고 있다 말들이 혀를 끌고 간다 푸른 문장의 외투자락 속으로 폭설이 날아간다 폭설의 외투자락에 플러그를 꽂는다 나는 가볍게 버려지는 폭설에 걸어 논 문장이다.
>
> 폭설의 껍질을 닦아본다.
>
> —김현신, 「폭설문장」, 『전송』, 시와세계, 2015, 13쪽.

폭설문장이란 폭설처럼 폭발적으로 쏟아지는 문장들을 뜻하는 것 같다. 시적 화자인 나는 엄청나게 혼자말로 이야기하고 있는 것이다. 이 끊임없는 이야기('폭설') 속에서도 어느 하나의 진정한 의미를 생산해내지 못하는 상황, 그것이 바로 "나는 가볍게 버려지는 폭설에 걸어 논 문장"인 것이다. 이러한 상황은 비단 나 자신만이 아니라 세계 속의 정치인, 기업인, 권력자, 교수, 의사, 부모 등등처럼 일정한 위치와 위계를 지닌 자들이 현실을 끊임없이 지배·전유하는 이야기를 하는 것이거나, 반대로 민중, 노동자, 약자, 학생, 병자, 자식이 아무리 말해도 전달되지 않는 자신들의 이야기를 보여주는 것이 된다. 나를 포함한 전자나 후자는 끊임없이 이야기하지만, 그 이야기란 "가볍게 버려지는 폭설", 즉 상호 소통이 되지 않는 불구의 언어인 것이다.

이러한 언어들이 나의 "혀를 끌고" 가고, "칸나를 피울 순 없을까"와

"'부츠는 어디 있을까'"와 같은 작은 이야기들을 지워버린다. 권력와 위계가 지배하고 약자들이 무시되는 사회인 것이다. 이 점에서 이야기가 폭설이 된다는 것은, 현실에 대한 시인의 엄중한 경고이자 경계이다. 이러한 필자의 해석은 물론 상당히 조심스러운 가설이다. 가짜 현실에서 진짜 현실을 보고자 하는 시인의 의도와 시적 방법은 사실상 평론의 언어로 잘 번역되기 어려운 것이기 때문이다.

계몽의 반성 2

—송재학, 고증식의 시집

송재학의 시집 『진흙 얼굴』(랜덤하우스 중앙, 2005)과 고증식의 시집 『단절』(실천문학사, 2005)은 그 동안의 상반된 평가에도 불구하고 우리 사회에서 서로 길항해 온 두 계몽주의를 반성한다는 공통점을 지닌다. 송재학은 1986년 『세계와 문학』지에 재등단한 이후 일관되게 문학주의의 경향을, 반면 고증식은 1994년 『한민족문학』지에 등단한 이래 주로 1990년대 이후의 민족문학적인 양상을 지녔다는 점에서 서로 대조적인 시로 논의되어 왔다. 그러나 두 시인의 시는 계몽의 화려한 신화를 만든 근대 이성에 대한 반성과 성찰을 시적 논리로 삼고 있다는 점에서 공통된다.

오늘날은 지난 시대가 유혹해온 계몽의 신화를 비판·반성해야 하는 시대이다. 그 동안 한국사회는 한쪽에서 자연을 과학-기술적 지배 대상으로 여겨온 근대화라는 계몽주의가, 다른 한쪽에서는 민중을 혁명적 주체로 규정해 온 변혁론이라는 계몽주의가 서로 대립·전개됐다. 송재학과 고증식의 이번 시집들은 이러한 계몽의 신화를 전복·반성하는 시집이다. 먼저, 송재학은 시집 『푸른빛과 싸우다』(문학과지성사, 1994) 이후 자연에 대한 근대적 주체의 과학-기술적인 인식을 반성·전복하는 '극히 주관적인 상상력'을 모색했는데,[1] 이번의 『진흙 얼굴』에서는 자연과 친밀하기라는 새로운 상상력을 추가한다. 그리고, 고증식은 첫시집 『환한 저녁』(실천문학사, 2000)부터 변혁적 민중관을 반성적으로 극복한 인간미 있는 서민을 탐구했는데, 이번에 출간된 『단절』에서는 그런 서민의 이미지를 좀더 분명히 보여준다.

1. 자연과 친밀하기

—송재학의 시집 『진흙 얼굴』

그 동안 송재학의 시는 두 번의 변모가 있어왔다. 첫 번째 변모는 『푸른빛과 싸우다』를 기점으로 한다. 첫시집 『얼음시집』(문학과지성사, 1988)이 인간 소외를 냉소적 방법으로 형상화했다면, 『푸른빛과 싸우다』 이후부터는 자연에 대한 과학-기술적인 인식을 반성 · 해체하는 전략을 드러냈다. 가령 주체인 '나'는 '배롱나무'를 명확한 객체로 인식하지 않는다. 오히려 "마음이 촘촘한 사람이 배롱나무 아래/우는 것을 본 적이 있다, 아니 배롱나무가/그를 떨어지는 제 꽃잎처럼 탓하는 것, 아니/배롱나무가 제 탄식을 빌미로/그의 일몰을 앗아가는 것!"(「배롱나무에 기대다」, 『푸른빛과 싸우다』)에서 보듯, '나'와 '배롱나무'는 주객의 경계가 모호하고 불분명하다.

시인의 반성적 전략은 근대적 주체의 객관적 · 이성적인 분석을 '극히

1 근대적 주체 개념은 주체와 객체의 양분법을 작동시키는 원천이다. 근대적 주체 개념은 인간과 인간이 아닌 자연, 또는 인간의 정신과 정신이 아닌 신체(안에 있는 자연)를 양분하면서 서로 적대적 관계로 대치시키는 구조를 형성한다. 송재학의 시는 자연을 예측 가능하고 질서 있는 법칙(과학)의 대상으로 삼는 것이 아니라, 그러한 과학적 인식을 '극히 주관적인 상상력'으로 전복한다. 그의 시는 근대 과학이 규정하지 못하는, 예측불가능한 자연인 초자연(super nature)을 시적 대상으로 삼는다는 점에서 근대 이성에 대한 반성과 성찰을 기획한다.(장성만, 「개항기의 한국 사회와 근대성의 형성」, 김성기 외, 『모더니티란 무엇인가』, 민음사, 1994, 260~276쪽 참조.)

주관적인 상상력' 으로 혼란시킨다. 그는 노루귀 꽃이 흰색과 분홍색이 있다는 객관을, "흰색은 자연의 원초적 질서 같은 거였고 분홍은 거기에 대해서 반발하거나 길항하거나 대립하는 즉 교양이나 상식을 벗어나고자 하는 시 쓰는 자의 운명"[2]이 있다는 '극히 주관적인 상상력'으로 혼란시킨다. 또한, '당신'이라는 문자를, "내가 〈ㄷ〉을 말하기도 전에 〈ㅏ〉와 〈ㅇ〉을 더하여 〈당신〉의 비음을 빌미로 포옹하는 여자"(「타이프라이터 애인」, 『기억들』, 세계사, 2001)라는 극히 私的인 것으로 만든다.

이번에 출간된 시집 『진흙 얼굴』도 이러한 반성적 전략 속에서 주로 읽힌다. 그 중에서 가장 송재학다운 시가 시집의 표제가 된 시 「진흙 얼굴」이다.

> 전봇대가 직렬 연결에 열중한다면 조각가는 자신의 얼굴을 비춘 거울을 굽는 데 집중한다 앙다문 입 바로 안쪽의 동굴에 가득 찬 것이 모래라면, 뱉어낼 것이 아니라 모래로 씌어지는 글자를 찾아야 한다 그러니까 내 얼굴도 흩어지는 모래를 감싸고 여민 흔하디흔한 비닐봉지인 셈이다 금방 터져 내용물이 흘러나올 것을 알고 있는 듯 울음은 두 손을 끌어당겨 급한 것부터 가린다 피할 수 없는 운명이 새겨지는 점토판, 얼굴
>
> —「진흙 얼굴」 부분

위의 시도 '극히 주관적인 상상력'으로 자연·신체에 대한 근대적 주체의 과학–기술적 인식을 비판·반성한다. 근대적 주체는 조각가와 조각상, 그리고 "내 얼굴"과 진흙 조각상을 각각 주체와 객체로 양분하지만, 시인은 그 구분을 모호하게 만드는 주관적인 분석을 시도한다. 먼저, 조각가와 조각상은 ' 전봇대' 의 "직렬 연결"과 달리 병렬 연결 돼있는 것

2 오형엽·송재학, 「감각과 인식, 몸과 정신 사이(대담)」, 『포에지』 2002. 봄, 127쪽.

으로 분석된다. 그래서 두 존재는 서로 마주보고, 그 때문에 '거울'의 이미지가 생긴다. 따라서 "조각가는 자신의 얼굴을 비춘 거울을 굽는" 자가 된다. 여기에서 둘 사이의 구별은 모호해진다.

둘째, "내 얼굴"과 진흙 조각상은 '모래'라는 원형적인 공통성분의 구성물로 상상된다. 진흙 조각상의 입 "안쪽의 동굴에 가득 찬 것"은 진흙의 원형적인 성분인 '모래'이다. 이 '모래'는 그 위에 글자를 쓰다 지울 수 있는 성질 때문에, 글자를 연상할 수 있는 "내 얼굴"의 내부에도 있는 것이 된다. 이제 "내 얼굴"은 "모래를 감싸고 여민 흔하디흔한 비닐봉지"가 된다. 이 과정을 거쳐서 둘 사이의 객관적인 구별이 사라진다.

이러한 주관적인 상상력을 통한 시적 화자의 결론은 "피할 수 없는 운명"이다. 그 운명은 "내 얼굴"의 내부가 '모래'로 되어 있기 때문에 언제든지 "내용물이 흘러나올 것을 알고 있는" 죽음의 두려움이다. 이런 죽음의 두려움은 초자연의 영역이다. 초자연은 자연의 영역에서 배제된 근대의 그림자에 속해 있다. 시인은 "진흙 얼굴"을 통해서 이 그림자를 보여줌으로써 삶의 문화만을 전경화한 근대를 비판적으로 성찰한 것이다.

한편, 『진흙 얼굴』에서는 계몽적 반성의 새로운 측면도 엿보인다. 송재학은 그의 시에서 그 동안 냉정한 태도를 유지했다면, 이번 시집에서는 친밀한 태도를 보여주기도 한다.

> 올해도 어김없이 편지를 받았다
> 봉투 속에 고요히 접힌 다섯 장의 붉은 태지(苔紙)도 여전하다
> 화두(花頭) 문자로 씌어진 편지를 읽으려면
> 예의 붉은별무늬병의 가시를 조심해야 하지만
> 장미과의 꽃나무를 그냥 지나칠 순 없다
> 느리고 쉼 없이 편지를 전해주는 건

역시 키 작은 명자나무 우체국,

그 우체국장 아가씨의 단내 나는 입냄새와 함께

명자나무 꽃을 석삼년째 기다리노라면,

피돌기가 고스란히 드러나는 아가미로 숨쉬니까

떨림과 수줍음이란 이렇듯 불그스레한 투명으로부터 시작된다.

—「명자나무 우체국」 부분

근대적 주체가 시적 자아와 자연을 구분한다면, 시인은 그 구분을 해체하고 모호하게 만드는 방법의 하나로 둘 사이가 친근한 관계임을 보여준다. 시인은 '명자나무'를 '우체국'으로 비유한 특유의 '극히 주관적인 상상력'을 보여주면서도, '우체국'에서 오는 '편지'를 "올해도 어김없이" '받았다'고 함으로써 '명자나무'와 '나'의 관계를 친근한 사이로 만든다. '나'는 "우체국장 아가씨의 단내 나는 입냄새"를 행복하게 맡고, "떨림과 수줍음"이라는 기대감을 가지고서 '명자나무'의 편지를 받는다. 이 과정을 통해서 주체와 자연은 마치 서로 오래 전부터 친밀한 관계를 가진 것처럼 이해된다.

송재학의 이런 변모는 시집 곳곳에 드러나 있다. 그 한 예로 시 「스위치」에서 "길 건너편에서 종일 기다리는 가로수를 만지기 전에 나는 뭐였을까"라고 의문시되는 '나'의 정체성은, "그쪽 나무도 이쪽을 넘보다가 목이 매끈해졌다/깨금발하고 팔과 손바닥을 한껏 벋어/힘들지만 우린 겨우 서로 닿았다/우선 잎새들의 입맞춤에 불과하지만/그게 스위치가 아니었을까"라는 구절에서 볼 수 있듯이 "서로 닿"는 친근한 관계의 존재로 규정된다.

친근한 관계의 모색은, 송재학의 시가 이제 원숙한 인식을 모색하고 있음을 의미한다. 그는 근대적 이성에 대한 반성 · 전복이라는 수사적 전략의 일환으로써, 자연과 인간의 근본적인 친밀성이라는 새로운 의미

찾기를 시도하고 있다. 이 때 이러한 그의 시도가 주객의 관계를 하나의 의미로 고정시키는 작업이라면, 그러한 작업이 의미(구별)를 모호하게 만드는 그의 '극히 주관적인 상상력'과 어떻게 결합될 지는 앞으로 더 지켜볼 일이다.

2. 인간미 있는 서민들

—고증식의 시집 『단절』

고증식의 시세계는 민족문학론에 대한 반성과 새로운 가능성을 동시에 보여준다. 1990년대 이후 민족문학론의 전반적 퇴보는 민중을 계몽적 신화의 주인공으로 만들어 놓은 것과 관계한다. 일상 속의 민중이 혁명적 주체나 역사의 주인으로 전경화될 때에 민중의 이미지는 투사로 규정될 수밖에 없지만, 그러한 민중 인식은 실제 민중의 일면만 바라보았다는 점에서 문제시된다. 그런데 고증식의 시세계에서 보이는 존재들은 평범한 일상 속의 인간미 있는 서민들이다. 이 서민들의 발견은 변혁적인 민중 인식을 반성 · 성찰한 데에서 비롯된다.

그의 첫 번째 시집인 『환한 저녁』이 갖는 중요한 의미도 서민으로 불리는 민중의 새로운 면모를 형상화한다는 점에 있다. 이 시집의 중심적 분위기는 '햇살'이라는 이미지로 제시되는데, 시인이 투영한 '햇살'의 이미지에는 세상을 긍정적으로 보되 과격한 민중적 낙관주의로 가지 않는 부드러운 사유가 베어 있다. 가령, 시적 화자가 헌혈 받는 아이들을 묘사할 때 "너희들의 순결한 피/너희들의 뜨거운 숨결로/세상엔 아침마다 해 떠오르나니"(「햇살」)와 같은 구절에는 민중적 낙관주의에서 살짝 벗어난 아이들에 대한 순수한 희망과 믿음이 제시된다.

시인의 시는 반성하되 각성하지 않고 비판하되 전망하지 않는다는 점에서 1970~80년대의 민중시와 분명히 구별된다. 이러한 구별의 지점을 좀더 분명하게 보여주는 시집이 이번에 나온 『단절』이다. 이 시집에서는 『환한 저녁』보다 동시대의 일상을 사는 서민들을 더욱 그럴듯하게 형상화한다.

열무 쑥갓 뽑아낸 자리
김장 채소나 갈아볼까 하여
(중략)
그런데 웬걸
게으른 주인한테 심통이 났는지
메뚜기에 방아깨비에
동네 놈팽이들 다 끌어들여
지지고 볶고 잔치가 걸더라구
저런 못된 것, 제 허연 속살
함부로 퍼주며 낄낄대는 꼴이라니
피가 불끈 거꾸로 솟았지만
잠시 숨 고르며 생각해보니
꼭 그러란 법도 아닌 것 같아
그래, 좋다
나들도 와서 같이 먹어라
모른 척 눈감고 돌아서 왔지

—「벌레가 먹고 내가 먹고」 부분

위의 시에서는 서민 특유의 너그러움이 돋보인다. "메뚜기에 방아깨비"가 "김장 채소"를 망치는 모습은, 특정계층에 대한 어떤 적의나 민중적 우월성에 근거해 서술되지 않는다. '벌레'들이 "지지고 볶고 잔치가 걸"고 "김장 채소"도 "제 허연 속살/함부로 펴주며 낄낄대는" 모습을 보면서, 시적 화자는 "피가 불끈 거꾸로 솟았지만/잠시 숨 고르며 생각해 보"는 반성의 과정을 거친다. 이 때의 반성은 어떤 각성과 전망을 예비하지 않고, 서민적인 관용정신을 보여준다. "니들도 와서 같이 먹어라/모른 척 눈감고 돌아서 왔지"라는 시적 화자의 말에서 보듯이 거기에는 미물인 '벌레'의 삶도 이해·인정하는 서민의 넓은 마음이 있는 것이다.

이런 의미에서 고증식의 시는 지난 시절의 변혁적인 민중상을 비로소 일상 속의 서민상으로 돌려놓는다. 이러한 서민상은 평범한 일상을 살아가는 인간미 있는 존재들이다. 그들은 우리가 쉽게 만나볼 수 있지만 그 동안 어떤 의미를 부여받지 못했던 이웃들이다. 고증식은 그 이웃들에게서 비계몽적인 인간상을 찾아낸다.

열서너평
임대아파트 떠나오던 날
앞집 영감님 손 덥석 잡는다
오래된 사람들은 다 떠나네
할머니 덩달아 눈물 맺힌다
십수년 넘어 문 맞대 살면서
요술처럼 현관문에
상추며 고추 따위 매달리더니
어린것들 흙 묻은 손에
떡이며 사탕이며
친할머니 손길처럼 따뜻하더니
잘 살아라 잘 살아라
한참이나 흔들던 영감님 손길
이삿짐 속에서 묻어나온다

할머니 글썽이던 눈물 덩달아
안방까지 따라와 선다
서둘러 이삿짐 떠나오던 날

—「이웃」 전문

위의 시는 흔한 소재와 내용을 모아 놓았으면서도, 시집 겉표지 뒤의 신경림 단평처럼 "문득 신선하게 다가오는 대목"이 있다. 그것은 바로 세계를 정감 있게 바라보고 인간미를 강조하는 고증식의 특유한 시선에서 기인한다. 위의 시에서 소재로 등장하는 것들은 모두 흔한 것들이다. "임대아파트에서 떠나오는" 이사나, 이사가는 사람들에게 인사를 하는 "앞집 영감님"이나 '할머니'도 흔히 볼 수 있는 풍경이다. 또한 "잘 살아라"라는 격려도 낯선 것이 아니다. 그러나 "오래된 사람들은 다 떠나네"라는 인간적인 섭섭함이나 "친할머니 손길처럼 따듯하더니"와 같은 삶의 온기, 그리고 "할머니 글썽이던 눈물 덩달아/안방까지 따라와 선다"는 이별의 아쉬움은 흔하게 포착할 수 있는 것들이 아니다. 이러한 기표들이 고증식의 시를 서민적으로 만드는 것들이다.

인간미 있는 서민을 형상화한 고증식의 시세계는, 변혁적 민중론을 넘어선 비계몽적인 서민상을 발견하는 데에 어느 정도 성공한 듯하다. 그렇지만 이러한 그의 발견이 자기 주변의 가족과 이웃에만 국한된다면, "삶의 복잡한 현상을 지나치게 평면적으로 환원시킨다는 결점"[3]을 지적한 한 평론가의 말처럼 오히려 서민의 이미지를 협소하게 만들어 정작 서민의 사회적 의미를 축소시킬 위험이 있다. 이런 점에서 고증식의 관심은 가족과 이웃을 사회·역사와 좀더 연결시킬 필요가 있다.

3 홍용희, 「햇살의 시학」, 고증식, 『단절』, 앞의 시집, 117쪽.

삶의 역리(逆理)와 시의 미학

—김초혜, 오탁번, 최명길의 시집

김초혜, 오탁번, 최명길의 최근 시집을 읽고 가장 먼저 든 생각은, 이순(耳順)을 삶의 순리와 결부시키는 논리가 어떤 도덕주의적인 태도를 낳을 수 있다는 점이었다. 흔히 나이 육십을 부르는 이순이란 말의 뜻은 순리를 깨닫거나 귀가 순해진다는 것인데, 이 뜻 속에는 은연중에 이순이라면 순리적 · 도덕적인 태도를 지녀야 하고 그런 태도의 시를 써야 한다는 순진한 도덕주의적인 발상이 숨어 있다.

이렇게 되면 이순의 시인이 세계와 대결하고 치열한 시적 정신을 드러내며 그것을 문학으로 완성시키고자 하는 노력은, 이미 화해가 결정된 상투적인 정신으로 논의될 뿐 그 진면목이 제대로 포착되지 않는다. 도덕적인 시각을 벗어난 자리에서, 이순이 넘은 위의 세 시인은 삶과 치열한 대결 정신을 드러낸다. 이 점에서 세 시인의 삶은 순리에 역리(逆理)한다고 말할 수 있지만, 그럼으로써 그들은 시가 지녀야 할 전복과 창조의 미학을 열정적으로 개진한다. 이 글에서는 삶의 역리와 시의 미학이 서로 접하는 세 가지의 시적인 양상을, 김초혜의 시집 『고요에 기대어』, 오탁번의 시집 『손님』, 최명길의 시집 『콧구멍 없는 소』를 통해서 살펴보고자 한다.

1. 죽음의 파문들

—김초혜의 시집 『고요에 기대어』

김초혜의 시집 『고요에 기대어』를 관통하는 이미지는 죽음, 정확하게는 시인의 오라버니로 추정되는 자의 죽음이다. 시인의 시집은 죽은 오라버니에 대한 헌시 혹은 추모시라고 할 만큼 오라버니의 죽음이 깊이 침윤되어 있다. 이 시집에서 오라버니의 죽음이 관심을 끄는 이유는, 그 죽음이 시인에게 전달하는 미묘하고 형언하기 어려운 감정과 그 영향을, 혹은 이런 비유가 허용된다면 죽음의 파문들을 세세하게 기록하기 때문이다.

죽음이란 그 구체적인 장례 과정에 있어서는 부고, 사체, 장례식, 슬픔, 그리움으로 요약되지만, 시에서는 죽음이라는 관념이 물결처럼 만드는 감정의 파문들에 집중한다. 김초혜의 시에서 죽음은 초월·해탈·윤회·무심 등의 불교적인 사유나 슬픔·고통·두려움·망각 등의 일상적인 감정으로 쉽게 번역되지 않는다. 오히려 시인이 주목하는 죽음이란, 오라버니의 죽음으로 인해서 갑자기 몰려오는 불명확한 어떤 감정들이다. 구체적으로 말해서 죽은 오라버니라는 부재가 만들어 놓은 깊은 심연 속에 빠져드는 감정, 죽음에 대해 부정이나 인정의 태도를 지어도 어쩔 수 없이 밀려드는 심적인 갈등의 감정, 그리고 딱히 뭐라고 이름 붙이기도 어렵고 곤란한 미묘하고 세세한 감정 등이다.

가까운 것도
먼 것도
무한 속으로 돌려보내고
무심히 혼자 앉아 있다
무심은 기쁨이라고

두 손 접고
앉았는데도
고요가 불편하다니

—시 「오랜 동안」 전문

위의 인용 시에서는 시적 화자가 무엇인가를 잊고자 한다. 그 무엇은 시집 전체를 참고할 때에 오라버니의 죽음이다. 시적 화자는 오라버니와의 추억들 중 "가까운 것"과 "먼 것"을 모두 "무한 속으로 돌려보"낸다. 이 '돌려보내'는 절차는, 쉽게 말해서 시적 화자의 세계에 부재의 형태로 존재하는 죽은 자를 저승으로 가게 만드는 영혼회귀의 의식인 것이다. 죽은 자와의 관계를 정리하고 그를 기억 속에서 지우는 것은, 그 자로 인해서 고통에 빠진 나를 안정시키고 살리는 일이다. 유심(有心)을 없애는 "무심은 기쁨"이 된다.

그런데 위의 시에서는 무심의 지속으로 인해서 세계가 동조되는 현상인 '고요'를 '불편'하다고 말한다. 이 점에서 문제적이다. 시인이 탐구하고자 하는 것은 죽음이라는 이 엄청난 사건이 자신에게 미치는 형언하기 어려운 영향, 혹은 마음속에서 떠나지 않는 부재의 파문들이다. 죽은 자와 단절하고자 하는 시적 화자의 의도는 무용하게 되고 시적 화자의 삶은 그 파문에 지속적으로 영향 받는다. 시인은 부재(죽은 자)라는 무(無)가 아니라 그 무가 자신의 삶에게 끼치는 무화(無化)의 과정을, 주검이 아니라 그 주검을 통해 자신의 삶에 개입한 죽음이라는 사건의 과정을 생생하게 서술하고 있는 셈이다.

죽음의 파문은 감정뿐만 아니라, 세월과 인생의 사유에도 인다. 젊음에서 늙음으로 향하는 것이 세월이고, 젊음은 좋고 늙음이 나쁘다는 일상인의 생각는 달리, 시인은 "짧다 길다/좋다 나쁘다/금을 긋지 말라…(중략)…물오리 다리는/짧은 게 좋고/두루미 다리는/긴 게 좋다지 않는가"(시 「젊음과 늙음」)라고 하면서, 젊음/늙음, 생/사의 대립적인 가치를 모두 인정 · 이해하는 유연한 사유에 도달한다. 혹은 거울 앞에서 보면 젊음과 늙음이 서로 '동무'(시 「동무」)라는 인식에 도달하기도 한다. 또한, 시인은 화장터의 경험을 통해서 삶과 죽음을 단절로 보는 일상인의 태도를 거부한다. "살과 피는/남김 없이/불에 태워지고//뼈는 먼지가 되"는 것이라면, "살과 피"와 '뼈'라는 존재와 '먼지'라는 부재 사이의 차이 또는 "이승과 저승의/구별"(시 「무소유」)은 의미 없는 것이고, 삶의 우월성은 인정되지 않는다.

죽음의 파문을 포착하는 시인 김초혜의 능력은 탁월한 듯하다. 언어를 절약하고 행간의 의미를 부여하면서 날카로운 찰나의 사유를 감행하는 시인의 시는 읽는 이로 하여금 죽음의 파문이 만드는 심적(心的)인 무늬와 결을 그대로 느끼게 만들기 때문이다. 그렇지만 때로는 그녀의 시안(詩眼)이 '그리움'과 '슬픔'이라는 감성에 매몰됨으로써 상투적이라는 인상도 들음을 부기해야겠다.

2. 현실에 부재하는 생명의 이미지들

—오탁번의 시집 『손님』

오탁번의 시집 『손님』에는 식(食), 정(情), 성(性)의 이미지가 그 중심에 놓여 있다. 이 세 가지의 공통점은 가장 근본적 · 원초적인 생명성이라는 것이다. 먹는 것; 그리워하는 것, 욕정을 푸는 것이 제대로 되어야 산다고 말할 수 있기 때문이다. 이 때 시인이 식, 정, 성의 이미지에 접근하는 방식은 상당히 낯설다. 그 낯설음은 중심 이미지들이 현실에서는 생기를 잃었다는 것, 그 생기의 회복을 위해서 과거의 기억이나 소망을 호출하고 있다는 것, 그리고 그 과정에서 이미지의 변형이 일어난다는 것 때문이다.

오탁번은 현실에 부재하는 생명의 이미지들을 상상한다. 그는 현실의 부재를 응시함으로써 그 부재의 심연에 있는 과거 유년 시절의 기억이나, 앞으로 마땅히 있어야 할 소망으로부터 만들어진 상상을 형상화한다. 이 과정에서 시인은 상반된 두 가지의 심적 태도를 지닌다. 과거 유년 시절의 기억을 말하는 부분에서는 정감과 그리움의 심성이, 반면 마땅히 있어야 할 소망을 상상하는 부분에서는 풍자적이고 익살스러운 심성이 지배하기 때문이다.

> 설날 차례 지내고
> 음복 한 잔 하면
> 보고 싶은 어머니 얼굴
> 내 볼 물들이며 떠오른다
>
> 설날 아침
> 막내 손 시릴까 봐
> 아득한 저승의 숨결로
> 벙어리장갑을 뜨고 계신
>
> 나의 어머니

—시 「설날」 전문

위의 시에서 '어머니'는 현실에서 부재한, 시인의 상상으로 만든 이미지이다. 이 이미지는 정이 없는 삭막한 현실과 달리, 삶의 생기로 가득한 상(像)이다. 시적 화자가 설날에 "보고 싶은 어머니"는 이순이 넘은 '막내'(시적 화자, 시인)의 "손 시릴까 봐/아득한 저승의 숨결로/벙어리장갑을 뜨고 계신" 지극한 모성을 지닌 존재이다. 이 이미지는 표층적으로는 시인의 소박한 소망을 의미하겠지만, 심층적으로는 근본적이고 원초적인 생명성을 상실한 '지금 여기'를 비판하는 의도를 숨기고 있다.

시집 『손님』에서는 현실 부재의 생명 이미지들이 많이 드러난다. 생명의 윤기와 활기를 함축한 시어 중의 하나가 '밥'이다. '밥'은 굶주린 유년 시절의 허기를 채움으로써 생명을 되살리는 중요한 것이다. 가령 "-언놈이 밥 먹이고 가요"(시 「밥냄새1」)나 "-밥때 되면 만날 온나"(시 「밥냄새2」)라는 '진외당숙모'의 말에는 '밥'으로써 어린 생명을 살려서 삶의 윤기를 더하는 장면이다. 또한 생명의 이미지가 잘 드러나는 것 중의 하나는 성이다. "흘레하는 실잠자리 한 쌍"을 통해서 "마디마디 눈부신 꼬리로/♡를 그린다"(시 「흘레」)라는 구절에서는 곤충의 흘레를 사랑 모양(♡)으로 관찰함으로써 삶의 생기를 살려낸다.

식, 정, 성의 이미지가 주로 정감과 그리움의 태도와 관련된다면, 마땅히 있어야 하지만 현실에 부재한 것들은 주로 풍자적인 태도로 서술된다. 생명의 생기가 상실된 현실에서 해방·초월되고자 한 소망은, 자칫 현실을 매개로 하지 않아서 긴장이 느슨해지는 한 원인이 되기도 하다. 오탁번의 시집에서 비교적 성공한 시편의 한 예로는, "원서빈관 방문객은 과속질주 음주음전 신호위반이 허용되며 고속도로 통행료가 면제된다"는 시 「파 웨스트 러브호텔」의 한 구절을 들 수 있다. 이 부분에서는 일상적인 삶을 통제하는 법과 도덕을 순간적으로 해체시킴으로써 생기 잃은 현실을 전복시키는 익살과 해학을 보여준다. 또 다른 경우에 시인은 통일, 이념, 사상 등의 정치적인 문제를 뛰어넘은 절대적인 초월을 꿈꾸기도 한다. 다음은 그 한 예이다.

> 인솔 교수인 나는 비장하고 숭고한 목소리로
> 〈오탁번 즉각 통일론〉을 역설하였다

노태우나 김일성이나 그게 다 그거다
미국이나 소련이나 그놈이 그놈이다
남북간에 전쟁이 다시 일어나서
돌격 앞으로 조준 사격을 명령 받으면
너희들은 모조리 총을 내던지고
앞으로 앞으로 달려나가서
서로 얼싸안고 만세를 외쳐라!
그 순간 조국 통일은 즉각 완수된다!
남의 대학생들은 붉은 깃발을 들고
북의 대학생들은 푸른 깃발을 들고
서로 얼싸안고 외쳐라
반통일 수구 반동을 분쇄하라!

—시 「밉고도 미운 빨갱이 악마」 부분

3. 이상화된 자연물
—최명길의 시집 『콧구멍 없는 소』

자연과 마주해서 시적인 충동을 경험한 시인이 최명길이다. 시인은 산과 바다, 풀 · 나무와 물고기를 비롯한 다종다양한 자연물과 마주해서 노래한다. 이 때 시인이 형상화한 자연이 특징적인 것은, 자연물에 인간 존재의 이상을 투영해서 그것을 이상화시킨다는 점이다. 따라서 그가 바라보는 개별적인 자연물은 곧 대(大)자연의 표상이요 그 자체가 되고, 시 속의 인간은 그 대자연을 존재의 궁극적인 지향점으로 삼거나 자유의 상징으로 이해한다. 최명길의 시집 『콧구멍 없는 산』은 이런 대자연을 경험하는 시인의 시선을 화려하고 다채롭게 보여준다.

시집 『콧구멍 없는 산』에 나오는 자연물은 시인이 이상화시킨 가공물이다. 이 가공물은 크게 두 가지의 방향에서 형상화된다. 먼저, 자연물은 인간 존재가 궁극적으로 지향해야 할 지점으로 이상화된다. 자연은 인간이 돌아가고 싶은 영원한 고향이요 안식처가 된다. 이런 정서를 잘 나타낸 시가 다음의 작품이다.

> 그곳에서 나무와 함께 머물고 싶다.
> 나뭇잎 지붕
> 뿌리 침실
> 맑은 그늘 이불
> 이쯤 되면 내 알몸을 나무에게 바쳐도 좋으리
>
> [···중략···]
> 하지만 지금은 나무에게로 돌아가
> 나무에게 이 육신을 기울이고 싶다.
>
> —시 「나무 여인숙」 부분

시적 화자가 '돌아가'고 싶은 곳은 "나무 여인숙"이다. 그곳은 "나뭇잎 지붕"과 "뿌리 침실", "맑은 그늘 이불"이 있는, 누추하면서도 뭔가 포근한 느낌이 드는 공간이다. 시적 화자는 그곳을 '여인숙'으로 부른다. 이 '여인숙'은 "함께 머물고 싶다", "내 알몸을" "바쳐도 좋으리", "이 육신을 기울이고 싶다"라는 서술부의 어감으로 볼 때, '나'라는 존재가 궁극적으로 돌아가고 싶은 지향점이다. 이 때 존재의 회귀는 자연과의 합일을 통해서 가능하다. 위의 인용에서 "나무 여인숙"은 시적 화자인 '나'와 '나무'가 합일되는 지점이다. 그곳은 존재와의 합일을 가능하게 만드는 이상적인 공간인 셈이다. 최명길의 시집에서는 이처럼 특정한 자연물이 인간 존재가 합일하고 지향하는 것으로 서술된다. "새는 허공 속으로 날아서 가고/나는 걸어서 우주 속으로 들어간다"(시 「걸어서 우주 속으로」)라는 구절의 '우주'와 '나'의 합일, 그리고 '우주'를 향한 '나'의 지향도 그러한 한 예이다.

한편 시인 최명길이 자연물을 이상화시키는 또 다른 방향은, 자연물을 통해서 인간 존재의 자유를 엿볼 때이다. 시인이 이상화한 자연물은 인간세계와 달리 아무런 구속이 없는 자유의 상태로 형상화된다. 현실에서는 불가능한 경이와 신비, 그리고 해탈과 초월이 만나는 지점이다.

> 나는 콧구멍 없는 소다. 누구도
> 내 코를 꿰어 끌고 갈 수 없다.
> 채찍을 휘둘러 몰고 갈 수도 없다.
> 나는 다만 콧구멍 없는 소
> 홀로 노래하다 홀로 잠든다.
> 구름 쏟아지면 쏟아지는 구름밭 속이
> 폭풍우 몰아치면 몰아치는 소용돌이
> 그속이 바로 나의 집 나의 행로다.
>
> —시 「콧구멍 없는 소」 부분

"콧구멍 없는 소"는 존재로서 최대의 자유를 지닌다. '소'는 "콧구멍 없"음으로 해서 "내 코를 꿰어 끌고 갈 수"도, "채찍을 휘둘러 몰고 갈 수도 없"는, 다시 말해서 외부의 환경으로부터 완전한 자유와 해방을 얻었기 때문이다. 이때 완전한 자유의 존재는 한편으로 "홀로 노래하다 홀로 잠"드는 고독한 존재라는 점에서 오랜 세월 산을 벗 삼아서 산을 오르내리는 시인의 자화상이 투영된 듯하고, 다른 한편으로는 시인 자신이 추구 · 염원하는 자유와 이상을 함축하기도 한다.

이런 자유와 초월의 이미지는 시집 곳곳에 나타난다. 예를 들어 "짐 없이 가벼이 왔네./코뚜레가 사라졌네"(시 「산에서 내려온 소」)에서 보여주는 '가'벼움의 정신, "내가 죽으면 나 없는 나를/하늘에 사는 새들에게 나 누어 주어라"(시 「하늘 장례」)에서 읽을 수 있는 무소유 · 무욕의 정신, 그리고 "이 땅의 거친 산악에/온몸을 던져 길을 만들던"(시 「용추폭포 일두어」) '일두어'가 지닌 개척의 정신은 자유를 고리로 한다는 점에서 서로 통한다. 다만 이런 자유의 정신이 현실과 무연한 산에서만 서술될 때에는 자칫 비현실적인 이상에 불과하다는 혐의를 쉽게 부정하기 어렵다는 점을 지적하고자 한다.

환상 속의 역사

—심상우의 동화선집

1

동화작가 심상우가 집필하는 동화는 지나간 과거의 역사를 현실로 불러들이는 기이와 낯섦의 공간이 전제되는 경우가 많다. 이 공간은 문학 속의 현실에서 환상의 세계로 나타나기 때문이다. 이 공간은 어른의 눈으로는 이성적으로 이해될 수 없거나 쉽게 용납될 수 없는 것이지만, 아동의 눈으로는 마치 실제로 있는 것처럼 비교적 자연스럽게 경험된다. 심상우는 과거의 역사를 문학이 재현해내는 현실 속에 소환하는 방법을 통해서 이야기거리를 만들어내고 그 의미를 부여하는 작가인 것이다.

심상우가 즐겨 활용하는 이 환상은, 지난 역사 속에서 어느 한 부분을 소재로 취해서 그 소재를 문학 속의 현재로 호출하는 방식으로 이루어지는 특성이 있다. 그의 환상은 미래나 미지로 향해 있지 않다는 점에서 해리포터류의 판타지소설이나 『이상한 나라의 앨리스』류의 환상동화와 구분되고, 과거로 향해 있되 신화적 · 영웅적 인물을 다루지 않는다는 점에서 일부 전래동화 등의 고전적 판타지와도 구분된다. 그의 환상은 "자연의 법칙밖에는 모르는 사람이 분명 초자연적 양상을 가진 사건에 직면해서 체험하는 망설임"이라는 토도르프(T. Todrov)의 환상 개념을 충실히 적용하되, 역사와 현실 사이의 만남을 비교적 개연성 있게 그려내는 일종의 문학적인 장치이다.

2

이러한 심상우의 환상 공간은 과거의 한 부분을 현실 속에 불러들여 접붙이는 방식이라는 점에서 그 의도를 파악하는 것이 독자들에게는 중요한 일이 된다. 환상 속의 역사는 아동에게 우리 동식물의 흥미를 자극시키거나, 인간중심주의에 의해 멸종된 동물을 상기시키거나, 제국주의의 만행을 비판하려는 등 작가의 분명한 의도에 의해서 주로 호출되는 것이다. 이 점에서 호출된 역사는 작가 나름에 의해 문학 속의 현실과 잘 어우러지고 짜여진 텍스트가 된다.

먼저, 우리 동식물의 흥미를 자극·배가시키는 동화 「우리 꽃 이름을 불러주세요」를 보기로 한다. 이 동화에서 주요 이야기는 우리 꽃에 관심이 없는 동수가 우연한 계기에 관심을 갖게 된다는 것이다. 사실 인간은 도시화·공업화·산업화의 과정을 거치면서 삶의 의미를 만들고 조화롭게 지내는 주위세계(Lebensvelt)를 경제적 재화의 산출을 위한 도구적 세계로 바꾸어 놓은 바 있다. 이러한 세계 속의 꽃은 단지 도구로 이용하기 위한 사물이지 그 자체로 의미를 지니는 생명이 아닌 것이다. 작가는 이러한 도구적 세계를 살아가는 아동과 어른들을 위해서 사물로 여겨지는 꽃에 우리의 삶과 관련된 의미와 그 자체에 생명이 있음을 환각적으로 보여준다.

"아이고, 시끄러워! 잠을 잘 수가 없네"

[…중략…]

“난 원래 고려시대 때 동자스님이었거든. 그런데 우리 절 흰수염할아버지 스님이 멀리 탁발(스님이 불경을 외우면서 집집이 다니며 곡식을 얻는 것)을 나가시면서 나를 동자꽃으로 만들었어. 그래서 나는 자고 있었지. 그런데 너희들이 나를 불렀어. 나하고 나이가 같은 남자애하고 여자애가 함께 부르면 잠을 깨고 일어날 수가 있거든. 그나저나 흰수염할아버지 스님은 탁발을 다 끝내셨는지 몰라?”

—「우리 꽃 이름을 불러주세요」 부분

석죽과에 속하는 동자꽃은 주로 깊은 산에서 자라는 다년생꽃으로서 꽃말에서 짐작할 수 있듯이 옛사람들이 동자처럼 예쁘고 귀엽게 본 식물이다. 물론 이런 동자꽃은 오늘날의 도구적 세계에서는 만나기 힘들뿐만 아니라, 만난다 하더라도 이름 모를 잡꽃으로 여겨지기 쉬운 것이다. 작가는 이러한 동자꽃을 동수가 놀러간 한국들꽃연구소에 피워 놓고서는 생명을 부여한다. 이 때의 방법이 바로 환상이다. 동자꽃에서 갑자기 나타난 동자스님은 “우리 절 흰수염할아버지 스님이 멀리 탁발(스님이 불경을 외우면서 집집이 다니며 곡식을 얻는 것)을 나가시면서 나를 동자꽃으로 만들었”다면서, 이름 모를 들꽃에도 인간다운 생명이 있음을 암시하게 만든다. 이름 없는 꽃은 동수와 대화하는 과정에서 생명이 되고, 그럼으로써 동수의 삶을 확장시키고 다채롭게 만드는 주위세계가 되는 것이다.

작가가 역사 속의 환상을 문학 속의 현실로 불러들일 때에는, 단순한 흥미만이 아니라 인간의 과거 행위에 대한 날카로운 비판이 숨어 있다는 점에서 주의를 요한다. 동화는 재미와 함께 교훈이라는 두 날개를 달고 독자들에게 비상하는 장르인 것이다. 심상우는 동화 「도도새는 정말 살아있다」와 「슬픈 미루나무」에서 특정한 인간이 자연이나 다른 인간에 대하여 끼친 역사 속의 해악을 문학 속의 현실로 소환하여 이야기한다.

"우큐콸갈 칼갈돌두, 칼갈돌두!"

좀 전에 나를 이곳으로 오게 만든 그 소리를 냈다. 새는 나를 전혀 무서워하지 않았다. 나는 새들 앞으로 좀 더 다가갔다. 나는 손을 내밀어 새의 대가리를 만졌다.

그러자 새는 되록되록한 눈을 치켜뜨더니 금방이라도 잠들 것처럼 눈꺼풀을 내리깔며 슴벅거리다가 눈을 감았다.

'아아! 이건 정말 굉장한 일이야! 내가 진짜 도도새를 만나다니!'

[…중략…]

"섬 곳곳에 낳아 논 도도새의 알들은 낯선 동물들의 먹잇감이 되었지. 알이 없어지면서 도도새의 수는 빠르게 줄어들었지. 평화롭게 아무런 걱정 없이 살아온 도도새는 사람들에게 사냥을 당하고, 돼지, 원숭이, 쥐 같은 천적의 공격을 당해낼 수가 없었지."

—「도도새는 정말 살아있다」 부분

〈통곡의 미루나무—사형장 입구의 삼거리에 하늘 높이 외롭게 자라고 있는 이 미루나무는 처형장으로 들어가는 사형수들이 붙들고 잠시 통곡했다는 곳으로 유명하다. 또한 사형장 안에 있는 또 한 그루의 미루나무는 사형수들의 한이 서려 잘 자라지 않는다는 일화가 전해지고 있다.〉

—「슬픈 미루나무」 부분

동화 「도도새는 정말 살아있다」는 정욱이라는 아동이 현재 멸종된 도도새를 만난 경험을 삼촌에게 전하는 이야기이다. 재미있는 것은 이 동화 속에서 도도새는 오직 정욱만 본다는 것이다. 정욱이 보는 도도새는 "나를 전혀 무서워하지 않았"고, "되록되록한 눈을 치켜뜨더니 금방이라도 잠들 것처럼 눈꺼풀을 내리깔며 슴벅거리다가 눈을 감"은 환상이겠지만, 이 환상이 겨냥하는 것은 바로 인간 행위의 해악과 그 반성이다.

수만 년 동안 평화롭게 살아온 모리셔스 섬의 도도새는 "사람들에게 사냥을 당하고, 돼지, 원숭이, 쥐 같은 천적의 공격을 당해낼 수가 없"어서 100년만에 사라졌기 때문이다. 작가는 이렇게 사라진 도도새를 정욱이라는 아동의 시선으로 되살려놓음으로써 역사 속에서 무지와 무관심과 욕망으로 인해 자연을 훼손시킨 특정한 인간의 해악을 상기 · 성찰하는 것이다.

동화 「슬픈 미루나무」는 등장하는 동식물을 의인화시켜서 작은 미루나무인 아람의 슬픔을 달래고자 하는 내용이다. 이 때 아람이 슬퍼하는 이유는 인간인 할아버지와 영욱의 대화에서 암시된다. 작은 미루나무는 일제시대 서대문형무소에 서 있었는데 "사형수들의 한이 서려 잘 자라지 않는" 과거의 고통스러운 역사를 간직하고 있기 때문이다. 아람은 오랜 세월이 지나도 과거 역사의 트라우마로 인해 슬퍼했던 것이다. 이 동화에서 작가는 제국주의적인 욕망을 지닌 특정한 인간의 해악이 오늘날에도 생생하게 끼치고 있음을 비판적으로 형상화한 것이다. 이 동화는 할아버지는 영욱에게 "다시는 그런 슬픈 일이 일어나지 않도록 기도하자."며 역사의 트라우마를 극복할 것으로 제안하는 것으로 끝내게 된다.

3

심상우의 동화는 과거의 역사와 무관하게 살아가는 현실의 아동을 대상으로 하여 끊임없이 시간을 교차시키는 일종의 직조물로 나타난다. 여기에서 직조의 기술이 바로 환상이다. 그의 동화를 읽고 있으면, 저도 모르게 동화 속에 있는 아동의 시선이 되어서 문학 속의 현실에 역사가 스며들어 있음을 마치 현실처럼 느끼게 된다. 그의 동화는 현실→현실과 과거의 만남→현실이라는 순환구조를 통해서 현실이 있게 된 (과거의)

층위를 세세하게 드러낸다. 이것이 심상우 동화의 환상이 갖는 중요한 의미인 것이다. 현실이 현실답게 풍성하고 풍부하게 경험되는 것은, 과거가 조밀조밀하게 흔적을 그려놓았기 때문인 것이다.

제3부 현실을 다시 보다

파르마콘의 시학

—정숙의 시

정숙의 시는, 좀 고전적으로 말하면 파르마콘(pharmakon)의 시학을 보여준다고 하겠다. 파르마콘이라는 그리스어는 원래 약물이자 독이라는 다소 모순된 어의를 가진 것인데, 그것은 소크라테스나 플라톤에 의하면 사람의 병을 고치는 의학의 탈을 썼으나 실제로는 무당의 사이비의학 즉 독과 같은 것으로, 그리고 데리다에 의하면 이것도 저것도 아닌 탈(脫)이항대립적인 것으로 해석되기도 한다.[1] 이러한 해석들은, 어떤 힘이 상황과 경우에 따라서 서로 상반되게 발현될 수 있음을 암시한다.

이번에 살펴본 정숙의 시 다섯 편으로 그녀의 시세계를 논리화하는 것은 상당히 무리가 있는 논법이지만, 적어도 다섯 편의 시에서 일관되게 보이는 논리는 파르마콘처럼 하나의 힘이 때로는 독기로, 그리고 때로는 희생으로 드러난다는 사실이다. 그녀의 시는 스스로 살아야겠다는 독기와, 자신을 제물로 해서 세상을 조화롭고 이롭게 만들겠다는 희생의 이미지 사이를 왕복하는데, 그 속에는 독기와 희생이라는 에너지로 현현되기 이전의 미분화된 에너지라고 할 만한 어떤 힘이 존재한다. 이

1 데리다, 김형효 역, 『데리다의 해체철학』, 민음사, 1993, 참조.

글에서는 그것을 파르마콘으로 부르고자 한다.

못 삼키다니요
집도 사람도 못이 박혀있어야
허세 유지하며
꽃을 붙잡고 제 하늘을 담아둘 수 있는데요
전 그 못을 삼키며 젖가슴 부풀리지요
속 할퀴는 말 한마디가
폐부를 찌르는 가시눈빛들이
살아야 할 힘을 불러일으키는
피눈물 밥이 되거든요
잘게 부수어 삼켜도
다시 삼켜도
언제나 팽팽 일어서는 못과
저 벽, 못을 삼키는
벽속에 핀 꽃들

—시 「못 삼키는 여자」 전문

위의 시에서 주목되는 것은 "못 삼키"는 독기인데, 그 독기란 앞에서 설명한 말로 풀어보자면 독이자 그 독으로 발현되는 파르마콘이다. 시인이 말하는 독기는 사악한 것, 부정한 것, 혹은 제거되어야 할 것으로 표현되지 않는다. 오히려 "집도 사람도 못이 박혀있어야" 때로는 "허세 유지하"고 또 때로는 "꽃을 붙잡고 제 하늘을 담아둘 수 있는" 것이다. 그것은 단적으로 말해서 "살아야 할 힘을 불러일으키는/피눈물 밥"이다. 쉽게 말해서 "못 삼키"는 독기는 이것이나 저것이 아니라 이것과 저것을 가로지르는 보다 근본적인 삶의 에너지이다. "못 삼키는 여자"는 바로 그러한 삶의 근원적인 에너지, 즉 파르마콘을 가진 자이다.

시적 화자는 그러한 에너지를 "잘게 부수어 삼"키고 "다시 삼"키는 자, 혹은 겉으로는 독기를 품지만 속으로는 충만하게 느끼는 자이다. 이것이 파르마콘이다. 그것은 독기로 드러나지만, 그 속에는 삶의 충만, 넘침, 끓어오름, 환희가 숨어 있는 것이다. 시인이 위의 시에서 겨냥하는 시적 소재로서의 독기란 바로 이러한 것이다. 파르마콘으로서의 독기를 이렇게 해석한다면, 그것은 다른 방향에서도 해석될 수 있음을 의미한다.

> 내 한 몸 불살라
> 겨울 나목들 암실숲에
> 얼어붙은 정담에 불붙일 수 있다면
>
> 그 불씨로
> 섬과 섬, 얼음벽 사이
> 푸성귀로 시장 난전을 연 할머니 굳은 어깨에
> 들불산불 일으켜
> 산경표 서 있는 길 태워버릴 수 있다면
>
> 해종일 제 발가락 촉수들 깨워 일으키느라
> 서산마루 땅거미 다가서는 소리 모르는
> 저, 느리게 피어나는
> 봄 햇살

—「번개탄, 저 봄 햇살」

"내 한 몸 불살라/겨울 나목들 암실숲에/얼어붙은 정담에 불붙"이고 싶다는 이 자기희생의 이미지는, 표면적으로 앞의 시에서 살펴본 독기와 정반대의 이미지로 보이나 실상은 그렇지 않다. "못 삼키"는 독기가 "살아야 할 힘"에서 비롯된 것처럼, 그 자기희생 역시 그 "살아야 할 힘"에서 오는 것이다. 번개탄이라는 사물은 원래 자기를 태워서 연탄불을 피워내는 것이다. 위의 시에서도 번개탄은 "내 한 몸 불"사르는 자기희생을 통해서 "얼어붙은 정담에 불붙"이고 "할머니 굳은 어깨"도 풀어낼 수 있는 것이다. 이 때 번개탄의 자기희생 이미지는 곧 자기 죽음을 통해 세계의 살림을 가능하게 한다는 점에서 "살아야 할 힘"과 그리 멀지 않은 것이 된다. 쉽게 말해서 번개탄 역시 파르마콘의 이미지를 구현한 것이다.

하나의 힘을 이처럼 요령 있으면서도 비교적 자유롭게 쓸 수 있다는 것은, 시인의 사유가 세상을 살아가는 원리를 깨닫고 있다는 말이 되고, 나아가서 현상에서 비(非)현상 혹은 본질을 보는 방법을 어느 정도 체득하고 있다는 뜻도 된다. 이러한 파르마콘의 시학은 시인이 부모를 바라보는 데에도 그대로 적용된다. 그녀의 어머니와 아버지는 파르마콘으로서 각각 독기와 자기희생으로 표현된다.

깊이도 넓이도 끝도 알 수 없는
세상 어둠산을 통 채로 이고지고

파도와 맞서 깨지고 자빠지느라
그래도 다시 일어서야 하느니
이 악물면서

당신 곪아터진 상처 돌아볼 겨를 없던
아흔 다섯 고사목 내 어머니

—시 「세상에서 가장 큰 산을 지고 온 여자」 부분

그 누구신가요?

끝 모를 그리움을 찾아 나서거나
한 끼 가족의 풀칠을 위해
가파른 팔조령 호랑고갯길 무작정 달려야 하는

눈에 불을 켠 저 배고픈
치타들에게
막힌 생 몸뚱아리 뚫어 지름길 내어주는
당신은
지상의 청정법신이신가요

—시 「터널 속에서」 부분

두 편의 시에서 어머니는 "세상에서 가장 큰 산을 지고 온" 독기를 지닌 여자로, 그리고 아버지는 "막힌 생 몸뚱아리 뚫어 지름길 내어주는" 자기희생을 보여주는 아버지로 표현된다. 다소 상반되게 생각되는 이 두 이미지는, 시인의 시적 논리인 파르마콘이 어떻게 현현되는지를 잘 나타낸다. 생의 근원적인 에너지는 두 방향으로 드러나는 것이다. 먼저, 첫 번째 시에서 어머니는 독기를 품은 여자로 표현된다. 어머니는 "깊이도 넓이도 끝도 알 수 없는/세상 어둠산을 통 채로 이고지고//파도 맞서 깨지고 자빠지느라/그래도 다시 일어서야 하"는 여자, 즉 "못 삼키는 여자"이다. 그리고, 두 번째 시에서 아버지는 "한 끼 가족의 풀칠을 위해/가파른 팔조령 호랑고갯길 무작정 달려야 하는//눈에 불을 켠 저 배고픈/치타들에게/막힌 생 몸뚱아리 뚫어 지름길 내어주는" 남자, 즉 "내 한 몸 불"사르는 번개탄인 것이다.

어머니와 아버지를 보는 방식은, 물론 거꾸로 표현될 수 있는 문제이다. 어머니는 독기를 품었지만 그 속에는 자기희생이, 그리고 아버지는 자기희생이 있지만 그 내면에는 독기를 품은 자일 것이다. 다만 시인은 때로는 이것으로 그리고 때로는 저것으로 표현하면서 생의 근원적인 에너지가 어떻게 자신의 시적 소재에서 드러나는가를 보여줄 뿐이다. 중요한 것은 이것과 저것의 현현을 가능하게 하는 근원적인 생의 에너지, 즉 파르마콘인 것이다.

찰칵!

찰칵! 색의 역사는 그 꽃잎 속 암실에서 시작된다

내 시어의 심장이 옷을 벗는다

꽃은 철저한 저 스토커 시간을 끌어안아

제 몸빛에 입힌다

빛살 한 점에서 찰칵!

드디어 타오르는 어둠을 살려낸다

—시 「색파라치 파파라치」 부분

이렇게 볼 때 위의 시는 생의 근원적인 에너지가 표면으로 드러나는 환희의 순간을 보여주는 비유로 읽을 수 있다. "꽃잎 속 암실"이라는 가상의 공간은 생의 근원적인 에너지, 즉 실체적인 생으로 미분화된 에너지의 상태일 것이다. 꽃이 핀다는 것은 그 생의 에너지가 겉으로 표출되는 것을 뜻한다. 다른 말로 하면 분화되는 것이다. 미정형의 에너지가 정형화되는 것, 그것이 바로 색이다. 시인에게 그것은 "시어의 심장이 옷을 벗"는 것, 즉 언어화되는 것이다. 시인은 "꽃은 철저한 저 스토커 시간을 끌어안아/제 몸빛에 입"히는 그 숨막히는 순간을 포착하고 있다. "드디어 타오르는 어둠을 살려"내는 것, 그것은 시인이 몰래 사진을 찍는 파파라치가 되는 것에 다름 아니다. 그것은 시인에게 환희요, 충만이요, 기쁨이요, 진실일 것이다.

시적 이미지를 만드는 힘
—유종인의 시

이번에 발표된 유종인의 신작시 5편에서 가장 주목되는 것은 시적 이미지를 만드는 힘이다. 그가 애써 드러내는 시적 이미지는 솔직히 말해서 자연스럽게 전달되는 것이기 보다는, 좀 낯설고 이질적인 느낌이 드는 것이다. 좀 더 구체적으로 말해서 그의 시적 이미지는 일상의 세계에서는 거의 무의미하거나 무가치해서 의미화하기에 곤란한 사소한 것이다. 그렇지만 시인 유종인은 그러한 사소한 이미지 속에서 나름대로 삶의 의미를 붙잡아내고 그것을 시적인 것으로 재창조함으로써 독특한 시세계를 만들어내고 있다. 이러한 그의 시를 접하는 일은, 시적 이미지를 만드는 힘을 살펴보는 것이 된다.

그의 시에서 이미지는 일상의 세계에서 사소한 것이지만, 시인에 의해서 새로운 의미를 가진다. 이러한 양상은 가장 잘 보여주는 시가 바로 시 「바닥천정」이다.

먹자골목 한가운데 선 저 왕벚나무는 생짜인 꽃잎들을 난분분하게 떨구고 있다

이상하다, 는 생각은 너무 늦되어서

왁자한 바닥에는
생짜인 싱싱한 벚꽃잎들이
정수리에 딱딱 부딪히는 새 하늘을 얻었다는 듯이
그게 이렇게 버려진 것만은 아니라는 듯이
꽃잎이 새삼 바닥을 높이 수놓고 있다

저 바닥도 꽃들이
머리를 두어 기대는 새 하늘이기에
노숙자도 길고양이도
발바닥을 붙여 올리는
든든한 하늘, 그 바닥천장이기에
거기
머리를 먼저 떨구는 싱싱한 꽃들의
무덤이라고
차마 말 할 수는 없는 거였다

—시 「바닥천장」 전문

위의 시제목인 '바닥천장'이라는 이미지는 다소 조작적이기까지 하다. 위의 시에서는 왕벚나무의 꽃잎이 떨어져 바닥에 쌓이는 풍경을 주목한다. 꽃잎이 떨어져 바닥에 쌓이는 것은 엄밀히 말해서 "머리를 먼저 떨구는 싱싱한 꽃들의/무덤"이 되는 것이다. 그렇지만 시적 화자는 이러한 일상의 세계에서 이해되는 이미지를 전복시킨다. 그 꽃잎이 떨어지는 것은 "이렇게 버려진 것만은 아"닌 것이 되고, 급기야는 "저 바닥도 꽃들이/머리를 두어 기대는 새 하늘"로 상상되는 것이다. 꽃잎이 떨어진 바닥이 "머리를 두어 기"댄다는 점에서 천장으로 재의미화되는 것이다. 따라서 바닥은 곧 천장이 되는 것이다.

이러한 발상이 의미를 가지는 것은, 아무래도 "노숙자도 길고양이도/발바닥을 붙여 올리는/든든한 하늘, 그 바닥천장"이라는 구절에서 암시되는 듯하다. 다시 말해서 '노숙자'와 같은 사회적 약자나 '길고양이'처럼 하찮은 미물이 붙이고 사는 '바닥'이 그냥 바닥일수만은 없다는 소망 섞인 상상은, 독특한 '바닥천장' 이미지를 만드는 것이다. 이것이 유종인이 보여주는 시력(詩力)인 것이다. 그는 사회의 변두리와 밑바닥 인생에 대해서 '차마' 그것이라고 "말할 수 없는" 심정을 투영시켜 그만의 개성적인 이미지를 만드는 것이다.

이처럼 일상의 세계에서는 거의 사소한 이미지이지만, 그 속에 어떤 비의(秘意)를 담아내는 유종인의 작업은 시 「님」에서도 잘 엿보인다.

> 철거가 시작된 연립주택 담벼락엔 가슴 뒤편에 숨겨둔 말들이 왜자하다 ...섹스가하늘이다똥꼬에꽃폈다 가위바위보지 돈내코는 제주가아니라 창녀촌이다... 이런 말들도 한켠 가슴 펴고 헐값으로 자유로운데, 누군가 그 가운데 노란 병아리처럼 모셔놓은 말, 라커로 뿌려 쓴 글씨가 햇님 달님, 인데 모난 글씬데도 자꾸 둥글어진다 담벼락을 비추는 해와 잠기운에 쏠린 낮달이 흐뭇하게 내려다보는 저, 글씨들은 끝말이 모두 대접을 받친 말이다 버려져도 잠들다 죽어도 님이다 끝내 다 데려가려다 못 데려가더라도 저 혼자 민들레처럼 피어있는 님이다 음담패설도 공경해 마지않는 말, 잘못 건드리면 오래도록 아픈 말들의 어머니다
>
> —시 「님」 전문

담벼락에 낙서된 말들을 "가슴 뒤편에 숨겨둔 말들"로 재인식하는 발상에서 시작된 위의 시는 흥미롭다. '섹스', '똥꼬', '가위바위보지', '창녀촌'과 같이 외설스럽거나 비속한 말을 제외한다면, '하늘', '꽃', '님'과 같은 말은 모두 경우에 따라서 존귀하고 아름다운 것이 될 자 격이 있다. 그럼에도 시적 화자가 '님'이라는 말을 주목하는 데에는 어떤 특

별한 이유가 있다기보다는 개인적인 취향이 작용한 듯하다. '님'이라는 호칭의 접미사는 일상의 세계 속에서 예의바른 어투에 불과하지만, 위의 시에서는 "저 혼자 민들레처럼 피어있는" 존재, "음담패설도 공개해 마지않는 말, 잘못 건드리면 오래도록 아픈 말들의 어머니"가 된다. 쉽게 말해서 '님'이라는 사소한 어휘 속에서 시적 화자는 고귀하고 성스럽기까지 한 어떤 의미를 찾아내는 것이다. 이것이 이 시의 동력인 것이다.

유종인의 시는 다소 엉뚱하고 비선형적인 이미지의 조작을 통해서 이처럼 그만의 시세계를 만들어낸다. 이러한 시적 경향은 시 「어떤 항복」과 「왼손잡이 부자」에서도 잘 나타나 있다.

> 한낮이 다 되도록
> 김칫국물 얼룩의 신문지들로 이불삼은 노숙자의
> 나무 침대가 돼 주던 공원 벤치에
> 무던히 쏟아지는 햇살들,
>
> 햇빛과 바람이 다 먹어주지 못한 울긋불긋한 토사물을
> 서로 먼저 쪼으려 신경전을 벌이는
> 까치와 참새의 시장기는 비루하지 않구나
>
> 저 강원도 어느 산골짝에서 옮겨온 공원의 소나무들
> 봄날 황사바람에 널을 뛰듯 가지를 흔들며
> 그래, 그래, 그래, 그래……
> 무던히 끄덕여주는 저 땅 속 뿌리의 아픈 긍정 앞에
>
> 나는, 항복하련다
> 아무 것도 내어줄 거 없는 이 가난마저

두 손 번쩍 들라면 들겠다면서

—시 「어떤 항복」 부분

월요일,

일산병원 뒤편 산기슭의 소공원(小公園) 한켠에서

직장을 놓친 젊은 아빠와

학교를 쉰 십대 아들이

스산한 봄바람 속에 캐치볼이 한창이다

(중략)

공원 공터의 아빠와 아들은

모두 오른손에 글러브를 끼었다

왼손이 던지는 일과

오른손이 줄곧 받는 일 그리고 잠깐씩 빠뜨리는 공,

왼손끼리

서로의 오른손글러브에 희고

단단한 웃음을 정확히 던져주는 일!

손이 크다는 말이 마음까지 내려가 번지는 일들,

봄 산의 나무들이 서로 돈독하게 주고받는 초록들

오른손에서 왼손으로 조금 더

짙어지는 초록들

—시 「왼손잡이 부자」 부분

위 두 편의 시가 지니는 공통점은 일상 세계의 사소한 이미지로부터 시작해서 삶의 의미를 발견해 나아간다는 것이다. 앞의 시에서 "김칫국물 얼굴의 신문지"나 "햇빛과 바람이 다 먹어주지 못한 울긋불긋한 토사물"은 일상의 세계에서는 더럽고 지저분하고 하찮은 것이다. 그렇지만 시적 화자는 그 "신문지들로 이불삼은 노숙자의/나무 침대가 돼 주던 공원 벤치에/무던히 쏟아지는 햇살들"과 그 "토사물을/서로 먼저 쪼으려 신경전을 벌이는/까치와 참새"를 "봄날 황사바람에 널을 뛰듯 가지를 흔들며/그래, 그래, 그래, 그래……/무던히 끄덕여주는 저 땅 속 뿌리의 아픈 긍정"과 연결시키면서 새로운 의미를 만들어낸다. 자연을 절대긍정의 세계로 의미화함으로써 시적 화자의 "아무 것도 내어줄 거 없는 이 가난마저" 긍정하게 되는 것이다.

뒤의 시 역시 사소한 이미지부터 시작한다. 시적 화자는 "직장을 놓친 젊은 아빠와/학교를 쉰 십대 아들이" '캐치볼'을 하는 평범하여 크게 보잘 것 없는 풍경에서 서로의 고통을 위로하면서 닮아간다는 삶의 의미를 발견한다. 실직자와 휴학자가 "서로의 오른손글러브에 희고/단단한 웃음을 정확히 던져주는 일"이란 기실 말로 못 다하거나 말하기 곤란한 마음의 상처를 봉합하고 한마음임을 확인하는 것에 다름아니다. 시적 화자는 다시 이러한 왼손잡이 부자의 이야기를 "봄 산의 나무들이 서로 돈독하게 주고받는 초록들"과 연결시켜서 자연의 순환과 스스로 그러하다는 자연의 본질에 연결시킨다.

이처럼 시인은 삶의 상처와 고통을 사소한 이미지에서 발견하고 나름대로 따뜻한 성찰을 보여준다. 시 「아픈 벼슬」도 마찬가지이다.

> 수시로 열이 오르고 밭은기침이 튀어나오는 딸은
> 참 어린 아픈 벼슬을 지녔다
>
> 그리하여, 내 등짝을

수시로 저의 가마로 쓰는 어린 벼슬은
내게서 갈려나온
나의 또 다른 면천(免賤)이 아니었을까

어린 벼슬을 등에 업으면
나는 자꾸 다람쥐가 뛰노는 왕릉 숲으로 가게 되고
눈요기가 별스러운 구멍가게 골목이나
버들치들이 와 수다를 떨다가는 여울목으로 가게 된다
그런 곳이 있기나 한 건가 누가 물으면
저 무른 몸에 깃들 사랑의 담금질을 알면서도
아비는 자꾸 무엇엔가 겨워 등짝 가마에
어리고 아픈 벼슬을 싣고 내닫게 된다고

아비는 비록 통속을 면천(免賤) 받지 못했으나
아프고 여린 딸은
끝내 세상의 열뜬 이마를 짚어줄
마고(麻姑)의 약손으로 오롯이 커갈 벼슬인지도

—시 「아픈 벼슬」 전문

아픈 어린 딸을 등짝에 안고 있는 자세란, 육아를 해본 자의 일상에서 자주 경험되는 일이다. 시인은 이러한 일상의 세계에 경험되는 아픈 딸에 대한 안타까움과 사랑을 '가마'와 '벼슬'로 이미지화한다. 시적 화자의 등짝을 '가마'로, 그리고 그 '가마'에 탄 어린 딸을 '벼슬'로 상상하는 것이다. 아픈 딸에게 뭐라도 해주고 싶지만 어쩔 수 없는 아비의 심정은 안타깝기 그지없는 것이다. 시적 화자는 그런 자신을 "비록 통속을 면천 받지 못"한 것으로, 반대로 아픈 딸을 "마고의 약손으로 오롯이 커

갈 벼슬"로 대조한다. 딸을 아끼고 위하고 사랑하는 심정이, 사소한 일상의 세계를 재의미화하여 새로운 시적 이미지를 만드는 힘이 되는 것이다.

유종인의 시세계는 이처럼 사소한 것에서 가난과 소외와 고통이라는 진지한 삶의 문제를 발견하고 그것을 따뜻하고 밝은 시적 이미지로 재구성하는 힘을 잘 보여준다. 시인 유종인은 우리의 일상 세계 속에서 잘 간과하기 쉬운 삶의 의미를 돌출시키는 뚝심으로 자기만의 세계를 만들어 나아가는 것이다. 이 점에서 그의 시적 이미지는 거칠고 모나고 이질적인 것이면서도, 당차고 강인하고 아름다운 일면을 함께 지닌다. 이 부조화의 조화 속에서 시적 이미지가 숨결을 얻고 생명을 부여받는다. 이미지는 확실히 힘이 세다. 이것이 유종인의 시적 자세이다.

치열한 자기 갱신(更新), 또는 시인의 운명

—문태준, 손택수, 김민휴의 시

이어지고 끊어지는 단속(斷續)의 지점, 그곳은 시인의 시가 신생(新生)하는 은밀하고 비밀스러운 공간이다. 시인은 항상 자기배반과 자기부정의 정신으로 새로운 시적 변화를 모색한다. 그 모색이란 이미 씌어진 자신의 시에서 단속의 지점을 찾는 행위가 된다. 자기 시의 어떤 점이 새로운 시로 연속될 것인가, 혹은 단절될 것인가. 이러한 질문은 철저히 사적(私的)이면서도, 궁금하고 흥미롭다.

시 읽기의 한 방법은 이러한 공간을 탐색하는 일이 될 것이다. 시인에게 있어서, 특히 '큰 집' 한 채를 제대로 짓지 못했다고 생각하는 젊은 시인들에게 있어서 시적 변화는 생사의 운명과도 같다. 좋아지거나 나빠지거나 하는 것은 정도의 차이가 아니라, 문단에서 주목되거나 아니면 사라지는 것이다. 시란 이러한 절박한 운명을 거쳐 생산되어서 늘 독자들의 선택을 기다린다. 독자들은 시인의 새로운 시에서 이 단속을 평가하고 의미를 발견하는 자들인 셈이다.

최근 문단에서 치열한 자기 갱신을 통해서 새로운 시적 변화를 모색하는 젊은 시인들이 있다. 특히 문태준, 손택수, 김민휴는 모두 30대 중·후반의 나이라는 점에서 동시대를 살아왔고 유사한 사회·역사적인 경험을 성장배경으로 지니고 있으며, 근래에 와서 활발한 창작 활동과 발표를 통해서 자신의 시 세계를 넘어서고자 하는 갱신의 노력을 치열하게 전개하는 자들이다. 또한 시력(詩歷) 역시 짧으면 2년 길면 10년 정도라는 점에서 함께 논의할 만하다. 이들의 시에서 단속의 지점을 발견하고 그 성과를 음미해보자.

1. 슬픔에서 웃음으로

—문태준의 경우

문태준 시의 힘은 그 동안 슬픔의 감성에서 나왔다. 그는 시집 『수런거리는 뒤란』(창작과비평사, 2000)부터 시작하여 작년에 출간된 시집 『맨발』((주)창비, 2004)에 이르기까지 일관된 슬픔의 감성으로 자기 삶의 터전인 농경문화를 읽어냈다. 그가 보여주고자 한 농경문화는 저녁 오후 뒤란에서 보는 해질녘의 음산하고 을씨년스러운 공간으로 나타났으며, 특히 신비하고도 두려운 죽음의 그림자가 깊게 드리워진 풍경으로 제시되었다. 그는 이러한 풍경 속에서 서러움, 외로움, 애상감과 같은 감정은 물론이거니와 무상함과 평온함, 사랑의 느낌까지도 슬픔의 감성 쪽으로 팽팽하게 끌어당겨 놓았다.

가령, 시 「그림자와 나무」에서 "내 몸속에서 겨울 문틈에 흔들리던 호롱불이 흘러나오고, 깻잎처럼 몸을 포개고 울던 누이가 흘러나오"는 "오후 4시"는 시인에게 있어서 "아주 슬픈 시간"(『맨발』, 22쪽)이 된다. 또한 시 「꽃과 사랑」에서 "나는 허름한 식당에서 젊은 아들이 밥 먹는 걸 나무의 밑동 같은 눈빛으로 지켜보던 주름이 많은 아버지를 보았던 적이 있다"(『맨발』, 50쪽)는 구절에서는, 자식에 대한 아버지의 애정 어린 '눈빛'이 서러운 느낌으로 묘사되고 있다.

이처럼 시인이 주목한 슬픔은 단순하지 않다. 시 「중심이라고 믿었던 게 어느날」에서는 그리움이 슬픔의 감정으로 변화되는 과정을 보여주는데, 이 슬픔의 감정 때문에 시적 화자는 "누구 하나"로 생각되던 그리움의 대상이 사실 '여럿'이었음을 발견한다. "나의 그리움이 누구 하나를 그리워하는 그리움이 아닌지 모른다/물빛처럼 평등한 옛날 얼굴들이/꽃나무를 보는 오후에/나를 눈물나게 하는지도 모른다"(『맨발』, 74쪽)라는 구절에서 알 수 있듯이 슬픔은 인식의 힘까지도 있는 것이다.

문태준은 최근에 발표한 몇 편의 시에서 슬픔의 힘을 바탕으로 새로운 시적 변모를 모색하고 있다.

> 젊어 남편을 잃고 재가해 얻은 외아들마저 잃은 그녀
> 언제부터 그녀가 기러기를 기르기 시작했는지는 모른다
> 기러기는 매일 북쪽 하늘 언저리를 날다 그녀의 집으로 돌아온다
> 기러기도 마음이 있어 하늘을 서성거린다, 고 그녀는 말한다
> 하늘 끝을 날다 다시 돌아서고 마는 그 그리움의 곡면
> 그녀가 기러기를 사랑하는 이유를 알 것도 같다
> 오늘은 기러기가 새끼 기러기를 등에 업고 날더라고
> 하늘 구경을 시키더라고 그녀는 기러기 얘기에 좋아라 한다
> 누렇게 늙어 누운 오이 같은 그녀가 뜨락에 앉아 웃는다
> 날지 못하는 기러기가 웃는다
>
> —「기러기가 웃는다」 전문(『문학동네』 2004년 겨울호, 118쪽)

문태준은 위의 시에서도 슬픔에서 시작하지만, 중요한 것은 웃음으로 끝맺는다는 사실이다. 슬픔에서 웃음으로의 이 감성적 변화, 이것은 문태준 시의 단속점(斷續點)이라고 할 만하다. 그의 시는 시집 『맨발』에서부터 슬픔의 감성을 표현하였는데, 그 슬픔이 주목되는 이유는 무엇을 변

화시키는 힘을 가지고 있었기 때문이다. 그런데 위의 시에서는 슬픔의 감성을 지속하되, 그 힘으로 웃음을 발견해 나아가고 있다는 점에서 의미가 있다.

'그녀'는 시인의 시에서 자주 등장하는 가족들과 유사한 인물이다. 그의 시에서 아버지, 어머니, 누이, 고모 등은 모두 인생을 수동적으로 살아가고 발전과 변화가 없는 인물들이라는 점에서, "젊어 남편을 잃고 재가해 얻은 외아들마저 잃은" '그녀'와 비슷하다. 그런데 '그녀'는 "기러기를 기르기 시작했"다는 점에서 기존의 인물들과 다르다. '기른다'라는 행위는 문태준이 주로 사용하는 부정적 감성의 서술어인 '슬프다'와는 달리, 삶의 변화와 발전을 암시한다.

특히 시인은 "하늘 끝을 날다 다시 돌아서고 마는 그 그리움의 곡면"을 발견한 '그녀'를 통해서, 아주 중요한 존재론적인 인식의 변화를 보여준다. 그 동안 시인은 슬픔의 존재들을 주목했지만, '그녀'는 슬픔을 그리움 속으로 밀어 넣는 관조적인 존재이다. '그녀'의 그리움이란 이전에는 슬픔 쪽으로 댕겨졌을 감성이었지만, 위의 시에서는 슬픔이 "그리움의 곡면" 속으로 내밀화된다. 이 '곡면'이란 슬픔을 지속시키는 단선(單線)의 모양이 아니라, 슬픔을 감싸고 위로하는 곡선 또는 원환(圓環)의 모양이다. 기러기의 비행은 죽음('하늘 끝')만 향하지 않고, 죽음의 심정을 포옹하는 생("다시 돌아서고")으로 변환하듯이, '그녀'의 내면 역시 슬픔에만 빠지는 것이 아니라 슬픔의 감성을 포옹하는 이해와 관조의 심정으로 바뀐다. 시인은 슬픔을 '안'으로 하는 "그리움의 곡면"을 본 것이다. "그녀가 기러기를 사랑하는 이유를 알 것도 같"은 것이다.

따라서 "그리움의 곡면"이란 '하늘 끝'/'뜨락', '날다'/'돌아서고', 슬픔/관조의 대립쌍을 하나로 응집하는 그녀의 삶을 적절하게 표현하는 수사이다. 시인은 슬픔의 단선을 둥글게 만드는 인식을 바탕으로 원환의 상상력을 보여주고 있다. 『맨발』에 비해서 깊어지고 성숙해진 이 시인의 시선은, 슬픔을 웃음으로 치환시켜 놓는다. 이 치환은 감싸기에 다름아니다. 슬픔을 감싼 자리에 관조적인 웃음이 유발되는 것이다. 기러기 얘기를 하는 그녀의 모습은 "오이 같"이 둥글둥글하고, 그녀의 입가는 둥글게 벌어진다. 즉 '웃는다'.

위의 시를 통해서 볼 때, 시인의 시적 변모는 슬픔의 감성을 단속하는 데에서 발생한다. 그는 슬픔을 단절시키고 웃음을 보여줌으로써 존재탐구에 대한 천착을 보여주고 있기 때문이다. 그의 또 다른 신작시 「빈 의자」를 보면, 슬픔의 단속을 통해서 '나'와 '가을'이 '함께' 사는 화해의 세계를 모색하고 있다.

공중에 얼비치는 야윈 빛의 얼굴
누구인가?
나는 손바닥으로 눈을 지그시 쓸어내린다
가을이었다
맨 처음 만난 가을이었다
함께 살자 했다.

—「빈 의자」(『문학동네』 2004년 겨울호, 119쪽)

2. '저항'에 대한 반성
—손택수의 경우

그 동안 시인 손택수가 보여준 '저항'이란, 세계의 폭력에 맞서는 적극적인 대항이 아니라 그 폭력의 압력에 대한 수동적인 반작용을 의미했다. 그가 시집 『호랑이 발자국』(창작과비평사, 2003)에서 일관되게 추구하던 사유가 있었다면, 그것은 '침묵'(「돌종」), '독기'(「옻닭」), "결빙의 정신"

(「빙어가 오를 때」) 등으로 변주되는 저항의 이미지이다. 그에게 저항이란 곧 세계에서의 버팀인 것이다.

이런 점에서 "손택수의 시를 받치는 팽팽한 시적 긴장은 지구의 중력까지도 뚫고 올라오는 그러한 원심력의 기세를 몸으로 받아내면서 치열한 내성(內省)의 계기로 반전시키는 시적 통찰에 힘입은 것"(임홍배, 「내성의 깊이와 사물의 친화력」, 손택수, 『호랑이 발자국』, 103~104쪽)이라는 임홍배의 주장은 날카로운 분석이라고 할 수 있다. 또한, 그의 주장은 사물을 내향적으로 바라보는 시인의 시선을 암시하는 것이기도 하다. 시인은 사물의 안을 투시함으로써 저항의 존재성을 발견하는 자이다.

예를 들어 시인은 "가시 끝에 맺"혀 "가슴 깊이 가시를 물고 떨고 있"는 물방울에 대한 관찰을 통해서, "살속을 파고든 비수를 품고/둥그래진다는 것, 그건/욱신거리는 상처를 머금고 사는 일이다/입술을 윽 깨물고 상처 속으로 들어가 한몸이 되는 일이다"(「탱자나무 울타리 속의 설법」, 『호랑이 발자국』, 17쪽)라는 인식에 도달한다. 물방울이라는 사물은 '가시'로 표상되는 세계에의 폭력을 저항의 자세로 견딘다.

'저항'에 대한 시인의 사유는, 근래에 들어 중요한 변화를 보이기 시작한다는 점에서 재고의 가치가 있다.

마을 골목에 채소 트럭이 들어왔다
청도산 김장 무우에 물씬한 청도산 사투리

청무우에 흙이 묻어 있고
수염 뿌리 몇이 끊어져 나갔다
무우가 뽑힐 때 땅이 저항한 흔적이다

품고 있던 무우를 순순히 뺏기지 않으려고 저항하다가

어느 순간 땅은 무우를 속시원하게 내주었을 것이다

옛다, 이만 하면 됐다
무우를 품은 마음을 한사코
무우를 뽑으려 두는 마음에게로 건네주었을 것이다

해종일 맨발로 밭을 일구다 온 아낙
흙 묻은 무우 통통한 다리를 씻는다

―「청도산 무우」 전문(『내일을 여는 작가』 2004 겨울호, 160쪽)

'무우'는 가장 손택수다운 '저항'의 상징이 될 법하지만, 위의 시에서는 그러한 '저항'을 반성하는 상징이라는 점이 주목된다. 만약 '무우'에 대한 관찰이 『호랑이 발자국』의 상상력으로 진행되었다면, '무우'는 주변세계에 대한 '땅'의 저항을 의미할 것이다. '땅'은 추위와 기상이 만드는 시련을 버티고 감래한 결과 '무우'라는 옹골찬 생명을 품을 수 있었을 것이다. 그렇지만 위의 시에서는 사물의 안을 보는 시선을 단절시키고 밖을 보는 시선을 획득하면서, '저항'에 대한 새로운 반성을 보여준다.

채소 트럭에 실린 '무우'에 대한 시인의 관찰은, '땅'의 저항에 대한 상상에까지 나아간다. "수염 뿌리 몇이 끊어"진 것은 "무우가 뽑힐 때 땅이 저항한 흔적"인 것이다. 그런데 이 저항은 세계의 폭력에 대한 반작용의 이미지가 아니다. 시인은 세계의 폭력 앞에서 굴복하지도, 그렇다고 회피하거나 대항하지도 않고 오히려 선(禪)적인 초월의 방식으로 대응하고 있다. '땅'은 견디고 지키고 욕심부리지 않고, "무우를 속시원하게 내주"는 비움의 방식으로 저항의 태도를 넘어선다. 이것은 색즉시공(色卽是空)의 사유와 유사하며, 선에서 말하는 한 순간의 깨우침 방식과도 흡사하다.

따라서 '땅'은 '독기'나 "결빙의 정신"으로만 파악되던 "무우를 품은 마음"을, 이제 "무우를 뽑으려 드는 마음"을 지닌 '아낙'에게로 '건네주'게 된다. 이 '건네줌'의 정신은 완고한 '저항'의 세계에서는 불가능한 순환의 세계를 개진하는 일이다. '무우'/'아낙', "무우를 품은 마음"/"무우를 뽑으려 드는 마음", 독기/또 다른 독기로 극명하게 나뉘는 이분법의 세계는, 드디어 소통되고 순환된다. 즉 '무우'는 한 존재의 독기에서 여러 존재들의 음식으로 순환되고, '무우'의 생명은 다른 존재들의 생명으로 소통된다. 이 '건네줌'의 정신은 한 개체의 차원을 넘어서서 전일적(全一的)인 사유를 바탕으로 하는 우주생명론에까지 와 닿게 된다.

이런 차원에서 볼 때, "흙 묻은 무우 통통한 다리를 씻는다"는 구절은, '무우'와 '아낙'을 하나의 서술어 '씻는다'에 걸어놓는 시인의 수사라는 점에서 의미가 있는 듯하다. '씻는다'는 행위는 일종의 세례식이 되기 때문이다. 그것은 독기로만 버티던 존재생명의 '저항'에 대한 인식을 반성하고, '비움'과 '건네줌'의 정신을 받아들이는 상상적인 예식이 되기 때문이다. 이런 점에서 '씻는다'는 서술어의 교묘한 배치는, 손택수 시의 변화로 읽기에 충분하리라 생각된다.

3. 동심의 세계

—김민휴의 경우

2003년에 등단한 김민휴의 최근 시 「구리 종이 있는 학교」에서는 동심의 세계를 그럴 듯하게 보여준다. '그럴 듯하게'라는 표현은, 그 동안의 우리 시가 아이들의 세계를 묘사할 때 그럴 듯하지 못했음을 주장하는 것이다. 아이들의 세계를 시화하는 어른들은, 자기 세계의 불화를 강조하기 위해서 아이들의 세계를 알레고리로 보여주거나, 혹은 어른의 시각에서 아이들과 세계가 조화되어 있음을 표현한다.

나희덕의 경우를 보면, 그녀가 아이들을 바라보거나 자기 어린 시절의 기억을 재구성한 경우에도 그 시선은 이미 성인의 그것이다. 가령 시 「어떤 아이들」에서 "지나가는 사람에게/돈 줄 테니 저 공 좀 건져달라고/벌써 유능하게 사람을 부리는 사장님의 아이들"(『뿌리에게』, 창작과비평사, 1991, 44쪽)을 바라보는 시인의 시각은 어른들의 물질만능주의 발상을 비판하는 것이다. 또한 시 「일곱 살 때의 독서」에서 하늘에 가득한 별을 보는 '나'가 "하늘이 달아날까봐/몇번이나 선잠이 깨어 그 거대한 책(하늘의 무수한 별들-필자 주)을 읽고/또 읽었다 그날 밤 파도와 함께 밤하늘을/다 읽어버렸다"(『어두워진다는 것』, 창작과비평사, 2001, 30쪽)라는 구절은 아이가 아닌 성인의 상상력으로 서술되어 있다.

이런 시단의 상황에서 아이들다운 상상력으로 동심의 세계를 재구성하려는 김민휴의 작업은 돋보일 수밖에 없다.

바람 한 점 없이 고요한 세상에 눈이 옵니다
미리 연습해둔 동요같이 눈이 옵니다
포푸라 나무 생울타리도
늘 뒤척이던 언덕 아래 바다도
오늘은 꼼짝도 하지 않을 작정입니다
땡그랑 땡그랑 장난질 치던
교무실 앞 구리 종도 얌전히 있을 작정입니다
눈이 와서
방금 놀다 교실로 들어간 아이들의 발자국을 지웁니다
동화 속의 눈같이 눈이 옵니다

아이들은 교실에서 노래를 부릅니다
풍금 소리에 맞춰 노래를 부릅니다
선생님 풍금 소리는 노래 소리 같습니다
아이들 노래 소리는 풍금 소리 같습니다
밖에는 동요같이 눈이 옵니다
펄펄 눈이 옵니다

[…중략…]

두 손을 높이 들고 벌을 서고 있습니다
기계 독 허연 빡빡머리를 긁적이다가
슬쩍 팔을 내렸다 치켜들기도 하고
팔이 아픈지 비비꼬다가 얼른 바르게 합니다
장작 난로 옆에서 벌을 섭니다
벌을 서고 있는 건지 불을 쬐고 있는 건지
마음속엔 벌써 눈싸움이 한창입니다
코 비뚤어진 눈사람을 만들어 놓았습니다
그러나 선생님은 영 용서를 하시지 않을 모양입니다
요놈들 잘못을 고쳐놓을 모양입니다
장작 난로는 타닥타닥 소리를 내다가 볼이 빨개집니다

창밖엔 동화책 속 눈처럼 눈이 옵니다
선생님 마음에 눈이 옵니다
아이들 마음에 눈이 옵니다
선생님은 선생님 눈사람이 되구요
아이들은 아이들 눈사람이 됩니다

선생님은 선생님이 아니고 눈사람이구요
아이들은 아이들이 아니고 눈사랍입니다.

—「구리 종이 있는 학교」 부분(『시와 사람』 2004년 겨울호, 92～94쪽)

위의 시에서 시인이 바라보는 아이들이란, 사이드(E. Said)의 오리엔탈리즘 사유를 빌어서 생각하면 실제의 아이들이 아니라 시인(어른)의 시각으로 재구성된 아이들이다. 이때 아이들이란 이미 씌어져 있는 텍스트(동요, 동화책)를 그럴 듯하게 반복함으로써 만나볼 수 있는 향수 속의 아이들이다. 따라서 이 아이들은 동심(童心)의 원형을 지닌 존재이고, 세계는 아이들과 화해되고 조화되어 있다. 이런 방식으로 김민휴는 위에서 예를 든 나희덕의 시에서 볼 수 있었던 성인의 상상력을 극복하고 있다.

위의 시 첫 연에서는 현실보다 더 현실다운 텍스트로 동요와 우화를 빌려온 듯하다. "바람 한 점 없이 고요한 세상에 눈이" 오는 현실은, "미리 연습해둔 동요같이" 온다. 즉 "펄펄 눈이 옵니다 하늘에서 눈이 옵니다"로 시작하는 동요 「눈」은, 시인이 현실을 바라보는 원형을 간직하고 있다. 그리고 우화처럼 의인화된 아이들의 세계는 평화로운 분위기로 서술된다. "포푸라 나무 생울타리"나 "언덕 아래 바다", "교무실 앞 구리종"은 바람에 사나워지는 것이 아니라 "오늘도 꼼짝도 하지 않"고 "얌전히 있을 작정"이다.

뿐만 아니라 작품 속의 여러 소재들은 동화에서 빌려온 듯이 독자들의 향수를 자극한다. 눈 내리는 시간은 "방금 놀다 교실로 들어간 아이들의 발자국을 지"우는 것에서 보듯이 천천히 그리고 평화롭게 흘러간다. 또한 2연의 "풍금 소리"나 "아이들 노래 소리"는 "선생님 풍금 소리는 노래 소리 같습니다/아이들 노래 소리는 풍금 소리 같습니다"처럼 서로 조화되어 유년의 기억 속에 있던 즐거운 풍경을 떠올리게 만든다.

중략 이후의 연을 보면, 아이들과 세계 사이의 불화는 긴장을 만들지 않고 용서와 배려의 분위기에 수그러든다. 시적 화자는 선생님이 벌받는 아이들을 "영 용서를 하시지 않을 모양"이라고 서술하고는 있지만, '벌'의 엄숙한 분위기는 "벌을 서고 있는 건지 불을 쬐고 있는 건지"나 "마음 속엔 벌써 눈싸움이 한창"이라는 구절에서 살펴지듯이 긴장이 이완된 상황과 상상을 보여줌으로써 사라진다.

이 시에서 아이들다운 상상력은 마지막 연에서 보듯이 현실과 마음, 자연과 인간, 선생님과 아이들이 서로 융화되는 세계를 만들어놓는다. 현실에 내리는 눈은 선생님과 아이들의 "마음에" 내리고, 선생님과 아이들은 "눈사람이" 되어가면서 인간과 자연은 하나가 된다. 모든 것이 '눈사람'으로 수렴되는 이 세계에는 갈등과 불화가 지속될 가능성이 없다. 존재와 존재는 경계를 허물어서 서로 녹아들고 뒤섞인다.

지금까지 문태준, 손택수, 김민휴의 시에서 단속의 지점을 찾아봤다. 문태준은 「기러기는 웃는다」와 「빈 의자」에서 슬픔의 감성을 단절시켜 웃음을 발견하였고, 손택수는 「청도산 무우」에서 세계의 폭압을 견디는 '저항'의 힘을 단절시켜서 '비움'과 '건네줌'의 사유를 찾았으며, 김민휴는 「구리 종이 있는 학교」에서 성인의 상상력을 단절시키고 아이들다운 상상력을 활용하고 있었다. 이들의 신작시는 모두 자기를 치열하게 갱신시키는 노력이다. 그것은 갱신이 없다면 죽을 수밖에 없는 시인의 운명이다.

나의 시를 찾아가는 도정

—정영효, 이선균, 김이강의 시

2006년 이후 등단한 시인의 시편 9편을 전자메일에서 열어보고 읽기란, 참 곤혼스럽고 낯선 작업이 아닐 수 없다. 왜냐하면 거의 참고문헌이 없는 신진의 시를, 그것도 단 3편을 읽고 평하는 작업은, 오독의 가능성이 전제되는 것이자 동시에 새로운 읽기를 시도하는 것이기 때문이다. 이러한 상황 속에서 필자의 작업이 신인의 시세계에 힘을 북돋아 주고 나아가서 저마다의 개성을 발견하는 읽기가 되기를 바라는 마음으로, 그들이 나의 시를 찾아가는 도정을 살펴보고자 한다.

사물을 포착하는 힘

가장 먼저 주목되는 시인은 정영효이다. 그가 이번에 보여준 세 편의 시는 「기침」, 「독감」, 「하품」이다. 이 세 편의 시가 지닌 공통점은 사물(事物)을 포섭하는 힘이 세다는 것이다. 그의 시는 하나의 소재를 중심으로 해서 우리가 사는 일상들, 좀 더 구체적으로 말해서 생로병사(生老病死)하고 희노애락(喜怒哀樂)하는 모습을 유기적으로, 그리고 핵심적으로 포착하는 능력이 꽤나 뛰어나다. 그의 시를 읽으면서 느껴지는 정신적인 긴장감은, 정영효가 자신의 독특한 개성을 제조해 내고 있다는 일종의 증거가 된다. 사전적 의미에서 출발하여 새로운 의미가 발생하고, 그것이 인생의 깨달음과 결합하여 더 확장되는 느낌이란, 시를 읽는 묘미를 새삼 깨닫게 한다.

> 예감에 대해 묻는다면 대답 대신 기침을 하겠다
> 기다려도 오지 않고 오고나면 지나칠 수 없는,
> 기침은 내가 따르지 못하는 몸의 질서
> 앞뒤를 감당할 수 없는 문장처럼
> 나와 무관했지만 내게서 시작되는
> 짧은 휴식이거나 오래된 피로 같은 것
> 모든 방향이 저물고 빛이 서쪽으로 기울 때
> 저녁이 무고한 잡념들을 인용하면
> 나는 견고해지는 어둠 속에서 기침을 기다린다
> 아니, 예감을 준비하며
> 나에 대한 예절을 배우고 있는지도 모르겠다
> 그러므로 기침은 끝이 아닌 계속의 형식
> 죽어가는 이의 기침에선 후생이 태어나고
> 기침이 지나간 자리에는 희미한 파문이 남을 수도 있다
> 가령 아버지의 유언은 기침이었지만
> 나는 그것을 기록하지 못했다
> 어떤 생략과 반복을 느꼈을 뿐
> 그것이 윤회나 이생에 대한 믿음이었다면
> 나 역시 기침으로 대답하는 수밖에
> 침착함과는 거리가 먼

결론은 없으나 결단을 해야 하는

기침이 나오는 순간, 그 짧은 외도에

—시 「기침」 전문

예감의 사전적 의미는 무슨 일이 있기 전에 암시적으로 또는 육감적으로 미리 느끼는 감각이다. 위의 시에서 "예감에 대해 묻는다면 대답 대신 기침을 하겠다"라는 구절에서 보이듯이 예감이라는 어휘는 '기침'으로 비유되고, "기다려도 오지 않고 오고나면 지나칠 수 없는,/기침은 내가 따르지 못하는 몸의 질서/앞뒤를 감당할 수 없는 문장처럼/나와 무관했지만 내게서 시작되는" 것이 된다. 예감이란 기침처럼 미리 느낄 수는 있지만 언제 올지 알지 못하는 그 어떤 것이라는 뜻이다. 나아가서 시인이 말하고자 하는 '예감'은 "가령 아버지의 유언은 기침이었지만/나는 그것을 기록하지 못했다"에서 알 수 있듯이, 언제인지 어떤 방식인지 알 수 없는 기침처럼 아버지가 돌아가신다는 것을 암시한다. 따라서 예감 혹은 '기침'은 "침착함과는 거리가 먼/결론은 없으나 결단을 해야 하는" 것, 즉 우연히 다가오는 죽음의 운명을 인정해야 하는 시적 화자의 '결단'을 뜻하는 것으로 그 의미가 증폭된다.

이처럼 예감이나 기침이라는 어휘를 활용하여서, 우연성, 불예측성, 아버지의 죽음, 그리고 운명에 대한 인정 등의 사(事)와 물(物)을 포착하여 의미망을 형성하는 시인의 능력은 꽤나 쓸만하고 믿을 만한 것이다. 더욱이 시 「독감」에서 "변방처럼 쓸쓸한 이불 속에서/나는 가장 단순하고 겸손해지므로/독감을 앓으면 자신의 체질을 묵독할 수 있고/무력하지만,/친절에 대한 하나의 방식을 깨달을 수도 있다"라는 구절에서 확인되듯이, 매우 정답고 고분고분한 태도를 뜻하는 '친절'이라는 어휘를 세련되게 활용하는 방식, 혹은 시 「하품」에서 "당신이 아끼는 기타와 애인을 이야기할 때/우리의 관계에 대해 고민할 때/내 하품은 무례한 고백이거나 대답이지만//하품과 하품 사이에서/과거의 나와 지금의 내가 의심을 거듭하고/그러니까 하품을 하면/낙서가 가득한 침실에서 흐린 필체를 더듬어보듯/나는 간신히 자유롭고 쉽게 속죄한다"라는 구절에서 '하품'이라는 시어로 사태를 끌어 모으는 방식은 주목에 값한다.

시간을 다루는 방법

이선균의 시에서 눈 여겨봐야 할 것은 시간을 다루는 방법이다. 그가 이번에 발표한 세 편의 시 「오래된 미래」, 「소양호 하류의 한때」, 「삐삐 주전자」에서 살펴지는 주된 관심사는 시간이다. 이 시간이란 객관적·물리적인 시간이 아니라, 시인이 세계와 호흡하면서 만들어내는 주관적인 시간이다. 시가 세계의 주관화 양식이라면, 이선균 시인은 세계에 흐르는 시간을 주관화하면서 세계의 주관화를 만들어낸다. 그러한 주관화를 잘 보여주는 시가 바로 시 「오래된 미래」이다. 이 시는 시간의 흐름을 주관적으로 변형시킴으로써 "화석 물고기"와 시적 화자인 '나' 사이의 동일시를 이루어내고 있다.

몇 억 광년이 흐르면 저렇게 입체적으로 눈부실 수 있을까.

유유히 흘러다니는 세상 버리고 힘껏 솟구쳐오르던
한 마리 사상이 우뚝 멈춰 있다. 일순간의 결행이
영원히 흐르고 있는 화석 물고기,

선명하게 새겨놓은 척추뼈의 흔적
점자를 읽듯 짚어본다. 꼬리지느러미에서 머리끝까지

그는 적어도 회의주의자는 아니었으리.

심해 거슬러오르는 어족이었다
회의에 빠진 초록별이었을지도
어쩌면 내 하나의 너였을지도
모르는, 내 등뼈의 돌기 더듬어
오래된 나의 미래 가늠해본다.

우리는 지금도 그 별을 꿈꾸는가,

평면적인 하루가 어둑어둑 굳어가는 저녁,
중생대의 돌 오래 보고 있으니
미래를 향하여 날아오를 듯
꿈틀, 꼬리 흔들린다.
눈알 없는 눈으로 아가리 한껏 벌리고.

—시 「오래된 미래」 전문

위의 시는 "화석 물고기"를 "내 하나의 너"로 동일시하는 시적 문법을 보이고 있다. 이 때 이러한 시적 문법을 가능하게 만드는 장치가 바로 시간이다. 시인은 문학적인 시간을 적절하게 가공함으로써 시적인 묘미를 자아내는 것이다. 위의 시에서 "화석 물고기"란 그냥 단순한 화석이 아니라 "유유히 흘러다니는 세상 버리고 힘껏 솟구쳐오르던/한 마리 사상이 우뚝 멈춰 있다./일순간의 결행이/영원히 흐르고 있는" 주관적으로 살아있는 생물인데, 이것이 잘 이미지화되는 까닭은 시적 화자가 멈춰버린 시간을 "영원히 흐르"게 만들기 때문이다. 죽어있는 사물의 시간을 흐르게 만들기, 그것이 이 시의 출발점인 것이다. 이어서 시인은 시적 화자인 '나'를 "화석 물고기"와 동일시하면서 "내 등뼈의 돌기 더듬어/ 오래된 나의 미래 가늠해"보는 데에까지 나아간다. '나'의 시간 역시 "오래된 나의 미래"로 주관화되면서 '나'의 상상적인 경계는 확장된다. 더욱이 객관적·물리적인 "평면적인 하루가 어둑어둑 굳어가는 저녁," 에 '나'는 "미래를 향하여 날아오를 듯/꿈틀, 꼬리 흔들"리는 주관적인 시간을 만드는 것이다.

시적 이미지를 만드는 능력

시인 김이강이 이번에 발표한 시는 「강원도는 안녕하니?」, 「수중성」, 「모래나무를 심는 일」이다. 이 시편을 읽으면서 가장 관심을 끄는 것은 시적 이미지를 만드는 시인의 능력이다. 시인은 모래와 물이라는 대조적 이미지를 적절하게 사용하면서, 인간의 사랑이 물의 이미지로 잘 표현됨을 보여주고자 애쓴다. 그녀의 시에서 물의 이미지는 모래라는 죽음의 이미지와 대립된 사랑·생명의 의지를 드러내는 데에 활용된다. 시인은 이러한 이미지를 적절하게 만들면서 자신의 시세계를 넓혀 나아간다.

사람들은 모두 등에 칼을 꽂고 죽었어.
우리는 이제 정말로 이 세상에 마지막 나무를 심는 거야.
너희 국가에서는 나무를 심거나 베기보다는 열매를 따먹었겠지만, 켈란켈라.
네가 목숨을 건진 건 혹시 그 훌륭한 모자 때문인 거니?
나? 그냥 내 방에 가만히 앉아 있었어.

그냥 내 방에. 조용히.

그렇지만 이렇게 화약 없이도 인류가 전멸할 수 있을까?

켈란켈라는 말이 없었다
좀처럼 움직이지 않는 입술 사이로
사막의 모래들이 몰려들었다

—시 「모래나무를 심는 일」 부분

지구 끝까지 제야가 이어지고 있어
자꾸 목이 말라
세척 세제들을 모아놓고 조금씩 핥아보았어
아직 가져보지 못한 무언가를 생각해

(중략)

해갈을 위해 갈매기들은 자꾸만 한 별에서 떠나가
달 아래로 간다
물이 흐르던 시대로 가서 목을 축이고 돌아오면
갈라진 등줄기를 맞대어 보지 않아도
살결들이 음파처럼 흘러
투명하게 만날 것이다

—시 「수중성」 부분

두 편의 시에서는 물의 이미지가 모래의 이미지와 대조되면서 그 의미가 생생하게 살아나고 있다. "사람들은 모두 등에 칼을 꽂고 죽었어."와 "이렇게 화약 없이도 인류가 전멸할 수 있을까?"와 "좀처럼 움직이지 않는 입술 사이로/사막의 모래들이 몰려들었다"라는 앞 시의 구절에서는, 모래의 이미지가 죽음이나 인류의 전멸과 관계가 있음을 보여준다. 또한 뒤의 시에서 모래의 이미지는 건조의 이미지로 변화된다. 시적 화자는 "자꾸 목이 말라"나 "갈라진 등줄기를 맞"댄다는 표현처럼 목이 마르거나 등줄기가 말라 갈라져 있는 상태는, 모두 인간 사이의 거리와 소외, 혹은 갈증의 상태처럼 부정적인 느낌을 준다. 그와 달리 물의 이미지는 "물이 흐르던 시대로 가서 목을 축이고 돌아오면/갈라진 등줄기를 맞대어 보지 않아도/살결들이 음파처럼 흘러/투명하게 만날 것이다"처럼 재생과 생명, 그리고 사랑의 의지를 드러내는 것으로 나타난다. "물이 흐르던 시대"란 다름 아닌 사막(모래)의 상태를 벗어난 것, 다시 말해서 죽음과 소외로부터 벗어난 생명의 상황인 것이다. 김이강의 이러한 이미지 대조법은 생명과 사랑의 이미지를 그만큼 강렬하게 보여준다.

수동적이라는 것
—김제욱, 조동범, 박일만, 윤의섭의 시

지난 겨울의 혹독한 추위는 정말 인간의 힘으로 어쩔 수 없는 것이어서, 손가락과 발가락 끝에 냉기의 고통이 가시지 않은 적이 많았고, 퇴근길에 가슴 떨면서 따뜻한 밥 한 공기와 국 한 그릇이 그리웠던 적이 적지 않았다. 계절평을 쓰는 자리에서 이러한 추위를 떠올리는 이유는 추위로 비유되는 삶의 고통이라는 것이 인간을 수동적이게 만드는 경우가 많다는 것 때문이다. 대설경보로 인해 차를 끌고 나오지 못하게 하는 일, 한겨울에 숨 막히는 두꺼운 이불을 덮고 몸살을 견디던 일, 혹은 사람 만나는 약속마저 뒤로 미루던 일 등등. 추위가 사람의 마음과 몸을 춥게 하는 것이 인생에서 수동적이란 무엇인가 하는 물음을 자꾸 떠올리게 만든 것이다.

지난 계절, 여러 잡지에서 본 시편 중에서 나의 관심을 끈 것은 모두 삶의 수동성이라는 것과 관계가 있다. 수동적이라는 것의 의미를 사유하게 만드는 것들이었다. 이 중 김제욱의 시 「모래시계」(계간 『시작』 2011년 겨울호), 조동범의 시 「100kg-力士」(계간 『시와 시상』 2011년 겨울호), 박일만의 시 「계단」(월간 『현대시』 2012년 1월호), 그리고 윤의섭의 시 「落葉文」(계간 『시와 사람』 2011년 겨울호) 등이 특히 주목되었다. 먼저 김제욱의 시를 살펴보기로 한다. 이 시에서 시인은 세계에서 가장 수동적인 형태인 사물의 모습에서 인생을 관찰하고 있다.

나는 기울여지는 데 익숙하다.
왼발과 오른발이 지닌
몸의 균형을 믿을 수 없다.

[…중략…]

희미한 감각으로 걷고
또 걷고
단단한 하늘을 만난 어느 날
유리병이 깨져 버릴 것 같아.
난 터져 버릴 것 같아.
심장 가까이 손을 대어 본다.

기울어지는 것들은 숨죽이는 데 익숙하다.
흘러와 있다는 것은 얼마나 무서운지.
신기루를 보았던 어제가
오늘의 사라진 지도를 예감할 뿐인데

일상의 오아시스를 찾아
안부를 타전하는 모래알의 시간들
뒤돌아선 발걸음에 다시금 흩날리면
추락 이후의 적요를 기다리는 일.

—김제욱, 시 「모래시계」 부분

위의 인용에서 모래시계는 반복적 · 순환적이면서도 비생산적인 일상을 살아가는 인간의 수동성을 잘 비유하고 있다. 일상적인 인간은 단적으로 "기울여지는 데 익숙하다". 그가 살아가는 것은 "유리병이 깨져 버릴 것 같"은 불안함이고, "터져 버릴 것 같"은 답답함의 연속이다. 그럼에도 그가 세상에 보여주는 이미지는 "기울어지는 것들은 숨죽이는 데 익숙하다"는 순응과 자포자기, 다시 말해 소시민적인 삶의 모습이다. 그는 "일상의 오아시스를 찾아/안부를 타전하는 모래알의 시간들"을 살면서, "추락 이후의 적요를 기다리는" 우리 자신의 모습인 것이다.

김제욱의 시는 우리 삶의 수동성이라는 것이 일상의 수동성임을 전제한다. 모래시계처럼 기울어지는 데 익숙하고, 모래알 같은 시간이 흘러가면서 생명이 줄어드는 자기의 내면을 바라본다는 것은 불편한 일이지만, 아니라고 쉽게 부정하기도 힘든 일이 된다. 그렇지만 다음의 시편에서는 이처럼 불안하고 답답하며 불편한 삶의 수동성이 새로운 의미를 지님을 드러낸다. 수동성이란 세계와 운명에 의해 지배당하는 형식만이 아닌 것이다.

> 당신은 연인의 무게와 숨 가쁜 체위에 대한 명상에 빠진다. 무게는 견딜 수 있고 사랑은 감내할 수 있으니, 숨 가쁜 체위에 대해 당신은, 오로지 진지한 절정만을 떠올리기로 한다. 연인의 무게를 가늠하며, 당신은 간절하게 그것을 견디고 있다. 그것을 견디는 순간이 비록, 당신의 감각을 열지 못한다 하더라도, 당신은, 온 몸의 감각과 실존을 무게에 집중해보리라 마음먹는다. 연인을 생각하면 당신은 애틋하다. 연인의 무게를 감당하며 느껴야 했던 감각은 그리하여, 얼마간의 중력과 당신을 향한 단단한 깊이를 떠올리게 한다. 연인을 부여잡고, 당신은 오로지 숨을 고른다. 당신의 안간힘과 절정을 바라보며 연인은 어쩌면 눈물을 흘린다. 연인의 무게를 반추하며 당신은, 당신의 내부로 들어온 깊이의 질감을 떠올린다. 견딜 수 없음에 이르렀을 때 놓아버리게 되더라도, 당신은 후

회가 없다고 생각한다. 최선을 다해 당신은, 연인의 체위와 사랑을 놓지 못한다. 사랑은 오로지 깊고, 당신은 온 힘을 다해 무게를 견딜 뿐이다. 숨은 가쁘고, 절정은 극을 향해 충만하다. 중력을 향해 정직했던 무게를 떠올리며 당신은 눈물을 흘린다.

바벨을 들어 올리는 당신이, 잠시
아주 잠시 눈물을 흘리고 있다.

—조동범, 시 「100kg-力士」 전문

역사라는 부제를 달은 위 시의 제목이 '100kg'이라는 것은 상당히 무거운 중량이라는 상징적인 의미를 지닌다. 바벨을 연인의 무게로 상상하고 바벨을 들어 올리는 것을 서로 관계 맺는 것 혹은 사랑하는 것으로 상상한 위의 시에서 음미해 봐야 하는 것은 사랑한다는 의미의 수동성이다. 사랑한다는 것은 '견'디는 것이고 "감내"하는 것이며 "무게를 가늠하"는 것이다. 그것은 내가 주도하고 기획하는 것이라기보다는, 혹은 사랑이 자유의 투사라기보다는 오히려 수동적으로 다가오는 것, 그리고 무거워서 빼도 박도 못하는 행위이다. 사랑이라는 운명에 의해 지배당하기, 그것만큼 수동적인 것이 어디에 있겠는가!

위의 시가 주목되는 까닭은 이러한 사랑의 수동성이 단지 지배당한다는 의미, 그리고 불안하고 답답하고 불편하다는 의미를 넘어서서 있기 때문이다. 사랑의 수동성은 곧 이타(利他)이기 때문이다. 바벨을 들어 올리는 것, 곧 사랑한다는 것은 '애틋'한 "연인의 무게를 반추하며 당신은, 당신의 내부로 들어온 깊이의 질감을 떠올"리면서 "온 힘을 다해 무게를 견딜 뿐"인 행위이다. 그것은 '연인'을 위하여 '연인'이 지닌 삶의 무게를 내가 감당해주는, 그리고 순수하게 '연인'을 위한 행위인 것이다. 따라서 사랑이라는 행위의 수동성은 타인을 위한 이타적인 행위가 되는 것이다. 이러한 삶의 수동성과 그 의미는 다음의 시에서도 주목된다.

이 발밑에 단단한 짐승은 무엇인가
꼿꼿한 등뼈를 자랑하며 앞발을 치켜들고
부동자세의 근본을 마스터한 짐승
누군가는 이 길을 따라 출세에 오르고
누군가는 이곳을 거쳐 퇴장도 했을
땅속에 아랫도리 깊이 박고 포효하는 짐승
수많은 발들이 육중하게 오가도
끄떡 않는 선천성,
힘과 근육이 적나라한 태생이다.
난간을 레일삼아 층층이 달려가는 고속열차다
시간도 여기서는 힘을 보태며
생의 속도를 가늠해 보기도 한다
멈춤을 모르는,
질주에 익숙한 근성
한때 나에게도 저런 유전자가 있었던가
이곳에 기대어 상승의 욕망을 키운 적 있었던가
등뼈를 타고 오르내리는 식솔들의 눈총을 맞으며
숨차게 페달을 밟기도 했겠지
건물 한 곳을 덥석 물고
출세를 향해 돌진하는 짐승
어설픈 처세에나 골몰하며 살아온 나,
어리석은 짐승

—박일만의 시 「계단」 전문

위의 시에서는 계단이라는 소재를 통해 인간의 상승욕망을 잘 보여준다. 좀 더 높은 곳을 향하고자 하는 욕망은 인간 존재로서 자기를 실현하는 것이자 자기를 초월하여 자유와 이상을 구현하고자 하는 본능 중의 하나이다. 계단은 바로 이러한 본능을 여실히 드러낸다. "꼿꼿한 등뼈를 자랑하며 앞발을 치켜들고" "멈춤을 모르는,/질주에 익숙한 근성"을 드러내는 인간의 욕망은, 부와 권력을 획득하려고 하는 혹은 순수한 자기의 이상과 자유를 위해 노력하는 존재의 자기실현과 깊이 관계된다.

위의 시에서 주목되는 것은 이러한 존재의 자기실현자라는 능동성의 반대편에 있는 수동적인 삶을 살아가는 자이다. 시적 화자 '나'는 "식솔들의 눈총을 맞으며" "이곳에 기대어 상승의 욕망을 키운 적 있"었지만, 그러한 상승욕망의 기획이 잘 실현되지 않거나 또는 실패했음에도 불구하고 살아가는 자이다. 다시 말해서 자기 자신 혹은 '식솔'을 위해 상승욕망을 능동적으로 실현하고자 하는 '계단'들로 가득 찬 세계 속을, 시적 화자는 '식솔'을 위해 수동적으로 살아가는 자이다. 그러한 자는 이타적이고, 어느 의미에서는 대속적(代贖的)이기까지 하다. '식솔'을 위해 '식솔'이 내 "등뼈를 타고 오르내리"게 하기 때문이다. '나'의 육신을 희생하여 혹은 나의 육신을 계단으로 삼아 '식솔'을 살려내는 자이기 때문이다. 삶의 수동성은 이처럼 이타와 대속이라는 고유한 가치가 있는 것이다. 이런 점에서 수동성이라는 것은 단지 부정적인 것이 아니라, 긍정적인 혹은 그것이 무엇인지 생각해 볼만한 의미를 생산해 내는 영어의 비인칭 주어 it(그것)와 같은 것이 된다.

> 나뭇가지에서 떨어져 나가기 전에 이미 죽어버리는
> 잎들의 예언서엔 추락이라는 말이 없다
> 단풍으로 만장을 내걸고 나무는 풍장을 치르는 중이다
> 한차례 바람이 불어 지상으로의 이장이 펼쳐지면

낙엽 그토록 가벼운 운구
빗물 고인 웅덩이에서 별이 되기 전에
하염없이 구르다 구석에 쓸린 채 불이 되기 전에
떨어지다 처음 닿은 자리에서 낙엽은 문득 깨어나는 것이다
살길은 바람의 방향으로 나있다
더 이상 갈 곳 없을 때까지 거리를 몰려다니며
불안에 떨며 소스라치며 곤두서며
벽에 붙은 낙엽의 공포가 엽맥을 타고 흐른다
이미 죽은 것들은 산 것이 무섭다
바람에 휩쓸리며
낙엽들은 추락 이후에 대한 긴 문장을 휘갈긴다

—윤의섭, 시 「落葉文」 부분

나무에서 낙엽이 떨어져 바람에 따라 날리는 신세가 되는 것, 이것만큼 삶의 수동성을 보여주는 것이 어디 있으랴! 삶은 스스로 원하지 않은 채 태어나 운명이라는 우연에 이끌려 이리저리 살아가는 것일 뿐, 거기에 어떤 목적과 의도가 이미 내재해 있을 수 있겠는가! 낙엽은 그러한 인간 생의 수동을 잘 보여주는 것이면서, 동시에 그 수동적이라는 것의 의미가생성적임을 암시해 준다. "더 이상 갈 곳 없을 때까지 거리를 몰려다니며/불안에 떨며 소스라치며 곤두서"는 낙엽을, 그리고 한 인간의 생을 잘 들여다보면, "추락 이후에 대한 긴 문장"이 가만히 엿보인다는 것이다. 낙엽은 낙엽 나름대로 살아진 삶에 대한 긴 의미를 나름대로 시적 화자가 발견하듯이, 이 시편을 읽는 우리도 살아진 삶에 대한 나름의 의미를 찾아야 할 것이다. 나라는 인간이 살아온 긴 세월은 어떤 문자였는가? 이것이 수동적이라는 것이 우리들에게 의미심장하게 던지는 문제이다. 비인칭의 흐릿한 얼굴을 밝혀라.

여성을 다시 보다

—김언희의 시

박혀 있는 게
못의 힘인 줄 아는
바보
먹통

못 느끼겠니?

못의
엉덩이를 두드려가며 깊이
깊이 못과
교접하는
상처의 질

의
탄력?

—김언희, 시 「못에게」, 시집 『트렁크』, 세계사, 1995.

이미 10여 년도 더 된 일이다. 어느 한 대학에서 '성과 문학'이라는 제목의 강의를 처음 맡아 상당히 곤혹스러웠던 적이 있다. 관계서적을 찾아보면서 잘 몰랐던 섹슈얼리티 담론의 세계에 발을 들여놓고 헤매고 있던 순간에 우연히 만났던 책 중의 하나가 당시에는 비교적 신인이었던 김언희의 처녀시집 『트렁크』(세계사, 1995)이다. 이 시집을 처음 읽었을 때에 경험되는 관습의 파격과 삶의 난장은 상당히 충격적이었다. 더욱이 저자의 남편이 수학과 교수라는 보수적인 이미지와 충돌하면서 이채롭게 느껴졌다.

김언희의 시집 『트렁크』는 기획 시집인 것으로 이해된다. 그녀는 서시격인 시 「트렁크」에서 표현하듯이, "수취거부로/반송되어져 온//토막난 추억이 비닐에 싸인 채 쑤셔박혀 있는, 이렇게//코를 찌르는, 이렇게/엽기적인" '트렁크'(여성)의 이야기를 시집 전체에서 하고 있기 때문이다. 당시 시집 약력의 불친절로 인해 저자의 나이를 알 수는 없었지만, 앳된 듯하면서도 뭔가 성격이 있을 법한 인상의 커버 사진을 보면서 이 괴기스럽고 충격적인 시집을 넘기는 일이란 나에게 꽤 흥미 있었다. 그리고 강의시간에 어떻게 풀어서 얘기할까 하는 좀 난처한 일이기도 했다.

이 시집에서 가장 주목되는 것은, 억압하는 남성과 억압당하는 여성의 이분법적인 구조를 다분히 상징적으로 보여주고 있다는 점이다. 여기에서 상징적이란 저자가 주로 억압하는 남성을 아버지로 서술하여 딸을 근친상간 하는 서사로 엮어놓고 있기 때문이다. 2000년대 초반에 이러한 근친상간을 현실에서 일어날 법한 일로 해석하여 강의시간에 내놓기에는 다분히 충격적이어서, 어쩔 수 없이 아버지라는 남성중심문명의 여성 억압으로 설명하였던 기억이 난다. 물론 요즘 신문에서 기사화된 사건을 보면, 꼭 상징적인 것도 아니지만.

착착 맞물려 올라오는 세기말의

크리넥스, 아버지, 나는
환생한 티슈예요

바르면
그 자리서 짐승이 되는 연고

작다고 느끼세요?

더 긴 시간을 원하세요, 해면체 아버지?

—시 「HOTEL ON HORIZON」 부분

인형이
있었다 눕히면 눈을
감았다 치마를 들치고 사내아이들이
연필심으로 사타구니를 쿡쿡 찌르며 킬킬거릴 때
눈을 감고 미동도 않던 인형이
있었다 죽어, 죽어 죽어,
책상 모서리에
패대기쳐지며
터진 뒤통수에 지푸라기를 꺼내 보이던
비명도 한번 안 지르던 인형이

—시 「음화」 부분

위 두 편의 시는 남성문명의 성적 억압과, 그로 인해 억압받는 여성의 모습이 상징적으로 그려져 있다. 시 「HOTEL ON HORIZON」에서 아버지라는 남성문명은 여성이라는 '환생한 티슈'를 일회적으로 소비하고 있으며, 여성의 눈으로 볼 때에는 성적인 강한 집착을 보여준다. 저자의 다른 시편에도 보면 "한다/한시간이고/두시간이고한다/물을먹어가며한다/하품을해가며꾸벅꾸벅/졸아가며한다"(시 「한다」)라는 구절에서처럼 여성에 대한 지독한 집착을 지닌 자가 바로 남성인 것이다.

이러한 남성중심문명을 살아가는 억압받는 여성의 우울한 모습은 시 「음화」에 잘 드러나 있다. 사내아이가 여자아이 인형을 다루는 방식은, 나이에 걸맞지 않게 잔인하다. "눕히면 눈을/감았다 치마를 들치고 사내아이들이/연필심으로 사타구니를 쿡쿡 찌르며 킬킬거릴 때/눈을 감고 미동도 않던 인형이/있었다 죽어, 죽어 죽어,"라고 외치는 사내아이의 모습은, 여성을 육체적, 특히 성적으로 학대하는 장면을 상징적으로 잘 보여준다.

김언희의 시집은 이처럼 남성 억압 대 여성 피억압이라는 이분법적인 구조를 명확하게 보여주기 때문에 2000년대 초반의 대학생들에게 한번 내보여줄 만하다. 대학생들이 이러한 남성중심문명의 억압성을 얼마나 느끼고 깨달으며 성찰하고 있는지를 생각해 볼만한 도화선이 되기 때문이다. 이때 여성이라는 것이 무엇이냐를 근본적으로 묻는 시 「못에게」를 읽어보는 일이란, 여성 섹슈얼리티의 본질에 육박하는 것이다.

여성은 남성에 의해서 억압받는 것만이 아니라, 억압하고 있는 남성중심문명을 감쌈으로써 오히려 더 큰 힘을 지닌 존재성을 지니기 때문이다. 남성이 억압하고 있다는 시각과 다른 지점에서 발견되는 이 시야말로 가장 섹슈얼리티를 지닌 작품으로 생각되는 것은 이 때문이다. "박혀 있는 게/못의 힘인 줄 아는" 것이 남성문명의 사고라면 그것이 여실히 환상이라는 것. "못의/엉덩이를 두드려가며 깊이/깊이 못과/교접하는/상처의 질//의/탄력?"을 여성이 지니고 있다는 놀라운 사유의 전복!

이 시를 읽고 토론한 뒤, 여성이 다르게 보이는 것은 비단 '성과 문학' 수강생과 나뿐만이 아닐 것이다. 시가 현실의 진실을 스치는 것, 그래서 시는 마음의 번역이다.

난독(難讀)의 시학

—조연호, 이은규의 시

난독이란 말 그대로 읽기 어렵다는 뜻이다. 난독이 병적 차원에 이르면 이른바 난독증(dyslexia)이라고 하는데, 그런 병에 걸린 사람들은 단어를 식별하는 것, 읽은 것을 이해하고 기억하는 것, 생각을 조직화하거나 연결하는 것 등에 장애가 있다고 한다. 생각해 봐라. 단어-문장-글로 조직되어 있는 문(文)의 구조를 거의 이해할 수 없다는 것, 그것은 나와 같은 평론가에게는 재앙이 아니고 무엇이겠는가.

본지에서 이메일로 보내준 조연호와 이은규의 시를 읽는 과정에서, 나는 이러한 난독의 상황에 처했음을 고백해야겠다. 조연호의 시는 한 마디로 읽기 어렵다. 이번에 보내준 시 「나의 과두정」, 「변종견은 미풍에 실려오고」, 「외래동의 창」은, 그의 시집 『천문』을 대할 때 경험된 느낌들, 좀 구체적으로 말하면 무슨 의미이고 왜 그렇게 썼는지를 거의 이해할 수 없는 당혹함과 답답함을 그대로 되살려주고 있다. 이러한 조연호 시의 난해함을 일종의 불가해한 마법이라고 한다면, 나는 마법에 걸린 장님이 되어서 이은규의 시마저도 읽기 어려운 상황에 처하였다. 이 글은 왜 이러한 난독 상황에 내가 빠졌을까 하는 의문에서 시작한다.

우선, 조연호의 시부터 봐야 순서겠다. 조연호의 시 「나의 과두정」을 처음 접한 독자라면 누구나 먼저 나오는 말이 "이게 뭐야" 하는 황당함일 것이다. 그의 시는 제목부터 독해를 쉽게 용납하지 않는다. 과두정(寡頭政)이라니! 과두정이 소수의 사회 구성원들에게 권력이 집중된 정부를 뜻하는 것이 맞는다면, "나의 과두정"이란 내가 어떤 대중들에 대해서 과두정치를 한 것인지, 아니면 나를 스스로 과두정치한 것인지 잘 의미가 잡히지 않는다.

쥐젖처럼 눈이 내렸다
괴질(怪疾)의 바람이 적힌 종이를 비둘기 발목에 묶고 하루가 실려 왔다
4분의3 박자에 맞춰진 농민들이 지금보다 더 착한 발꿈치를 알고 있었을 때
생애와 무관한 슬픔이 내 따뜻한 콧노래에 바지 길이를 맞춰주었다

세망(細網)에 걸린 낮바닥은 어떤 사상으로도 엎어질 자세가 되어있지 않으니까
바스락거리는 어깨 위에 계신 당신들의 자정에 비하면
이 뒤적임은 반딧불의 진짜 전념에 불과할 뿐

나를 좀 더 일화들의 유산으로 만들기 위해
밤은 부표에 앉아 자기가 놓쳐버린 기억을 다시 놓아버렸다

[…중략…]

멀리 산에 다이너마이트를 넣고 폭파하는 소리가 울렸다
그러므로 나는 나의 생에 빠진 소녀
돌 채집자는 가장 해로운 자기를 쪼개어봐야만 결국
회상의 일그러진 자국에 안심하는 것이다

변종견은 미풍에 실려온 목가의 울부짖음을

자기 외침으로 무의미하게 했다 의족(義足)을 사랑하며

중보자가 부러지고 있었다 죽은 꽃조차 절룩이게 하는 것으로

나의 정원은 불멸성을 거부한다

—시 「나의 과두정」 부분

본문 역시 쉽사리 이해를 허락하지 않는데, 그 이유는 크게 세 가지이다. 첫째, 그의 시는 무엇보다 우리 서정시가 암묵적으로 피하는 단어를 시어로 선택한다. "쥐젖처럼 눈이 내렸다"라는 구절에서 '쥐젖'이란 사람의 살가죽에 생기는, 젖꼭지 모양의 갸름하고 작은 사마귀를 의미한다. 이 때 '눈'이라는 순결성의 이미지를 사마귀라는 추(醜)와 오(惡)의 이미지와 연결시키는 것은 의미의 소통이 방해받기 충분하다. 쉽게 말해 서로 상극이요 과도한 낯설음이기에 읽기가 난처하게 된다.

둘째, 그의 시는 모호한 의미의 문장으로 가득 차 있다. "4분의3 박자에 맞춰진 농민들이 지금보다 더 착한 발꿈치를 알고 있었을 때/생애와 무관한 슬픔이 내 따뜻한 콧노래에 바지 길이를 맞춰주었다"라는 문장은 그야말로 이해불가이다. '농민들이' "착한 발꿈치를 알고 있"다거나 '슬픔'이 "바지 길이를 맞춰주었다"라는 구절에서 슬프다는 전체적인 분위기를 알 수야 있겠지만, 시인이 새겨놓는 감정의 세부는 눈치 채기 힘들다. 그의 시는 '슬픔'과 "착한 발꿈치"라는 비유가 서로 중첩되어서 의미의 명징성을 방해하는 듯하다.

셋째, 그의 시는 글 전체의 의미를 한 두 연에 몰아놓는 듯하다. 위의 시에서 중심내용은 내가 파악한 것이 맞는다면, "나는 나의 생에 빠진 소녀/돌 채집자는 가장 해로운 자기를 쪼개어봐야만 결국/회상의 일그러진 자국에 안심하는 것이다"와 "나의 정원은 불멸성을 거부한다"에

몰려 있는 듯한 인상이다. "나의 생에 빠진 소녀", 그리고 "가장 해로운 자기를 쪼개어봐야" 한다는 것은 결국 자기의 내면을 바라봐야 한다는 것이고, "불멸성을 거부한다"란 죽는다는 것이다. '과두정'이라는 제목과 관련지어 말한다면, 나는 자기 내면을 바라보는데 죽음과 마주치기 때문에 스스로를 잘 통제(통치)하지 못한다는 정도의 내용이 된다. 그렇다면 위에서 인용한 1-3연의 내용들은 과연 얼마만큼 중심내용과 관련이 있는 것일까 하는 의문이 든다.

아마도 조연호는 시인으로서 언어와 의미의 개방성에 초점을 맞춰놓는 듯하다. 언어와 의미가 상식과 문법의 세계에서 벗어날 때에 새로운 가능성으로 충만하다는 것이 그의 생각인 것 같다. 이러한 내 추측이 맞는다면, 그의 시는 기호는 그것이 놓이는 위치와 맥락에 따라 의미가 정해진다는 해체주의와 기본적으로 유사한 발상이다. 그렇지만 새로운 언어를 찾아내어 그것을 나름대로 연마하고, 새로운 비유와 상징을 중첩시키면서 고난한 문장의 숲을 만들어가며, 그 속에서 의미를 날카롭게 숨겨놓는 조연호 나름의 노력은, 과연 얼마나 성공적인가 하는 의문이 든다. 정리해서 말하면 난독을 전략으로 삼기에는 역설적으로 너무 이미지와 발상이 흩어지는 것이 아닌가 하는 생각이 든다. 화가 피카소가 보여준 이미지의 난독이 커다란 의미를 부여받고 대단한 평가를 받는 것은 난해한 이미지들이 통일성을 지니기 때문이 아닌가 싶다. 물론 이러한 읽기 역시 조연호 특유의 통일성을 이해하지 못하는 한 평론가의 미숙한 주관일지도 모른다.

조연호 시의 난독성은 나 개인적으로 시라는 장르에 대해서 미처 생각해 보지 않은 의문을 부여한다. 솔직히 말해서 조연호의 시에 비해서 이은규의 시는 읽기도 쉽고 의미화하기도 편하다. 그의 시는 자의식이라는 것을 초점으로 시상의 둥근 원을 그리고 있기 때문이다. 그런데 조연호의 난독 시에 감염된 나는 이은규의 시마저도 읽기 어려운 상황에 처하게 되었다. 왜냐하면 기호란 그것이 놓인 문맥적인 상황에 따라 다르게 해석되는데, 조연호의 시와 함께 읽는 이은규의 시도 의미의 덫을 내려놓을 비평적인 논리의 장소가 잘 보이지 않기 때문이다. 두 시인의 시를 함께 쓰는 평론의 특성 상, 둘을 뭉텅 그릴 잣대가 보이지 않는다는 점, 그 점이 이은규의 시마저 난독의 상황으로 몰고 간다.

하늘을 펼쳐라/
가위를 들어라/
당신의 기억에 알맞겠다고 생각되는/
질량의 구름을 이 하늘에서 골라내라/
그 구름을 오려라/
구름을 채우고 있는 모든 물방울을/
조심스럽게 잘라서 기억 속에 넣어라/
가만히 흔들어라/
그 다음엔 자른 물방울을 한 알씩 한 알씩 꺼내라/
떠오르는 기억의 순서대로/
조용히 흩뿌려라/
점점 당신의 질량은 눈물과 반비례를 이루게 되겠지/
이제 당신은 애도의 습관으로 사는/
무거운 감수성의 심장을 가진,/
그러면서 무심한 하늘에겐/
한 줌도 이해되지 않는 시인이 될 것이다

—시 「구름 공작소—트리스탕 차랑 풍으로」 전문

이은규의 시에서 읽기 어려운 부분은, 사실 가장 잘 읽히는 부분이다.

위의 시는 트리스탕 차라의 시 「작시법」에서 어조와 방법을 모방하여 시인 특유의 자의식을 드러내고 있다. 트리스탕 차라는 "신문을 드시오./가위를 드시오./당신이 만들고자 하는 시의 길이와 같은 길이의 기사를 고르시오./그 기사를 잘라내시오./그리고 기사 속에 있는 각 단어들을 조심스럽게 잘라내어/그것들을 봉지 속에 넣으시오./부드럽게 흔드시오./그리고 잘라진 각 단어들을 차례로 꺼내시오."(시 「작시법」)라는 방법으로 독특한 시를 만들어서, 합리적인 이성에 대한 비판과 반발을 보여준다. 이은규는 이러한 작시법을 흉내 내어서 '당신'이라는 존재의 기억 속에 있는 구름의 물방울을 "조심스럽게 잘라서 기억 속에 넣어라//가만히 흔들어라//그 다음엔 자른 물방울을 한 알씩 한 알씩 꺼내"는 방식으로 그 존재의 슬픔을 끄집어낸다. 이 때 '당신'이라는 존재가 바로 화자 자신이라고 한다면, 위의 시는 자신의 슬픔을 끄집어내면서 그 슬픔의 실체를 느끼고 있는 것이다.

이러한 이은규의 시세계는 전형적인 자의식의 성찰을 보여준다. 그런데 문제는 조연호와 함께 읽는 이은규의 시에서 과연 그러한 자의식이 무엇이냐 하는 것이다. 다시 말해서 "당신의 질량" 혹은 '물방울'(슬픔)이라는 기호가 의미의 닻을 내려놓는 자의식이 과연 최종적인 기의가 되느냐, 그 자의식이라는 것 역시 어떤 더 깊고 내밀한 기의가 있는 것이 아닐까 하는 의문인 것이다. 조연호라는 난독성은 이처럼 이은규의 시를 읽을 때에도 작용하고 있는 것이다. 그래서, 나는 다시 시라는 장르를 고민하게 된다. 과연 기호가 그 의미의 닻을 내릴 수 있는 최종적인 기항지는 어디인가?

난독은 우리가 무의식 혹은 그 의미를 명확히 알 수 없고 탐색할 수 없는 X를 자꾸 생각하게 만든다. 원초적이고 근본적인 의미에서 시란 그 X의 중심으로 가기 위한 언어의 최대치가 분명할 것이다. 표현하지만, 표현할 수 없는 그 지점이 바로 시적인 것, 즉 시정신이다. 그런 의미에서 조연호와 이은규는 나름의 방식으로 시적인 것을 향해 달리고 있는 중이다.

제4부 남북한의 문학, 역사의 전유

역사의 풍파를 가르는 청마의 삶과 문학—유치환의 시
프로문학에 동조하는 식민지 지식인의 이념적인 이면—유완희의 시
어느 한 행동주의자에 대한 성찰—선우휘의 소설
한국전쟁을 포착하는 모더니즘—김규동의 시
주체의 역사에 대한 충실한 기록—정서촌의 시집
'노동'을 소재로 한 최근의 북한시—2001~2002년 사이의 『조선문학』
역사를 전유하는 북한문학—5·18 광주민주화운동을 중심으로

역사의 풍파를 가르는 청마의 삶과 문학

—유치환의 시

유치환의 호는 청마(靑馬)다. 그는 1908년에 경상남도 통영시에서 출생하여, 1967년에 교통사고로 사망한다. 형은 극작가 유치진이다. 1931년 시 「정적」으로 등단하여 시집 11권, 시선집 2권, 수필집 3권, 미간행 시작노트 1권, 자작시 해설집 1권 등 총 18권의 작품집을 남긴 청마는 그 분량으로 보나 질로 보나 한국문학사를 대표하는 인물이다.[1]

이러한 청마의 삶과 문학을 검토하는 일은 기실 한국문학사의 전반을 훑어가면서 역사의 풍파를 가르는 청마의 삶과 문학적인 의미를 되새겨 보는 일이 된다. 이 글에서는 편의상 역사에 대응하는 그의 문학적인 궤도를 세 시기로 구분하고자 한다. 1930년대 일본 아나키즘과 정지용의 이미지즘이 청마에게 수용되어 시의 형태를 갖추게 된 시기, 1940년대 만주 체험으로 생명의 의지를 발견하던 시의 모습을 띠던 시기, 그리고

1 시집 『청마시초』(1939), 『생명의 서』(1947), 『울릉도』(1948), 『청령일기』(1949), 『예루살렘의 닭』(1953), 『기도가』와 『행복은 이렇게 오더니라』를 합본한 『청마시집』(1954), 『제9시집』(1957), 『뜨거운 노래는 땅에 묻는다』(1960), 그리고 『미루나무와 남풍』(1964) 발간. 미간행 시작노트 『초교집1』, 시선집 『유치환시선』(1958)과 『파도야 어쩌란 말이냐』(1965), 그리고 수필집 『동방의 느티』(1959), 『나는 고독하지 않다』(1963), 『나의 창에 마지막 겨울달빛이』(1978) 간행. 그리고 자작시 해설집 『구름에 그린다』(1959)를 출판. 이 외에도 동인지 『참새』, 『소제부 제1시집』(1930), 『생리(生理)』와 각종 신문·잡지에 발표한 유고작이 있다.

해방 이후 우익 민족주의에 참여하여 민족주의적인 경향을 보이던 시기가 바로 그것이다.

1. 시인으로 출발하며

그가 시인으로 출발하는 과정을 논의하자면 시 「쌀넷집의 저녁」과 「旗빨」을 언급할 필요가 있다. 1930년대의 청마는 일본 아나키스트와 정지용의 시에 깊이 빠져 있었고 사진관을 경영했다. 이러한 전기적인 사실은 그가 시인이 되는 과정에서 시라는 것을 어떻게 이해했는가 하는 의문을 해소시켜준다. 우선 그가 일본 아나키스트에 빠져 있었다는 고백을 들어보기로 한다.

> 문학에 있어서 가장 나에게 애착을 갖게 한 시인은 일본의 다까무라 고따로(高村光太郎)와 하기하라 사꾸따로(萩原朔太郎), 그리고 그밖에 아나키스트 시인 쿠사노(草野心平), 다께우끼(竹內) 데루요 같은 분들이다.[2]

위의 인용에서 아나키스트로 명명한 "쿠사노(草野心平), 다께우끼(竹內) 데루요"뿐만 아니라 "다까무라 고따로(高村光太郎)와 하기하라 사꾸따로(萩原朔太郎)" 역시 아나키즘적인 경향을 보인 시인이다.[3] 아나키즘은 본래 모든 정치적인 조직·권력 따위를 부정하는 것을 골자로 하는 이념 혹은 실천 운동을 뜻하는 말이다. 1930년대 일본 아나키즘은 두 가지 특성을 지닌다. 그 특성이란 하나는 개인의 자율성·자주성에 대한 가치

2 유치환, 「시작노트」, 허만하, 「청마가 시인으로 눈 뜰 무렵·기타」, 『문학예술』 1996. 겨울호에서 재인용.

3 호쇼 마사오 외, 고재석 역, 『일본현대문학사』 상, 문학과지성사, 1998, 39~45쪽.

지향이고, 다른 하나는 권위에 대한 저항이라는 측면이다.[4] 이러한 자율성과 저항성이라는 아나키즘적인 특성이 유치환의 시에서는 반(反)부르조아적 · 반(反)권위적인 경향으로 작용하게 된다. 유치환의 시 「짤넷집의 저녁」을 보기로 한다.

> 늙어빠진 魔女갓흔 할머니는 멍청히 房을 내다보고 안젓다
> 어린애는 맨쌍에 안저서 발버둥질하며 앙앙 울고 잇다
> 어미가 물독을 이고 들어온다
> 발은 벗고 들나온 압가슴에는 껍지만 남은검은 젓통이 두 개
> 축 처져 달렷다
> 들에 갓든 아비는 소와 홀충이를 외양깐에 드려놋는다
>
> 이 사람들은 다- 벙어리요 귀먹어리다[5]

위의 시에서는 아나키즘의 반(反)부르조아적·반(反)권위적인 경향이 고스란히 들어있다. 등단 직전의 동인지 시절에 청마가 만들고 싶어 하던 시의 모습이 잘 드러나 있는 것이다. 할머니는 "늙어빠진 魔女갓"고 어린애는 "맨쌍에 안저서 발버둥질하며 앙앙 울고 잇"다. 어미는 "발은 벗고 들나온 압가슴에는 껍지만 남은검은 젓통이 두 개/축 처져 달렷"고, 아비는 "소와 홀충이를 외양깐에 드려놋는다". 현실의 막막하고 슬프기까지 한 모습을 적나라하게 묘사해놓는 것, 이것이 바로 부르조아에 대한 비판과 도전이요, 1920년대 낭만주의의 감성적·퇴폐적인 권위

4 방영준, 「아나키즘의 이데올로기적 특징」, 『아나키 · 환경 · 공동체』, 모색, 1996, 5) 유치환, 「Y넷집의 저녁」, 동인지 『소제부 제1시집』, 1930.9.3, 남송우 편, 『청마유치환전집Ⅳ』, 국학자료원, 2008, 45쪽.

5 유치환, 「짤넷집의 저녁」, 동인지 『소제부 제1시집』, 1930.9.3, 남송우 편, 『청마유치환전집Ⅳ』, 국학자료원, 2008, 45쪽.

에 대한 전복적인 시도가 되는 것이다.

아울러 1930년대의 유치환을 논의하기 위해서는 시 「旗빨」을 빼놓을 수 없다. 시 「旗빨」은 국정교과서에 실려 청마 유치환의 명성을 만들어 준 대표적인 시편 중의 하나이다. 비교적 짧은 시행, 간명한 이미지와 관념의 적절한 배치, 모순어법의 극적인 활용 등으로 상당히 짜임새 있는 이 시편이야말로 가장 청마다운 시가 아닐까 한다.

이것은 소리 없는 아우성
저 푸른 海原을 向하여 흔드는
永遠한 노스탈쟈의 손수건

純情은 물결 같이 바람에 나부끼고
오로지 맑고 곧은 理念의 標ㅅ대 끝에
哀愁는 白鷺처럼 날개를 펴다.
아! 누구던가
이렇게도 슬프고도 애닯은 마음을
맨처음 공중에 달 줄을 안 그는.[6]

이 시에서 깃발을 형상화해는 방법은 정지용의 이미지즘, 그리고 사진관을 경영한 그의 사진에 대한 관심과 깊이 관련되어 있다. 이미지즘이란 애매한 관념을 피하고 하나의 형상을 명확한 심상으로 표현하고자 하는 예술조류이다. 유치환이 정지용의 이미지즘 시에 깊은 관심을 표했다는 것과, 그가 사진관을 경영했다는 전기적인 사실은 밀접한 관계가 있다. 사진이야말로 하나의 대상을 명확한 심상으로 표현하고자 하

6 유치환, 「旗빨」, 『청마시초』, 1939, 남송우 편, 『청마유치환전집 Ⅰ』, 국학자료원, 2008, 20쪽.

는 이미지즘과 그 기법이 크게 다르지 않기 때문이다.

위의 시에서 깃발은 "소리 없는 아우성"이라는 구체적이고 명확한 하나의 이미지에서 출발하여서, "永遠한 노스탈쟈의 손수건", "白鷺처럼 날개를 펴"는 "哀愁", 그리고 "이렇게도 슬프고도 애닯은 마음"으로 관념의 변주를 하고 있다. 시 「旗빨」은 하나의 명징한 이미지 속에 분명한 관념을 집어넣는 이미지즘 혹은 사진과 크게 달라 보이지 않는다.

2. 만주행

유치환은 1940년 봄 가족과 함께 만주로 이주하여 농장 관리인으로 일하고 정미소를 경영한다. 그가 1940년에 왜 만주로 갔는가 하는 이유는 학계에서 논란 중이다.[7] 이 때 중요한 것은 그가 만주로 가게 된 심리적인 동기 중의 하나는 식민지에서 살기가 어렵다는 사실이다. 그는 식민지 내에서 일본의 지식인 탄압과 말살에 대해서 상당히 두려움을 느꼈던 것 같고, 이러한 두려움은 만주행을 선택하는 중요한 이유 중의 하나가 된다. 이 당시를 회상하는 유치환의 심정을 한 번 들어보기로 한다.

> 1941년(기억의 오류, 원래는 1939년—편자 주) 첫 봄 나의 첫 시집인 『청마시초』가 그 동안의 외우 소운형의 주선으로 나오게 되자 우연한 기회를 얻어 나는 달갑게 내게 따른 권솔들을 이끌고 북만주를 건너갔던 것입니다. 훗날에 이르러 돌아보아 이 길은 나의 생애에 있어 한 전기가 되었을 뿐만 아니라 이 탈출이 없었던들 장차 나의 신상에 어떠한 이변이 생겼을지 예측키 어려웠던 것입니다. 왜냐 하면 다 알다시피 일제 군국주의의 무모한 전쟁은 마침내 영미와의 개

7 만주행의 성격이 지사형 도피인지 개인적인 도주형 출향인지에 대해서는 박태일의 논문 「청마 유치환의 북방시 연구」를 참조할 것(『어문학』, 한국어문학회, 2007, 291~350쪽.).

전으로까지 이르렀던 것과 동시에 그들의 광태는 그들의 비위에 거슬리는 한국의 지식분자는 모조리 말살해 치우려는 데까지 뻗쳐 우리 고향만 하더라도 많은 젊은이들이 붙들려 무진한 경난을 겪었을 뿐 아니라 개중에는 미결인 채 감방에서 옥사한 친구까지 생겼던 것이니 말하자면 나는 용하게도 그 호구를 모면할 길을 얻은 셈이었습니다.[8]

유치환은 1950년대 말의 회상에서 "일제 군국주의의 무모한 전쟁은 마침내 영미와의 개전으로까지 이르렀던 것과 동시에 그들의 광태는 그들의 비위에 거슬리는 한국의 지식분자는 모조리 말살"하는 야만을 지켜보면서 만주행을 선택한다고 고백한다. 이러한 그의 만주행은 풍파의 연속이었다. 1940년대의 만주는 문명의 손길이 거의 닿지 않은 원시와 야만의 공간이었기 때문이다. 고향을 떠난 설움과 현실적인 곤란은 아래의 시 「絶命地」에 잘 드러나 있다.

고향도 사랑도 懷疑도 버리고
여기에 굳이 立命하려는 길에
曠野는 陰雨에 바다처럼 荒漠히 거츨어
타고 가는 망아지를 小舟인양 추녀끝에 매어 두고
낯 설은 胡人의 客棧에 홀로 들어 앉으면
嗚咽인양 悔恨이여 넋을 쪼아 시험하라
내 여기에 소리없이 죽기로
나의 人生은 다시도 記憶치 않으리니[9]

---

8 유치환, 「차단의 시간에서」, 『구름에 그린다』, 신흥출판사, 1959, 22~23쪽.
9 유치환, 「絶命地」, 『생명의 서』, 1947. 남송우 편, 『청마유치환전집 I』, 국학자료원, 2008, 148쪽.

유치환이 광활한 만주의 땅에서 정착한 곳은 흔히 북만(北滿)이라고 하는 곳이다. 북만은 북위 44도 이북에 위치하여 1년에 5개월 이상이 겨울이고 영하 40도까지 내려가는 극한의 공간이다. 1931년의 만주사변 이후 일본이 실질적으로 지배한 지역으로 삭막하고 원시적인 초원·산림이었다. 그 곳에서 정착하러 가는 청마의 길을 위의 시 「절명지」에서는 잘 보여주고 있다. "고향도 사랑도 懷疑도 버리고/여기에 굳이 立命하려는 길"에서 "曠野는 陰雨에 바다처럼 荒漠히 거츨"다라는 풍경의 묘사는 원시자연의 공간인 북만의 황량하고 삭막한 실제 풍경을 잘 보여준다.

1940년대의 만주는 만주국이 지배하고 있었고, 이 만주국은 일본이 세운 나라였다. 만주국은 일본이 주장한 대동아공영권과 오족협화의 논리를 그대로 지배의 이념으로 활용하고 있었다. 만주로 이주한 우리 한인들은 이러한 지배 이념에 대해서 대항하거나 아니면 협력하는 양상을 보인다. 유치환의 경우에는 그 속사정이 어떠하던 간에 협력 쪽에 서 있었던 듯하다. 만주에서 발행하던 신문 《만선일보》에 쓴 그의 산문과 시 「首」를 살펴보기로 한다.

> 오늘 대동아전(大東亞戰)의 의의와 제국(帝國)의 지위는 일즉 역사의 어느 시대나 어느 나라의 그것보다 비류(比類)없이 위대한 것일 겝니다.
>
> 이러한 의미로운 오늘 황국신민(皇國臣民)된 우리는 조고마한 개인적 생활의 불편가튼 것은 수(數)에 모들 수 업는 만큼 여간 커다란 보람이 안입니다. 시국(時局)에 편승하여서도 안 될 것이고 시대(時代)에 이탈하여서도 안 될 것이고 어데까지던지 진실한 인간생활의 탐구를 국가의 의지(意志)함에 부(副)하야 전개시켜 가지 안으면 안 될 것입니다.
>
> 나라가 잇서야 산하도 예술도 잇는 것을 매거(枚擧)할 수 업시 목격하고 잇지 안습니까.[10]

10 유치환, 「대동아전쟁과 문필가의 각오」, 《만선일보》, 만선일보사, 1942.2.6.

十二月의 北滿 눈도 안 오고
오직 萬物을 苛刻하는 黑龍江 말라빠진 바람에 헐벗은
이 적은 街城 네거리에
匪賊의 머리 두 개 높이 내걸려 있나니
그 검푸른 얼굴은 말라 少年 같이 적고
반쯤 뜬 눈은
먼 寒天에 模糊히 저물은 朔北의 山河를 바라고 있도다
너이 죽어서 律의 處斷의 어떠함을 알았느뇨
이는 四惡이 아니라
秩序를 保全하려면 人命도 鷄狗와 같을 수 있도다
惑은 너의 삶은 즉시
나의 죽엄의 威脅을 意味함이었으리니
힘으로써 힘을 除함은 또한
먼 原始에서 이어온 피의 法度로다
내 이 刻薄한 거리를 가며
다시금 生命의 險烈함과 그 決意를 깨닫노니
끝내 다스릴 수 없던 無賴한 넋이여 瞑目하라!
아이 이 不毛한 思辨의 風景 우에
하늘이여 恩惠하여 눈이라도 함박 내리고지고[11]

위의 산문과 시는 분명 친일적(親日的)인 성격을 지닌 것으로 보인다. 이 때 유치환의 친일이 어느 정도로 강렬하고 중요한 의미가 있었는지에 대해서는 논의의 여지가 많다. 아울러 친일이라는 성격이 반(反)민족적인 것인지, 아니면 생존을 위한 것인지에 대해서도 논의가 필요하다.

---

11 유치환, 「首」, 『생명의 서』, 1947, 남송우 편, 『청마유치환전집 I』, 국학자료원, 2008, 155쪽.

물론 그렇다고 "오늘 대동아전(大東亞戰)의 의의와 제국(帝國)의 지위는" "비류(比類)없이 위대한 것"이고 "나라가 잇서야 산하도 예술도 잇는 것"이라는 논설이나, "秩序를 保全하려면 人命도 鷄狗와 같을 수 있도다"라는 체제옹호적인 시 구절이 우리 사회에서 쉽게 관용될 수 있는 것은 아니다. 이러한 유치환의 행적은 그것대로 그의 시세계를 심층적으로, 그리고 전반적으로 규명하는 데에 있어서 함께 언급되어야 하는 것은 물론이다.

친일이라는 문제와는 별개로, 유치환의 만주 체험이 중요한 의미가 지니는 것은 생명이라는 주제를 심도 있게 탐색한다는 점이다. 그가 탐색한 생명이라는 주제는, 대자연의 위력과 위협 앞에서 한 인간이 경험하는 근원적인 정서와 깊은 관련이 있다. 혹독한 북반구 겨울의 추위, 혹은 적도 근처 사막의 강렬한 태양열과 같은 대자연의 위력 앞에서 그것을 견디며 살아가는 인간이 가장 소중하게 여기면서도 한순간의 고통을 이기지 못하여 버리고 싶어 하는 것이 바로 생명이다. 생명은 삶의 의지와 죽음의 위기 사이에서 늘 대립되어 있어서 팽팽한 긴장감을 지니면서 마주치는 그것이다. 그것이 바로 유치환의 생명이다.

> 온 생물에게 하나도 달갑지도 고맙지도 않은 조락(凋落)과 위축(萎縮)과 사멸(死滅)만을 가져다 주는 추동이라는 그 서글프고 가혹한 계절이, 생물의 생존에 이 같이 없지 못할 반드시 있어야만 되는 것이듯이, 인간에 있어서도 고독이라든지 비애라든지 빈한 같은 것도, 인간이 생명하고 생존함에는 반드시 치러야 되는 것이며, 이러한 견디기 힘드는 고비를 치름으로써 생존과 생명은 더욱 곱게 개화하게 되는 것인지도 [···생략···] 실상은 인간 생존에의 어쩌면 필수적이요 거룩한 문인지도 또한 모를 일이다.[12]

12 유치환, 「생명의 必須」, 유인전 편, 『나는 고독하지 않다』, 정음사, 1984, 139쪽.

1940년대의 만주에 대해서 유치환은 훗날 이렇게 고백한다. "온 생물에게 하나도 달갑지도 고맙지도 않은 조락(凋落)과 위축(萎縮)과 사멸(死滅)만을 가져다 주는 추동이라는 그 서글프고 가혹한 계절이, 생물의 생존에 이 같이 없지 못할 반드시 있어야만 되는 것"이라고. 죽음의 위기가 "생물의 생존"에 "반드시 있어야만 되는 것"이라는 그의 생각은, 그의 만주 체험을 근거로 이해할 필요가 있다. 만주에서 혹독한 겨울 추위를 경험한 사람만이 느낄 수 있는 삶과 죽음 사이의 긴장감 속에서 유치환은 죽음의 시련을 통해서 삶의 의지를 더욱 돋을 수 있음을 경험하고 깨달은 듯하다. 그는 이러한 시련 속에서 고독과 비애와 빈한을 견디는 근본적이고 존재론적인 원인을 생명의 의지로 인식한 듯하다. 이러한 그의 생명관은 다음의 시 「生命의 書 一章」에서 잘 나타나 있다.

나의 지식이 독한 懷疑를 救하지 못하고
내 또한 삶의 愛憎을 다 짐지지 못하여
病든 나무처럼 生命이 부대낄 때
저 머나먼 亞剌比亞의 沙漠으로 나는 가자.

거기는 한 번 뜬 白日이 不死身 같이 灼熱하고
一切가 모래 속에 死滅한 永劫의 虛寂에
오직 아라-의 神만이
밤마다 苦悶하고 彷徨하는 熱沙의 끝

그 烈烈한 孤獨 가운데
옷자락을 나부끼고 호올로 서면
運命처럼 반드시 「나」와 對面ㅎ케 될지니
하여 「나」란 나의 生命이란

그 原始의 本然한 姿態를 다시 배우지 못하거든

차라리 나는 어느 沙丘에 悔恨 없는 白骨을 쪼이리라[13]

유치환의 대표작 중 하나인 위의 시는 그의 생명관을 단적으로 보여준다. 그는 위의 시에서 자신이 경험했던 만주의 혹독한 추위를 아라비아 사막의 열기로 대체해 놓는 상상력을 발휘한다. "거기는 한 번 뜬 白日이 不死身 같이 灼熱하고/一切가 모래 속에 死滅한 永劫의 虛寂에/오직 아라-의 神만이/밤마다 苦悶하고 彷徨하는 熱沙의 끝"이라는 "熱沙"의 공간은, 인간에게 가장 혹독한 시련의 공간인 것이다. 시적 화자는 만주에서 체험한 시련의 정서를 그 공간에 고스란히 삽입시킨다. "삶의 愛憎"과 "그 烈烈한 孤獨"이 바로 그것이다. 이러한 애증과 고독 앞에서 시적 화자는 견인의 방법으로 자기 본연의 생명을 찾고자 한다. 그것이 바로 "「나」란 나의 生命"인 것이다.

3. 해방 이후

유치환은 해방 직전인 1945년 6월에 식민지로 다시 돌아와 해방을 맞이한다. 1945년에 해방이 되자 문학계에는 좌우 이념이 재등장하게 된다. 민족 기표 채우기라는 해방기의 과제에 대해서 좌우 이념이 서로 다른 목소리를 내는 것은 물론이다. 이러한 이념의 형성과 갈등 상황 속에서 유치환은 우익 이념을 대표한다. 유치환은 해방 이후 전쟁을 거치면서 우익 민족주의 이념을 잘 계승하고 발전시켜 나아가는 자가 된다.

그는 해방기에 조선청년문학가협회의 부회장직을 맡는다. 조선청년문

13 유치환, 「生命의 書 一章」, 『생명의 서』, 1947, 남송우 편, 『청마유치환전집 I』, 국학자료원, 2008, 120쪽.

학가협회는 "자주독립 촉성(促成)에의 문화적 헌신, 민족문학의 세계사적 사명의 완수, 일체의 공식적·예속적 경향을 배격하고 진정한 문학정신의 옹호"를 강령으로 하여, 좌익계에 맞서서 순수문학을 주장한 단체이다. 이 시기 순수문학에서는 국토 표상을 절대적인 자연의 신비로 그려내어 민족의 화합을 모색하는 매개로 활용하는 경향을 지닌다.[14] 유치환의 시 「鬱陵島」는 이러한 경향에서 잘 살펴진다.

東쪽 먼 深海線 밖의
한 점 섬 鬱陵島로 갈거나

錦繡로 구비쳐 내리던
長白의 멧부리 방울 튀어
애달픈 國土의 망내
너의 호젓한 모습이 되었으리니

滄茫한 물구비에
금시에 지워질듯 근심스리 떠 있기에
東海 쪽빛 바람에
항상 思念의 머리 곱게 씻기우고

자나 깨나 뭍으로 뭍으로만
向하는 그리운 마음에
쉴 새 없이 출렁이는 風浪 따라
밀리어 밀리어 오는듯도 하건만

14 정진영, 「해방기 시의 자연표상과 이념」, 『반교어문연구』 28집, 반교어문학회, 2010, 405~438쪽.

멀리 祖國의 社稷의
어지러운 소식이 들려 올적 마다
어린 마음의 미칠수 없음이
아아 이렇게도 간절함이여

東쪽 먼 深海線 밖의
한 점 섬 鬱陵島로 갈거나[15]

위의 시에서 울릉도는 "國土"가 "애달픈" 것을, 그리고 "멀리 祖國의 社稷의/어지러운 소식이 들려"오는 것을 걱정하는 매개체가 된다. 애달프고 어지러운 국토의 소식이란 해방기 좌우 이념의 대립을 의미한다. 이 때 유치환은 울릉도라는 국토 표상을 통해 민족의 화합을 걱정하는 순수문학의 자연 표상 방법을 전형적으로 보여준다.

이후 유치환은 한국전쟁 중에 문인 구국대를 조직하여 육군 제3사단에 종군하고, 전후에는 한국시인협회의 초대 회장을 맡는다. 남한의 순수문학 혹은 우익문단을 대표하는 사인으로 자리매김하게 되는 것이다. 이처럼 유치환은 식민지와 해방과 전쟁이라는 역사의 풍파를 가르면서 우리 한국문학사를 대표하는 시인인 것이다. 마지막으로 그의 대표시 중의 하나인 시 「행복」을 적어본다.

—사랑하는 것은
사랑을 받느니보다 행복하나니라.
오늘도 나는

15 유치환, 「鬱陵島」, 『울릉도』, 1948, 남송우 편, 『청마유치환전집 I』, 국학자료원, 2008, 199~200쪽.

에메랄드빛 하늘이 환히 내다뵈는
우체국 창문 앞에 와서 너에게 편지를 쓴다.

행길을 향한 문으로 숫한 사람들이
제각기 한 가지씩 생각에 족한 얼굴로 와선
총총히 우표를 사고 전봇지를 받고
먼 고향으로 또는 그리운 사람께로
슬프고 즐겁고 다정한 사연들을 보내나니.

세상의 고달픈 바람결에 시달리고 나부끼어
더욱더 의지 삼고 피어 흥클어진 인정의 꽃밭에서
너와 나의 애틋한 연분도
한방울 연련한 진홍빛 양귀비꽃인지도 모른다.

-사랑하는 것은
사랑을 받느니보다 행복하나니라.
오늘도 나는 너에게 편지를 쓰나니
- 그리운이여 그러면 안녕 !
설령 이것이 이 세상 마지막 인사가 될지라도
사랑하였으므로 나는 진정 행복하였네라.[16]

16 유치환, 「幸福」, 『청마시집』, 1954, 남송우 편, 『청마유치환전집Ⅱ』, 국학자료원, 2008, 176~177쪽.

프로문학에 동조하는 식민지 지식인의 이념적인 이면
—유완희의 시

시인 유완희의 시는 근대 자본주의체제 속의 계급 차별과 일본제국주의에 의한 한인 억압의 현실 속에서 프로문학에 동조하는 식민지 지식인의 이념적인 이면을 잘 보여준다는 점에서 주목된다. 1910년 한일병합 이후의 한반도에서는 자본주의적인 근대가 진행됨에 따라 빈익빈 부익부 현상이 심화되는 것과 동시에, 일본 제국주의의 식민화가 전개됨으로 인해 열등하고 무지한 식민지인화 현상이 나타나기 시작했다. 이러한 현실 속에서 식민지 지식인들은 다양한 실천과 사유를 통해서 제국주의와 자본주의에 대한 비판을 시도하게 된다.

이 때 눈 여겨 봐야 할 점이 바로 제국주의 · 자본주의를 비판하는 식민지 지식인이 프로문학과 맺는 관계이다. 유완희는 그 동안 프로문학에 가입만 하지 않았을 뿐이지 프로문학의 이념과 운동에 상당히 따르는 식민지 지식인으로 알려져 왔다. "경향시에서 보이는 선전, 선동의 성격이 분명하게 나타나 있으며 서사적 경향도 농후하게 프로레타리아 계급의 집단적 자아화를 드러"[1]낸다거나, "사회주의에 대한 공감"[2]을 보

1 박정호, 「유완희의 경향시 연구」, 『우리어문학연구』 제2권1호, 한국외국어대학교, 1990, 33쪽.
2 정우택, 「적구 유완희의 생애와 시세계」, 『반교어문연구』 3호, 반교어문학회, 1991, 264쪽.

여준 것으로 평가된 기존의 연구사가 그 실례가 된다. 그렇지만 이러한 연구사는 자칫 프로문학 주도자와 프로문학에 동조하여 제국주의·자본주의를 비판하는 식민지 지식인 사이의 관계를 핵심-주변의 양상으로 오인하게 만든다.

이제 유완희의 시는 제국주의·자본주의를 비판하는 식민지 지식인의 이념적인 이면을 잘 보여준다는 점에서 새로운 해석이 요청된다. 그의 시가 프로문학의 자장 내에서 읽히고 평가된다면, 그가 시도하는 제국주의와 자본주의에 대한 비판의 맥락이 사회주의 문학의 주변부에 놓이게 된다. 이러한 평가보다는, 제국주의·자본주의를 비판하는 그의 문학적 노력을 온전하게 그대로 읽고 살펴볼 필요가 있다. 이 해설에서 주목하는 것이 바로 이러한 유완희 시의 모습을 편린이나마 보여주고자 하는 것이다. 그의 시는 제국주의·자본주의에 대한 비판이라는 점에서 프로문학의 이념과 유사하고 그 이념을 동조하지만, 계급보다는 좀 더 추상적이고 포괄적인 민족을 사유의 중심에 놓는다는 점에서 그 이념과 차이가 난다. 쉽게 말해서 유완희의 시는 계급을 포함한 한인의 생존 문제와 활로를 고민하는 것을 주요 관심사로 삼는다.

봄은 되얏다면서도 아즉도 겨울과 작별을 짓지 못한 채
—낡은 민족의 잠들어 잇는 저자 우에
새벽을 알리는 工場의 첫 고동 소리가
그래도 세차게 검푸른 한울을 치바드며
三十萬 백성의 귓겻에 울어나기 시작할 때

목도 메다 치여 죽은 남편의 상식 상을
밋처 치지도 못하고 그대로 달려온
애젊은 안악네의 갓븐 숨소리야말로…

惡魔의 굴속 가튼 作業物 안에서
무릅을 굽힌 채 고개 한 번 돌니지 못하고
열두 時間이란 그동안을 보내는 것만 하야도—오히려 진저리 나거든
징글징글한 監督놈의 음침한 눈짓이라니…
그래도 그놈의 뜻을 바더야 한다는 이놈의 世上—

오오 祖上이여! 남의 남편이여!
왜 당신은 이놈의 世上을 그대로 두고 가셧습닛가?
—안해를 말리고 자식을 애태우는…

—시 「女職工」 전문

위의 인용에서는 남편이 죽었지만 상도 제대로 치루지 못하고 공장으로 달려온 여직공의 슬픔과 한을 중심으로 식민지의 불행한 현실을 고발하고 있다. 이러한 내용은 프로문학의 입장에서 보면 자연발생적인 계급적 분노의 감정을 개인적인 차원에서 비판적으로 노래한 신경향파의 문학에 가까운 것이 된다. 분명히 그의 인용은 여직공이라는 프롤레타리아가 시의 대상이 되고 가난 때문에 상도 제대로 치루지 못하고 공장에 출근해야 하고 12시간이라는 장시간 노동을 해야 하는 계급적인 차별과 고통이 있다는 점에서 프로문학의 이념을 고스란히 드러내는 것처럼 보인다. 그러나 좀 더 살펴봐야 할 부분은 시인이 여직공을 계급의 단위가 아니라 민족의 일원으로 본다는 점이다. "낡은 민족의 잠들어 잇는 저자 우예/새벽을 알리는 工場의 첫 고동 소리가/그래도 세차게 검푸른 한울을 치바드며/三十萬 백성의 귓겻에 울어나기 시작할 째"라는 구절은 여직공이 억압받는 현실이 개인적·계급적이 아닌 민족적인 차원임을 보여준다.

유완희의 시에 대한 이러한 시각은 프로문학에 동조하는 식민지 지식인의 태도가 다분히 중심을 추구하고 닮아가려는 주변이라기보다는 그 중심과 구별되는 차이가 분명히 있음을 암시한다. 쉽게 말해서 유완희는 민족이라는 운동공동체의 단위에서 여직공을 비롯한 프롤레타리아를 사유하고 있다는 것이다. 물론 이러한 시각은 다음 두 시편을 비교해 보아도 확연하게 확인된다.

그들은 인제는 너에의 覺醒을 더 바라지도 안는다
―赤道가 北쪽으로 기울어지기를―事實 以外에 더 큰 일이 잇기를―바라지 안는다
다만 힘으로써 힘을 익이고 힘으로써 힘을 어드랴 할 다름이다
그곳에 새롭은 世紀가 創造되고 ×××××××를 맛볼 수 잇스리니―

빗켜라! ××들!
그들의 行列을 더럽히지 말라! 굿세게 前進하는 그들의 압길을

行列! 푸로레타리아의 行列!
家庭에서 田園에서 工場에서 쏘 學校에서
街頭로 街頭로 흗터저 나온다
하날에는 눈보라 감돌아 올으고 짜에는 모진 바람 휩쓸어 드는데
―돼지 무리 살가지 우슴 웃고…

―시 「民衆의 行列」 부분

오즉 前進하라! 압흐로―압흐로―兄弟여! 姉妹여!
먼저 허트러즌 너의 靈魂을 거두어 가지고
오즉 前進하라! 압흐로―압흐로

[…중략…]

너에는 과연 너에의 겨레를 사랑할 만한 그만한 아량을 가젓섯느냐?

그리고 또 슷업시 너에의 머리와 가슴을 휘저어 놋튼 疑惑의 실머리를 精明할 만한 그만한理智를 가젓섯느냐?

—시 「오즉 前進하라!」 부분

두 편의 시는 모두 '행렬'과 '전진' 등의 표현을 사용하면서, 식민지 사회 · 국가의 변혁을 지향하는 내용을 담고 있다. 여기에서 중요한 것은 이러한 변혁의 지향이 과연 프로문학에서 말하는 것이냐 하는 점이다. 프로문학은 "우리는 단결로써 여명기에 있는 무산 계급 문화 수립에 기"한다는 1926년의 강령에서 확인되듯이 무산계급을 위한 문예운동이고, 이 문예운동이란 계급적 투쟁과 혁명을 통해서 사회주의 건설을 목적으로 한다. 앞의 시에서는 '푸로레타리아'를 말하고 있고, 그들이 "힘으로써 힘을 익이고 힘으로써 힘을" 얻기 바라며, 가두로 나와 투쟁하기를 원한다. 여기에서 프롤레타리아의 '행렬'은 온전히 사회주의 혁명의 로드맵으로 설명되기에는 구체적이지 않고 막연한 면이 있다.

투쟁과 변혁을 노래한 뒤의 시를 보면, 앞의 시처럼 "오즉 前進하라! 압흐로—압흐로—兄弟여! 姉妹여!"라고 말하면서 투쟁을 요구하고 있지만, "너에는 과연 너에의 겨레를 사랑할 만한 그만한 아량을 가젓섯느냐?"라고 하면서 '겨레'(민족)의 차원에서 변혁과 투쟁을 살펴보고 있기 때문이다. 정리해서 말하면, 유완희의 시에서 투쟁 · 혁명 · 변혁의 지향은 사회주의 건설보다는 자본주의에 의해 고통받는 동시에 일제에 억압받는 한인의 대다수인 민중의 민족적 해방을 주요 주제로 삼고 있는 것이다. 이 부분에서 프로문학과 유사하지만 차이를 보여주는 것이다.

우름의 時節이라 한 닙 또 두 닙 나무닙 썰어저 짜 우에 몸부림치니

가는 네야 아조 간다만 오는 님이야 언제나 오시리
내 幻滅을 안고 號哭한 지 이미 오래이로되 아즉도 몸과 마음 시들지 안엇나니
世紀를 말니는 너의 힘인들 쉬는 내 가슴의 피야 말니랴?

—시 「가을」 전문

내 사나히로 이 나라 百姓 되고 네 쏫으로 香氣런 쏫 되어
내 할 일 슷업고 네 또한 그 潔白을 자랑할 몸이라 하거늘
오즉 이 방—어두은 한구석에서 덧업시 늙어저 가는 몸 되나
그 罪 어대다 지우랴 太陽이나 묵거 노흐랴

아모커나 이 가을 아즉도 다하지 아니한가 하노니
네 갈 길 조 더 멈추으라 다만 하로라도—이틀이라도…
쓸쓸한 이 가슴속에서 네 그림자마저 떠나가고 보면
나는 못 살리라 이 가을이 다하기 前에—오는 봄을 숨에 안고…

—시 「斷腸」 부분

이러한 유완희의 시적 태도는 그가 프로문학이 대세인 1920년대의 후반에서 개인적인 서정시를 여러 편 발표하면서 민족을 노래하는 이중적인 경향의 이유도 잘 설명해 준다. "가는 네야 아조 간다만 오는 님이야 언제나 오시리"라는 앞 시의 한 구절은 시인이 프로문학의 이념과 강령에 묶여 있다면 창작·발표하기 힘든 것이다. 그럼에도 유완희의 시세계에서 이러한 시편이 보이는 이유는 아무래도 그의 시적 지평이 프로문학의 계급주의에 메여있는 것이 아님을 반증한다. 그는 개인적 서정시와 동시에 뒤의 시에서 "내 사나히로 이 나라 百姓 되고 네 쏫으로 香氣런 쏫 되어/내 할 일 슷업고 네 또한 그 潔白을 자랑할 몸"이라고 할 수

있던 것 역시, 계급보다는 민족 단위의 상상력을 지님을 암시해 준다.

이러한 유완희의 시는 제국주의와 자본주의에 대한 비판을 하되, 프로문학의 이념에 동조하면서 차이를 만드는 식민지 지식인의 이면을 잘 보여준다는 점에서 논의의 가치와 의미가 있다. 유완희는 프로문학과 일본제국주의·자본주의 사이에서 끼여 있는 존재의 현상황을 잘 보여주는 시인인 것이다. 다만 이 글은 해설의 성격이므로 과연 계급주의와 우파 민족주의와 구별되는 민족의 개념이 무엇인가 하는 문제는 향후의 과제로 남겨둔다.

어느 한 행동주의자에 대한 성찰
—선우휘의 소설

1.

행동주의란 죽음을 무릅쓴 인간의 행동에 가치와 의미를 부여하는 사유이다. 사실 역사의 격동기에 그 사회를 책임지고 주도하는 인간이라면 누구나 어떠한 행동을 하는 자이면서 동시에 요구받는 자이다. 이런 의미에서 행동주의란 역사라고 부르는 이데올로기 담론에 참여하는 것이고, 여러 이데올로기 중에서 하나를 선택하는 것이다. 그런데 문제는 이 참여와 선택이, 죽고 사느냐 하는 생존의 문제가 될 때이다. 우리 역사는 이미 실증하였거니와, 이데올로기 앞에서 선택·참여하는 행동이란 생존의 문제인 것이다. 이 생존 문제 앞의 선택·참여는 논리적인 추론에 의해서라기보다는 오히려 논리 이전의 비논리, 즉 감각에 의존하는 경우가 많다.

이 행동주의자의 감각은, 엄밀히 말해서 역사와 사회의 사태에 대한 논리 이전의 직관을 말한다. 이 때 이 감각이라는 것의 구조를 잘 살펴보고자 하면, 그것은 지젝(S. Zizec)이 말하는 이데올로기적인 환상(ideological fantasy)의 구조와 유사하다. 예수는 자신을 죽이려는 자들에 대해서 "그들은 그들이 하는 일을 알지 못하나이다.(They do not know what they do)"라는 말을 한 바 있는데, 이 때의 '그들'은 예수를 죽이는 일이 세상의 구원자를 죽이는 것임을 알지 못하는 자이다. 좀 더 분명히 말해서 '그들'은 예수로 인해서 발생한 세상의 미혹으로부터 자신을 구원한다는 자기 이데올로기적인 환각에 빠져서 세상의 구원자인 예수를 알아보지 못한 것이다. 이러한 생각이 바로 감각과 직관에 의존한 것인데, 소설 「불꽃」의 주인공인 고현의 행동 역시 자신이 하는 일을 알지 못하는 이데올로기적인 환상의 구조로 잘 설명된다. 이 글은 이 감각의 분석을 통해서 고현이라는 어느 한 행동주의자의 이데올로기에 대한 성찰을 시도하고자 한다.

2.

소설 「불꽃」은, 우리 문학사에서 잘 알려진 행동주의 경향의 작품이다. 행동주의 경향을 중심으로 이 소설을 살펴보면, 행동을 망설이는 부분과 과감하게 행동하는 부분으로 나뉜다. 두 부분을 각각 보면서, 소설의 주인공인 고현의 행동주의가 무엇인지 검토하기로 한다. 먼저, 고현은 자신이 행동을 취해야 할 상황 속에서 갈등하는 자 혹은 실행을 포기하는 자로 서술된다. 고현이 일본 제국주의와 우파 민족주의를 만나는 방식이 바로 그러하다. 그는 이러한 이데올로기 앞에서 비판적인 정서를 지님에도 나서서 행동하지 못한다.

"한 가지 질문이 있읍니다. 자아 멸각과 대의에 순해야 한다는 뜻은 잘 알았읍니다. 그런데 선생님께서는 소나 돼지가 인간을 위해 달게 그 생명을 빛인다고 하였는데—물론 인간은 그들 고기를 부득이 먹어야겠지요—그런데 저는 어렸을 때 도살장에 가본 일이 있읍니다. 소는 도살장에 끌려 들어갈 때 발을 버티고 들어가기를 주저했읍니다. 특히 돼지 같은 것은 굉장한 소리를 지르며 야단을 하다가 도살당하는·것을 보았는데—그들은 결코 달게 그 생명을 바치는 것같이는 안 보였읍니다. 이 점에 대해서 약간의 설명을—"

교수는 쓴웃음을 짓고 학생들은 소리를 내어 웃었다. 그러나 저도 모르게 웃고 난 학생들도 웃음이 사라지자 석연치 못한 것을 느끼는 것같이 보였다.

현은 자리에 앉으며 벌써 자기의 행동을 후회하고 있었다. 교수가 불쾌히 생각한다는 것은 문제가 아니었다. 공연히 충동을 받고 발끈하고 이러선 자기의 멋이 싫어졌던 것이다.(본서 쪽.)

"아니 고 선생, 그게 무슨 말이요. 사상이 불순하다고 경찰이 하는 일을 나보구 어드캐 하라는 거요."

파렴치…

"그렇게 말씀하신다면 교장 선생님은 이번 부정 사건 때문에 일부로 세 선생님을 몰아넣었다는 비난을 듣게 됩니다."

교장의 낯색이 변했다.

"고 선생, 말을 조심하우. 그게 무슨 소리요. 그럼 내가 부정 사건에 관계가 있단 말이요."

진일보…앞으로…결정적인 공격! 그러나—

"저는 그런 단정은 안했읍니다. 말하자면 남들이 그렇게 보기가 쉽다는 겁니다."

그것을 단정한다는 것은 또한 교장에 대해 공정을 결(缺)한다는 생각이 현의 얘기를 끊게 했다.(본서 쪽)

두 인용은 모두 불의의 이데올로기 앞에서 행동하지 못하는 고현의 모습이 드러나 있다. 첫 번째 인용문에서 고현은 다카타 교수의 일본 제국주의 동조론을 비판하고 있다. 교수는 국민은 "소나 돼지가 인간을 위해 달게 그 생명을 밫"이는 것처럼 제국주의 국가를 위해서 생명을 바쳐야 함을 역설하는데, 고현은 이러한 말에 대해서 "그들은 결코 달게 그 생명을 바치는 것같이는 안 보였"다는 자기 경험을 알림으로써 제국주의에 대한 비판적인 태도를 보여주지만, 곧바로 "현은 자리에 앉으며 벌써 자기의 행동을 후회"한다. 이 때 이 후회는 고현이 자신의 생각을 적절한 행동으로 밀고나아가지 못함을 의미한다.

두 번째 인용문에서도 고현은 교장에 대해서 비판적인 태도를 지닌 선생님들을 좌익 세력으로 몰아버리는 교장 선생의 반공주의 혹은 우파 민족주의 이데올로기에 대해서 지적하고 있다. 교장 선생은 "사상이 불순하다고 경찰이 하는 일을 나보구 어드캐 하라는" 것이냐 하면서 자기의 술수를 '경찰'의 일로 덮어씌우지만, 고현은 "이번 부정 사건 때문에 일부로 세 선생님을 몰아넣었다는 비난을 듣게" 된다며 교장 선생을 비판하면서도, "저는 그런 단정은 안했읍니다. 말하자면 남들이 그렇게 보기가 쉽다는 겁니다."라고 말함으로써 뒤로 물러선다. 고현은 자기 생각과 다르게 행동하고 있는 것이다.

이러한 고현의 모습을 볼 때, 소설의 전반부에서 형상화된 그는 사상(이데올로기)과 행동이 모순되는 자, 또는 행동하지 못하는 자인 것이다. 그는 분명히 국민 개개인보다 국가를 우선시하여 국민희생의 논리가 되어버린 일본 제국주의와 사회적인 비판 세력을 좌익으로 규정짓는 우파 민족주의에 대해서 문제점을 인식하면서도, 그 문제점을 현실적으로 해결해 나아가지 못하는 비(非)행동주의자인 것이다. 이러한 모습은 소설의 후반부로 가면서 달라지는데, 이 부분에 「불꽃」의 핵심이 있다.

3.

고현이 행동주의자로 변하게 되는 역사적인 배경은 한국전쟁이다. 고현이 살던 P고을에 인민군이 들어왔을 때만 해도, 그는 "하고 싶거던 멋대로 하러므나. 여하튼 간에 나는 모르는 일이고 나에겐 손톱만큼의 관련도 없다. 너희는 너희고 나는 나다"라는 태도를 지녔으나, 그의 친구인 연호가 인민재판을 실시하고 그것을 혁명으로 규정하자 어떤 위협감을 느끼기 시작한다. 자기 자신에게도 그 위협감이 서서히 다가오는 혹은 조여드는 느낌, 그 느낌은 이미 행동할 것을 선택하게 하고 그 사회의 이데올로기에 참여하게 만든다. 그는 더 이상 방관자로서 살 수 없었던 것이다.

그러나 그것은 연호의 오진이었다. 현의 얼굴을 흐르는 땀은 더위 때문이 아니라 가슴에서 타는 분노의 불길 때문이었다. 두 번째의 희생자가 끌려 나왔을 때 현이 흘린 땀은 땀이 아니라 전신의 혈관에서 배어 나오는 피였다.

희생자는 다름 아닌 조 선생의 부친이었다. 다만 어울리지 않는 생활양식을 거부차고 남으로 내려온 것 외에 아무런 반항도 꾀하지 않은 한 무력한 늙은이에 지나지 않았다. 순간적으로 현의 뇌리를 조 선생의 모습이 스쳐갔다.

현은 땀이 흐르고 있는 얼굴을 돌려 연호를 쳐다보았다. 그 야릇한 눈동자와 입가에 띠운 까닭 모를 웃음, 이것이 같이 자라난 친구—인간의 얼굴이라니.

그 얼굴이 눈앞에서 크게 확대되는 착각을 느끼자 현의 입에서 찢는 듯한 비명이 터졌 나왔다.

"살인이다!"(본서 쪽)

나는 다음 탄환으로 연호의 가슴을 뚫었다. 사람을 죽인 것이다. 남에게 손가락 하나 가픗하지 않으려던 내가 사람을 죽인 것이다. 가엾은 연호. 연호와 나와는 아무런 원한도 없었는데. 인간이란 이래서 죄인이라는 것일까. 어쩔 수 없이 살인을 하게 되는 인간의 불여의. 죄악을 내포한 인간의 숙명? 그것은 원죄?

우거진 꽃밭의 울타리 안에서 스스로 죄 없다는 내 자신을 잠재우고 있을 때 밖에서는 검은 구름과 휘모라칠 폭풍이 그리고 사람이 죽어가는 비명이 순비되고 있었다.

(중략)동굴에서 죽은 부친. 강렬히 살아서 아낌없이 그 생명을 일순에 불태운 부친. 부친은 살아남는 인간들을 대신하서 죽었고, 그들의 삶에 어떤 의미를 부여 했을런지도 모른다.

저 숲 속에 누운 할아버지. 시체가 아니라 그것은 삶의 증거. 모든 불합리에 알몸으로 항거하고 불합리 속에 역시 불합리한 삶을 주장한 피어린 한 인간의 역사. 거인의 최후 같은 그 죽엄.(본서 쪽)

두 인용문에서 본 고현은 공산주의를 반대하는 행동에 나선 자로 서술된다. 첫 번째 인용문에서 고현은 연호가 인민재판을 하여 국민회 회장을 즉결 처형하고 나서 "조 선생의 부친"을 재판에 회부하는 것에 대해서 상당한 분노를 느낀다. 그의 땀은 "더위 때문이 아니라 가슴에서 타는 분노의 불길 때문이었"던 것이고, "어울리지 않는 생활양식을 거부차고 남으로 내려온 것 외에 아무런 반항도 꾀하지 않은 한 무력한 늙은이"를 죽이려고 하는 재판은 "살인이다!"라고 외칠 만큼의 부조리 이외에 아무 것도 아닌 것이다. 이 부분에서 고현의 말은 단순한 말을 넘어서서 좌우 이데올로기의 대립구조가 팽팽해진 자기 사회에 이미 참여하는 행동을 하고 있는 것이다. 이 때 중요한 것이 그는 어떤 논리에 근거하지 않고 다만 "분노의 불길"이라는 감정과 감각에 의존하여 행동으로 나아간다는 점이다.

두 번째 인용문에서는 고현의 행동이 점점 가시화되면서 반공 이데올로기 혹은 우파 민족주의를 선택하고 있음을 알 수 있다. 고현은 자신을 찾아 산으로 올라온 연호를 총쏘아 죽이고서, "스스로 죄 없다는 내 자신을 잠재우고 있을 때 밖에서는 검은 구름과 휘모라칠 폭풍이 그리고 사람이 죽어가는 비명이 준비되고 있었"음을 깨닫고, 그 상황 속에 자신이 참여되어 있으며 어떤 행동을 선택해야 함을 안 것이다. 다시 말해서 그는 "분노의 불길"이라는 감각을 근거로 행동하는 것이다.

이 때 주목해야 할 것은 선택과 참여의 순간에 있어서 논리보다 감각이 먼저인데, 그 감각이라는 것은 따져보면 강력한 반공 이데올로기에서 비롯되는 것에 다름 아니라는 사실이다. 쉽게 말해서 고현이 자기 감각에 의존한 참여란, 2장에서 보듯이 우파 민족주의 이데올로기를 비판하는 형태일 때도 있고 부당한 좌파의 행위에 대한 필연적인 대응일 때도 있다고 할지라도, 반공 이데올로기 혹은 우파 민족주의로 귀결된다는 점은 상당히 중요한 사실이 아닐 수 없다. 왜냐하면 그의 행동은 좌파의 불의 앞에서 인간으로서 마땅히 해야 할 휴머니즘의 차원으로 미화되는 측면이 있기 때문이다. 결과적으로 보면, 반공 이데올로기를 선호하고 좌파 이데올로기를 부정하는 이분법의 논리에서 한 치도 벗어나지 못하는 것이다.

4.

이런 의미에서 고현이라는 인물은 자기가 하는 일을 알지 못한 채 하는 자가 된다. 그는 휴머니즘이라는 미명 아래 좌파를 적으로 그리고 우파를 우리로 만드는 반공 이데올로기에 저도 모르게 봉사하는 이데올로기적인 인간이 된다. 문제는 그가 자신이 하는 일의 진짜 의미를 알지 못한 채 행동하게 된다는 점이다. 좀 더 쉽게 말해서 그의 행동이 지닌 가치와 의미는, 생각보다는 상당히 우파 민족주의 이데올로기적이고 그 이데올로기를 반복·재생산하는 회로 속에 갇혀 있다는 것이다. 그는 자신이 우파 민족주의 이데올로기라는 안경을 가지고 있음을 모르면서 그 안경으로 세계의 이것저것을 바라보고 있는 지적(知的)인 무지자(無知者)이다. 사실 고현이라는 인물은, 지난 세월 우파 민족주의를 무의식에 지니고 있는 한국 사회 보수주의자의 초상인 것이다.

한국전쟁을 포착하는 모더니즘
—김규동의 시

후반기 동인 시절의 김규동은 김기림의 1930년대 모더니즘과 단속되는 지점에 놓여 있는 시인이다. 여기에서 말하는 김기림의 1930년대 모더니즘이란 그가 장시 「기상도」에서 보여준 서구문명에 대한 문학적인 예찬과 그 비판을 뜻한다. 김기림은 그의 장시에서 아라비아' '사라센' '쥬네브' '스마트라' '바기오' '발칸' 등의 지명들과 '콜베르' '맥도널드' '파우스트' '소크라테스' '공자' '데모스테네스' 등의 인명들을 대거 집어넣어 세계사적인 현실의 상황을 종합적으로 그려내면서 문명 예찬과 비판의 태도를 지닌 바 있다. 김규동은 김기림의 문제의식을 계승하되, 한국전쟁이라는 '지금 여기'의 사건을 중심으로 세계 문명에 대한 비판과 성찰의 시각을 확보하고자 한다.

이러한 김규동의 시도가 의미 있는 것은 김기림이 시도한 문제의식을 계승하되, 시적 대상을 바깥(서구)에서 안(한국)으로 이끌어놓았다는 데에 있다. 쉽게 말해서 서구 대신에 한국을 중심으로 문명비판론을 새롭게 썼다는 점이다. 우리의 문제로 문명 비판과 성찰을 시도한 점은, 김규동의 1950년대 모더니즘이 1930년대를 계승하면서도 동시에 심화·발전시키는 지점에 있음을 의미한다.

이러한 그의 전환적인 시도가 가능한 것은 한국전쟁이 세계사적인 사건이라는 점에 있다. 한국전쟁은 서구문명을 지배하던 두 국가인 미국과 소련이 동양에서 충돌한다는 점에서 세계사적인 사건으로 그 위상이 정립된다. 독·이·일 파시즘에 맞선 연합군의 승리 이후, 그 승리의 결실을 나누는 과정에서 한반도에서의 충돌. 한반도는 전쟁으로 인해 현대 문명의 이념적·폭력적인 광기가 노출되는 장소가 되고, 세계사적인 현실의 상황을 종합적으로 그려낼 수 있는 중심이 된다. 이것이 김규동의 후반기 모더니즘이 탄생할 수 있는 배경이다. 그의 첫 시집 『나비와 광장』(산호장, 1955)을 대상으로 김규동의 후반기 모더니즘을 검토하고자 한다.

한국전쟁 이전의 김규동 시는 이미지즘과 리리시즘 사이에 있는 듯하다. 전쟁 이전에 쓴 것으로 추정되는 시 「가을과 소녀」를 보기로 한다.

푸른 하늘을 향하여
다소곳이 피는
코스모스의 입김.

소녀는
코발트빛 상념을 지니고
먼 추억의 계곡을 간다.

소녀의 가슴에
기폭처럼 나부껴 오는
투명한 음계.

황폐의 계절,

가을은 때마침 소녀의 등뒤에서

폭죽처럼 터지면서 있었다.

—시 「가을과 소녀」 전문

위 시의 1연에서 "푸른 하늘을 향하여/다소곳이 피는/코스모스의 입김"이라는 구절은 코스모스가 활짝 피어있는 이미지를, 그리고 2연에서 "소녀는/코발트빛 상념을 지니고/먼 추억의 계곡을 간다."라는 구절은 소녀가 어떤 생각을 지니고서 계곡을 가는 모습을 분명하게 묘사한 것이라는 점에서 이미지즘적인 경향으로, 혹은 코스모스와 소녀 모습을 정감 있게 표현했다는 점에서 리리시즘적인 경향으로 읽힌다.

이러한 경향은 전쟁 이후, 특히 부산에서 조향, 김경린, 김차영, 박인환, 이봉래와 함께 후반기 동인을 결성하고, 전쟁 중의 모더니즘이라는 기치를 내세우면서 급변하게 된다. 한국전쟁이라는 세계사적인 사건은 현대 문명에 대한 회의와 성찰을 '지금 여기'에서 하게 되는 중요한 계기가 된다. 김규동의 후반기 모더니즘이 본격적으로 시작되는 것이다. 시집 『나비와 광장』의 첫 시 「하늘과 태양만이 남아 있는 도시」를 검토해 보기로 한다.

애수에 젖어

소리에 젖어

오늘도 나는 이 거리에서

도대체 어데로 가는 것인가

[…중략…]

오늘도 밀선은
색항에서
하와이에서
대만에서
파라솔처럼 팽팽한
하늘을 둘러쓰고
이 항구로 달려든다 하였지-

모라치는
검은 바람을 안고
섬의
공장 굴뚝들은
폐마처럼 숨이 가쁘냐.

—시 「하늘과 태양만이 남아 있는 도시」 부분

위의 시에서 분명히 보이는 것은 모더니즘에서 논의하는 산책자 모티브이다. 인류가 경험해 보지 못한 거대도시를 산책하는 보들레르가 경험한 우울은 근대자본주의 사회에 대한 비판적인 정서가 되는 것처럼, 한국전쟁 중 피난민으로 가득한 부산의 거리를 산책하는 시적 화자의 우울은 현대문명에 대한 비판적인 정서가 되는 것이다. 바로 이 지점에서 부산이라는 도시는 현대문명의 욕망과 광기와 억압이 집결되는 세계사적인 장소가 되고, 그 장소에서 "애수에 젖어/소리에 젖어/오늘도 나는 이 거리에서/도대체 어데로 가는 것인가" 하는 물음은 현대문명에 대한 비판이 되는 것이다.

이러한 산책자 모티브와 함께 후반기 시절에 주목되는 것이 바로 문명의 광기어린 속도이다.

능선마다
나부껴 오는
검은 사정권,

속도의 질주는
나의
육체의 부분들을
轢死시켰다.

때마침
흑인 병사의 보행은
나의 환상 속에
콤뮤니즘과 같은
붉은 유혈을 전파하고,
수술에 누운 나는
창백한
나의 신경조직의
반사를 바라다본다.

—시 「전쟁과 나비」 부분

전쟁 중의 탄환이 속도로 표현된다는 것은 현대문명을 비판하는 중요한 발상이 된다. "능선마다/나부껴 오는/검은 사정권,//속도의 질주는/나의/육체의 부분들을/轢死시켰다."라는 구절은, 탄환에 맞아 상처를 입었다는 내용을 표현한 것이다. 여기에서 주목되는 것이 바로 속도이다. 탄환에 맞았다가 아니라 "속도의 질주"로 轢死되었다는 구절은, 전쟁의 한 장면이 인간의 생명을 위협하거나 없애는 속도로 표현됨으로써 현대문명의 광기 어린 속도를 비판하는 알레고리가 된다.

빠르다는 말로도 표현이 부족한 탄환의 속도, 그것은 인간 실존이 현대문명의 속도를 이겨내지 못하고 고통스러워하거나 절명의 위기에 빠지는 상황을 단적으로 암시하는 것이 된다. 이러한 현대문명의 속도를 비교적 후진국인 한반도에서 경험할 수 있는 것 역시 한국전쟁이라는 특수한 상황 속에서이다. 김규동은 전쟁 속의 부산을 현대문명의 광기 어린 속도가 드러나는 장소로 본 것이다.

김규동의 모더니즘은 한국전쟁 직후까지 계속되는데, 주목할 만한 시편 중의 하나가 「전쟁은 출렁이는 해협처럼」이다.

> 하늘의 경기장을 질주하는
> 전사들의 영상은
> 기상대의 아침을 거느리고 있었다.
>
> 포도의 괴음에 사라져가는
> 삘딩의 원경 –
>
> 회색건물의 층계를 기어오르는
> 까만 인간의 그림자는

—시 「전쟁은 출렁이는 해협처럼」 부분

어떤 인간이 회색건물의 층계를 오르고 있다는 것은 평범한 사실이겠지만, 그러한 사실을 그 근처가 아니라 하늘 위에서 바라본다는 것은 새로운 의미가 부여된다. 생각해 보라. "하늘의 경기장을 질주하는/전사들"인 조정사들이 하늘에서 땅을 바라본다는 것을. 온전한 크기의 육체를 부여받은 실존이 아니라, 실존이라는 것을 거의 생각할 여지도 없을 만큼 개미처럼 작아진 인간! 그 인간은 실존이라기보다 하나의 사물이다. 현대문명의 비인간성은 그런 "회색건물의 층계를 기어오르는/까만 인간의 그림자"에서 경험되는 것이다.

전쟁은 이처럼 시각이라는 것을 새롭게 만들어놓는다. 하늘에서 바라보는 상상된 시각. 초점의 화자는 천상 위에 한 지점에 있고, 초점의 대상은 그 지점에서 바라본 저 아래의 인간이 된다. 전쟁은 인간을 바라보는 원근법의 규칙을 재설정하는 것이다. 인간이 하나의 점으로 작아진다는 것은 현대문명 속에 놓여 있는 인간의 상황을 잘 표현하고 있는 것이다.

아울러 아래의 시 「나비와 광장」 역시 현대문명의 속도를 따라가지 못하고 헤매는 인간 모습을 잘 보여준다. 이 시가 김규동의 후반기 모더니즘 작품에서 대표작이 되는 까닭이다.

현기증 나는 활주로의
최후의 절정에서 흰 나비는
돌진의 방향을 잊어버리고
피 묻은 육체의 파편들을 굽어본다.

기계처럼 작열한 심장을 축일
한 모금 샘물도 없는 허망한 광장에서
어린 나비의 안막을 차단하는 건
투명한 광선의 바다뿐이었기에—

진공의 해안에서처럼 과묵한 묘지 사이사이
숨가쁜 Z기의 백선과 이동하는 계절 속
불길처럼 일어나는 燐光의 조수에 밀려

이제 흰나비는 말없이 이즈러진 날개를 파닥거린다.

하-얀 미래의 어느 지점에
아름다운 영토는 기다리고 있는 것인가.
푸르른 활주로의 어느 지표에
화려한 희망은 피고 있는 것일까.

신도 기적도 이미
승천하여 버린 지 오랜 유역(流域)—
그 어느 마지막 종점을 향하여 흰나비는
또 한 번 스스로의 신화와 더불어 대결하여 본다.

—시 「나비와 광장」 전문

주체의 역사에 대한 충실한 기록

—정서촌의 시집

1. 주체 문학의 풍경 읽기

북한에서 시는 지난한 반세기의 역사를 어떤 풍경으로 그려 놓았을까. 이 질문을 남한에서 한다면 억압적인 지배 권력에 대한 절규 어린 항거와 자유를 향한 목마른 외침으로 하나의 대답이 마련될 것이다. "타는 목마름으로/타는 목마름으로/민주주의여 만세"[1]로 절규되는 이 풍경은 어두운 항거의 좁은 틈을 뚫고 자유의 불꽃을 던진 깊은 밤하늘의 불꽃놀이 같은 것이었다. 그러나 이 질문을 북한에서 한다면 억압적인 지배 권력에 대한 충실한 종속과 자유에 대한 침잠화로 하나의 대답이 마련될 것이다. 남한의 문학계에서는 지배 권력에 대한 부정과 거부의 틈이 미세하나마 주어졌다고 한다면, 북한의 문학계에서는 지배 권력에 대한 비판이 아예 부정되고 묵살되는 유일주체사상화의 역사적 과정을 거치면서 실오라기 만한 틈도 막혀 버렸다. 오히려 시는 아주 철저하게 혹은 지나치리 만큼 당(지배 권력)의 요구와 지침을 충실하게 따르게 되었고,

---

1 김지하, 『타는 목마름으로』, 창작과 비평사, 1982, 9쪽.

그러한 과정에서 인간 욕망의 다양하고 복잡한 관계를 묵과하여 본의 아니게 단순하고 경직된 문학이 되었다. 그리고 시는 당을 선전 선동하는 도구로 변질되면서 김일성을 중심으로 하는 북한식 사회주의를 만들어가는 계몽의 문학으로 변질되었다.

본고에서 살펴보려는 정서촌의 시[2]는 주체사상의 시대에 전형적인 시의 풍경을 보여준다. 그의 시는 당이 요구하는 문학을 가장 모범적으로 형상화하여 선전 선동의 전범을 보여줌으로써 전후 북한 사회의 시인들이 지니는 평균적이고 모범적인 역사의식과 사회적인 가치관을 가장 분명하게 보여준다. 한 개인으로서 창조적이고 개성적인 서정을 형상화하는 문학 본연의 사명을 따르는 것이 아니라, 철저하게 사회적인 존재로서 조작적이고 집단적인 서정을 형상화하는 문학의 계몽적인 사명을 따르는 정서촌은, 북한 사회의 역사적 과제와 시대적인 요구를 비교적 충실하게 소화해 낸 자이다. 위대한 조국해방전쟁 시기(1950~1953)－전후복구 건설과 사회주의 기초 건설을 위한 투쟁 시기(1953~1960)－사회주의의 전면적 건설을 다그치기 위한 투쟁 시기(1961~1966)－당의 유일사상 체계를 더욱 철저히 세우며 사회주의의 완전 승리, 온 사회의 주체사상화를 앞당기기 위한 투쟁 시기(1967~현재)를 거치는 동안, 그가 쓴 시의 주제들—김일성 우상화와 공산당 찬양, 사회주의 건설 독려, 남한 혁명과 조국 통일 지향—은 엄밀하게 말하여 당의 비전과 요구를 그대로 형상화한 것들이고, 어떤 면에서 그 비전과 요구들을 넘어서 새로운 전범으로 부각되고자 하는 것들이다. 따라서 그의 시집 『날이 밝는다』는 1970년대 중반까지의 북한 사회에서 쓰여진 북한 문학의 선전 선동적인 특성을 거의 지니고 있으며, 나아가 북한의 역사에 대한 충실한 문학적 기록이라고까지 말할 수도 있다.

---

2 정서촌의 시집으로 우리 나라에서 찾아볼 수 있는 것은 『날이 밝는다』(평양:문예출판사, 1976)과 『정서촌시선집』(평양:문학예술종합출판사, 1999)이다.

본고에서는 정서촌의 시집 『날이 밝는다』를 중심으로 하여, 주체 시대의 풍경을 세 가지 관점에서 살펴볼 것이다. 첫째는 신화 만들기의 관점. 정서촌의 시가 수령의 형상화라고 하는 당의 정책과 요구에 충실한 문학이라는 점에서 일종의 신화 만들기를 하고 있음을 주목할 것이다. 특히 김일성을 신화화하는 방법이 주체 사상 체제가 확립되는 1967년을 전후로 하여 인간주의적인 면모를 부각시키는 것에서 초월자적인 면모을 부각시키는 것으로 바뀌었다는 점을 살필 것이다. 수평적 관계에서 수직적 관계로의 이 변환에서는 신화적인 성격이 서로 다르게 나타나 있다는 점을 강조할 것이다.

둘째는 시에서 형상화되는 주체의 관점. 정서촌의 시에서 그려지는 주체는 존재론적인 개인이 아니라 당의 요구와 지침에 따라 창조된 선동적인 주체라는 점을 밝히고자 한다. 이 개인의 욕망은 항상 당의 비전과 지침에 일치하고, 이 개인은 당의 정책을 모범적이고 영웅적으로 수행하여 타인들의 모범이 되는 자이며, 때로는 당이 요구하는 정책의 수준을 넘어서서 당의 지침을 선도하는 자라는 것을 검토할 것이다. 그러면서 북한 사회에서 시대적이고 사회적인 요구에 부합하는 인물을 창조하는 정서촌의 시적 특징을 규명할 것이다.

셋째는 지배담론이라는 관점. 정서촌의 시에서 해방 이후 북한에서 일어난 몇몇 주요 사건들을 형상화하면서 그의 시가 그 사회에서 충실한 지배담론으로 작용하고 있음을 살펴볼 것이다. 항일 무장 투쟁 – 토지분배 – 주택 무상 보급으로 진행되는 역사적 사건의 주요 흐름을 형상화한 시들을 검토하면서 그의 시가 당이 요구하는 충실한 역사적인 기록물로서 작용한단 점을 밝혀보기로 한다.

이러한 분석을 통하여 본고에서 궁극적으로 규명하려고 하는 것은 정서촌의 시적 특질과 그 한계이다. 그의 시를 색안경을 낀 채로 선험적인 시각에서 무개성으로 규정할 때 발생되는 오류를 제거하고, 그의 시적 특질을 면면히 고찰해 봄으로써 나름의 목소리를 찾아내고 당의 비전과 일치시켜 나아가는 시인의 한계를 엿볼 것이다.

2. 김일성 신화 만들기의 두 갈래

정서촌의 시에서는 수령을 형상화하는 중요한 두 가지 방법이 있다. 한쪽은 수령이 민중과 함께 하는 자애롭고 인격적인 인간이라는 점을 부각시키면서 인간주의적인 면모를 강조하는 방법이다. 이 방법은 주로 주체 사상 체제가 공고화되기 이전인 1967년까지 사용되었던 것으로, 수령과 민중들 사이의 직접적인 만남을 형상화하거나 수령이 민중들 속에서 민중들을 이끌고 고난의 역사를 헤쳐나아가는 모습을 구체적으로 형상화한 것이다. 다른 한쪽은 수령과 민중들 사이의 직접적인 만남이 그려지는 것이 아니라 수령을 칭송하거나 수령의 업적을 찬양하면서 현실초월적이고 절대자적인 모습으로 수령을 형상화하는 방법이다. 이 방법은 주체 사상 체제가 확립된 1967년 이후 사용된 것으로, 수령은 당이자 국가이자 민족 나아가 역사의 상징으로서 초월적이고 관념적인 모습으로 형상화된다. 이 두 방법은 당의 요구와 지침의 정도에 따라 달라지는 것일진대, 한쪽은 수령과 민중 사이의 관계를 수평적으로 만들면서 김일성의 신화를 만드는 방법이고 다른 한쪽은 수령과 민중 사이의 관계를 수직적으로 만들면서 김일성의 신화를 만드는 방법이다. 이를 두고 각각 수평적 신화와 수직적 신화라고 말할 수 있을 것이다.

이 두 가지 신화가 가장 잘 구분되는 시기가 1967년인데, 그 해는 북한에서 유일 주체 사상 체제가 확립된 해이다. 정서촌의 시에서도 이때부터 수령의 업적과 면모를 부각시킬 때 민중들보다 절대적인 힘을 가지고 북한의 역사를 만들어 가는 인간으로서의 수령의 모습을 형상화하기 시작했다. 민중보다 높은 위치에 있는 수직적인 신화를 만드는 작품을 창작한 셈이다. 따라서 그 이전에 쓰여진 수령 형상 문학과는 근본적인 차이가 있게 된다.

—사랑하는 전사야 어디 있느냐,
어디서 네 몸이 얼고있느냐,

밤이 깊도록 사령부 작은 뙤창엔
사랑의 등불이 꺼지지 않고
그이께서 불을 지피신 난로우에선
그 몇 번 더운물이 잦아들었던가

그리하여 동트는 새벽녘
사선을 헤치고 전사가 돌아왔을 때
그이께서는 먼저 보고를 받기전
더운 김 훈훈한 날로위의 물을 부어주셨나니

전사는 그 물을 마시며
자꾸만 쏟아지는 눈물을 마시며
한량없이 한량없이 뜨거운 것을 마시며
고향땅에 있는 어머니를 생각하였더라

—「어버이의 사랑」(1964) 부분

일찍이 10대의 어리신 나이에
조선의 슬픔, 조선의 고통을 한가슴에 다 안으시고
눈보라 우는 천리장강을 거느시였고,

20대 청년장군으로 백두밀림에서
일본제국주의 백만대군을 때려부시고
30대 그 젊으신 나이에
피바다에 잠긴 이 나라를 구원하시여
영원한 조선의 봄을 안고 오신 위대한 수령님

다시 정의의 총검으로
이 땅에 기여든 오만한 미제침략자를 후려갈겨
멸망의 내리막길에 처박으시고
잿더미우에서 다시 조선의 본 때로
사회주의 대강국을 일떠세우신 우리의 수령님

—「어버이수령님께 드리는 헌시」(1974) 부분

앞의 시는 수령이 전사를 기다리다가 맞이하는 장면이다. 전사와 수령이라는 상하의 계급 관계로 보아 전사가 전시 상황 보고를 먼저 하는 것이 순서이겠으나, 이 시에서는 보고보다 수령의 인간주의적인 면모를 부각시키고자 전사의 얼어 있는 몸을 먼저 녹이게 한다. '그이께서는 먼저 보고를 받기전/더운 김 훈훈한 난로위의 물을 부어주'는 인자하고 자애로운 면모를 보여주는 것이다. 그 보고의 중요성 정도를 떠나 긴박한 전선에서 전사를 맞이하는 자세로서는 어색하고 상황에 맞지 않는다고 할지라도, 전사의 얼어 있는 몸부터 생각하는 수령의 모습은 인간주의자로 부각되기에 충분하다. 이러한 모습이 전사로 하여금 '고향땅에 있는 어머니를 생각하'게 만드는 것이다. 이 당시에는 수령이란 초월적인 존재가 아니라 인간 대 인간이라는 수평적인 관계에서 형상화되는 인간이었다. 전사와 함께 전장에서 역사의 고난을 뚫고 나아가는 구체적인 삶을 살아가는 인간의 모습이었다.

하지만 1967년 이후에 쓰여진 뒤의 시에서 수령은 민중과 함께 하는 존재가 아니라 민중들이 범접하기 어려운 초월적인 존재로 바뀌었다. 더 이상 수령은 한 인간으로서 형상화되는 것을 그친 채 초월적인 상징으로 바뀌었고, 관념적이고 비현실적인 '위대한 수령'만 남게 되었다. 수령과 함께 북한의 역사를 만들었던 모든 역사의 주체들은 사라져버렸다. 이 시에서 수령은 '일본제국주의의 백만대군을 때려부'신 모든 민족주의자와 사회주의자의 상징으로 부각되고 '피바다에 잠긴 이 나라를 구원'한 세계 정세의 상황과 한반도를 사랑하는 자의 상징으로 제시된다. 역사의 주변 정황과 역사를 만들어간 주체들을 모두 수령으로 상징화함으로써 수령은 개별 인간을 초월한 절대자의 위치로 군림하게 되는 것이다.

앞의 시는 사회주의를 만들어가는 투쟁의 과정 속에서 인간적인 수령의 면모를 부각시키는 수평적 신화 만들기의 방법으로 쓰여진 것인데, 그에 비해 뒤의 시는 북한의 역사를 거의 혼자서 만들어 버린 절대자적인 수령의 면모를 부각시키는 수직적 신화 만들기의 방법으로 쓰여진 것이다.

3. 선동적인 주체

당이 요구하는 시의 창작 원리와 지침을 받아들이면 시에서 형상화되는 주체는 필연적으로 선동적인 계몽주의자가 된다. 이 선동적인 주체는 개인의 개성과 욕망이 항상 당의 합목적성과 비전에 동일시되고, 이 화자의 행동은 당의 요구와 임무에 합치된다. 따라서 타인에게는 하나의 모범이 되는 주체이며, 나아가서 당이 필요로 하는 것을 앞서서 행동하는 주체이다. 즉 당의 요구를 선취하는 시대적 진취성을 가진 계몽주의자이며, 동시에 타인의 전범으로 부각될 수 있을 정도로 선전 선동이 가능한 주체이다.

원래 북한 시의 창작 원리는 당성, 인민성, 노동계급성을 얼마나 충실하게 구현하는가에 달려 있다. 이러한 대원칙이 전제되는 한 시인들은 그것을 충실하게 고수해 나아가면서 자기 개성을 찾아가야 하는데, 이렇게 되면 시인의 세계관은 근본적으로 당의 비전과 일치될 수밖에 없다. 북한 시에서 문제는 당의 비전을 얼마나 충실하게, 그리고 개성적으로 표현하는가의 문제만 남게 된다. 정서촌의 시에서도 엿볼 수 있는 것은, 이 선동적인 주체의 세계관이 당의 비전과 일치한다는 것이며, 당의 비전과 요구를 능동적으로 수용하는 주체의 개성 창조가 문제시된다는 것이다.

그런데 이런 선동의 주체론에서 부각되는 것은 주로 사회주의 발전과 사회주의 건설의 논리가 요구되는 노동에서이다.

…열 아홉 해, 조국의 흙을 밟고 자랐지만
다시금 처녀는 곰곰이 생각했더랍니다,
수령님께서 주신 씨앗을 남김없이 묻기 위해선
그 많은 땅이 아직 넉넉지 못한 것임을…

그래 한밤이면 살며시 사립문을 헤치고
처녀는 재등너머 묵밭으로 걸어갔습니다.
아무도 여태 보습날을 대여보지 않은
아직은 조합의 계획에도 들어있지 않은

처녀는 삽날로 굳은 땅을 깨치고

치마폭이 처지도록 돌을 싸안았습니다,
이마에서 흐르는 굵은 땅방울은
찬 흙을 적시고 다시 적시였습니다.

누구도 그것을 본 사람은 없습니다,
과업을 준 사람, 로력수첩에 점수를 적어준 사람도
다만 처녀는 스스로 책임량을 정하고
밤마다 마음으로 어버이수령님께 그것을 보고드렸습니다.

이리하여 우리 조국 한 지점에
황금보다 귀중한 새땅을 보태인
지금은 청산리 온 들판이 다 아는
하늘의 별들이 다 아는 처녀

—「하늘의 별들이 다 아는 처녀」(1961) 부분

위 시에서 주로 형상화하고 있는 것은 처녀의 근면한 노동이다. 그 노동은 개인에게로 돌아오는 이익을 위한 것이 아니라, 조합으로 돌아가는 공동의 이익을 위한 것이다. '아무도 여태 보습날을 대여보지 않은/ 아직은 조합의 계획에도 들어있지 않은' 황무지이지만, '그 많은 땅이 아직 넉넉지 못한것'이기 때문에 언젠가는 개간해야 할 땅이 된다. 처녀는 당과 조합이 시키지도 않은 일을 하고 있는 것이다. 그것도 '누구도 그것을 본 사람은 없'으며 '로력수첩에 점수를 적어준 사람도' 없는 데도 불구하고 저 홀로 열심히 일하고 있는 것이다.

이러한 처녀의 노동이 북한 사회에서 의미 있게 만들어지는 장치로 시인이 설정한 것은 수령과의 상징적인 관계이다. 처녀의 마음 속에서 언제라도 소통이 가능한 수령을 형상화함으로써 처녀의 노동에 필연성과 합목적성을 부여하고 처녀의 노동은 치하 받게 되는 것이다. 처녀가 노동을 하는 목적은 '수령님께서 주신 씨앗을 남김없이 묻기 위해선/그 많은 땅이 아직 넉넉지 못한것임을' 쳐녀가 스스로 깨달은 것이기 때문이다. 그리고 황무지를 개간하는 동안 조합에서 하듯이 스스로 '책임량을 정하고' 거기에서 이루어진 자신의 성과를 '마음으로 어버이수령님께 그것을 보고드'리는 방식을 택한다. 이 방식을 통해서 처녀는 조합원들은 모두 모르지만 마음 속의 수령만은 모든 것을 다 아는, 혹은 '하늘의 별들이 다 아는' 처녀가 되는 것이다.

이 때 중요한 것은 처녀가 노동하려는 욕망이 당이 요구하는 비전과 합치된다는 사실이고, 처녀의 노동 행위는 당의 비전과 같으며 경우에 따라서는 그것을 넘어선다는 점이다. 이 시가 쓰여진 1961년 당시 북한 사회는 사회주의의 전면적인 건설을 다그치기 위한 투쟁의 시기(1961-1966)였는데, 이 때 당이 민중들에게 가장 절실하게 요구하는 것은 민중들 스스로가 주체적이고 능동적인 노동 인력이 되는 것이었을 터이다. 민중 개개인이 알아서 필요한 것을 생각하고 목표를 세워 그 목표를 달성하는, 한 단계 높은 수준의 노동 인력으로 바뀌는 것이었을 터이다. 위의 시에서는 처녀가 이러한 당의 비전을 상기하는 자로 묘사되지는 않지만, 중요한 것은 이러한 당의 비전과 처녀의 행동이 정확히 일치한다는 사실이다. 즉 처녀는 북한 사회에서 시대를 선도하고 계몽하는 선동의 주체이다. 그리고 북한 사회에서 진정한 노동 "영웅"이다.

이렇게 솔선수범하는 노동의 영웅이자 선동가들은 정서촌의 시에서 주요한 시적 주체로 형상화된다. "한장의 도면도 기술도 없이/재더미된 풀무간에서 평범한 로동자가/달구고 뚜드리고 깎아맞추며/뜨락또르를 만든 력사가 어디에 있었던가"(130쪽)에서는 농촌기계화의 영웅이 묘사되고, "건설장의 밤, 불도젤의 육중한 동음도/나에게는 들리노라, 모든 음향들이/어머니의 부드러운 숨결처럼만..."(109쪽)에서는 북한 사회에서 요구되는 건설 노동자의 바람직한 태도가 엿보인다.

4. 역사적 지배담론의 형상화

정서촌의 시는 북한의 지배적인 역사 서술과 호흡을 같이 한다. 북한의 지배적인 역사 서술이 수령을 중심으로 전개되는 수령의 역사라고 말할 수 있을 터인데, 그의 시는 그러한 수령의 업적과 성과를 충실하게 반영하고 형상화한다. 따라서 그의 시는 북한의 역사를 형상화하는 지배담론의 일종이 된다.

그의 시에서 북한의 역사를 살피는 것은 먼저 일제 식민기에 있었던 항일 무장 투쟁 시기부터 살펴야 할 것이다. 김일성은 혁명의 길을 열어 나아가는 것으로 묘사된다. "오늘의 우리 당을 한가슴에 안으시고/민족의 운명을 두어깨에 짊어지시고/빨찌산대원들을 하나하나 부축여주시며/어떻게 혁명의 길을 열어가시였더냐"(24쪽)라고 하는 구절이 바로 그것이다. 일제 식민지에서 억압받던 민족의 불행한 '운명을 두어깨에 짊어지'고 '혁명의 길을 열어가'는 김일성의 모습은 북한을 개국하는 인간으로서 충분한 조건을 가지게 되는 것이다.

한편 정서촌의 시가 북한의 역사를 기록할 때 주목되는 부분은 토지분배라는 사건이다.

> 그래 조상의 뼈묻어오기 몇 대였더뇨
> 깨여진 쪽박에 애꿎은 목숨을 꿰여차고
> 간도로, 다시 자리뜸하여 구름처럼 바람처럼
> 하많은 세월을 떠다녔거니...

지금은 다만 슬픈 옛말이라오
우리의 장군님, 꿈같은 해방과 함께
까마득 하늘의 별같던 문전옥답을
이 웬말인고, 우리 품에 얼싸안겨주셨네.

[…중략…]

다시야 어느놈이 우리 잔등에 멍에를 지우랴,
다시야 어는 밭고랑을 눈물로써 우리 적시랴,
-토지받은 농민이여, 영원히 웃으라!
우리 태양처럼 믿거늘 장군님의 말씀을.

아 팻말을 꽂고 내 땅을 힘껏 밟아보며
첫 보습날을 깊숙이 대이던 그날로부터
서글프던 구름은 어데로 사라졌느뇨.
웃음 머금은 보랏빛 고향하늘이
정녕 샘처럼 맑기도 하네, 곱기도 하네.

—「땅의 전설」(1946) 부분

토지 분배의 기쁨을 노래하고 있는 위의 시에서는 토지 분배라는 역사적인 사건의 의미를 잘 보여주고 있다. 토지 분배는 이 시에서 빈농과 소작농의 원한을 풀어준다는 의미를 지닌다. 조상들이 대대로 살아도 '깨여진 쪽박에 애꿎은 목숨'뿐이고 그것도 '간도로, 다시 자리뜸하여 구름처럼 바람처럼' 떠돌아 다니는 풍진의 인생이었는데, 이제는 '꿈같은 해방과 함께' '까마득 하늘의 별같던 문전옥답'이 생긴 것이다. 이 기쁨이란 대대로 가난하고 비참하게 살아온 빈농과 소작농에게는 한의 풀이였을 것이다.

그런데 토지 분배라는 사건이 주는 더 중요한 의미는 북한 사회에서 김일성과 당이 민중들에게 절대적인 지지를 받을 수 있었다는 사실에 있다. 남한에서는 일제 잔재의 청산조차 제대로 이루어지지 않은 때에 북한에서는 일제 잔재의 청산과 토지 분배가 동시에 감행되었다는 사실은 당시 북한이 내세우는 사회주의만의 자랑이기도 했다. 물론 그 한 가운데에는 '우리의 장군님'이 있다. '우리의 장군님'만이 그 기적같은 일을 가능하게 만든 것이다. 따라서 '토지받은 농민이여, 영원히 웃으라!'라는 기쁨으로 '우리의 장군님'을 '우리 태양처럼 믿거늘'이라고 말한다. 김일성이 해방 이후 북한 사회의 실질적인 지도자로서 역사의 전면에 부각되는 것이다.

토지 분배와 아울러 북한의 역사에서 주목되는 사건이 주택 보급일 것이다. 정서촌은 그 기쁨도 노래하고 있다.

> 아, 얼마나 아담한 문화주택들이
> 저 푸른 언덕에서 우리를 기다리고있는가
> 앞에는 금나락이 강물처럼 설레이고
> 뒤에는 과일꽃이 그윽한 향기를 풍겨주는
>
> [···중략···]
>
> 누구도, 이 세상 그 누구도
> 우리에게 줄수 없었던 사랑의 창문들을
> 위대한 수령님 이끄시는 로동당시대가
> 우리에게 활짝 열어주었노라고

사람들이여! 우리는 이제 3천리 끝까지
오막살이 마지막 흔적을 다 지우리라!
이 나라의 모든 식솔들이 새 집에 드는 날
큰집들이를 베풀고 온 겨레가 둘러앉으리라!

—「집」(1962) 부분

위의 시에서도 시 「땅의 전설」과 마찬가지로 조상들의 '긴긴세월 가난을 버리고 서 있던' '오막살이'에서 벗어나는 기쁨과 그 기쁨을 가능하게 만들어준 '위대한 수령님'과 '로동당'에 대한 감사를 표현하고 있다. '얼마나 아담한 문화주택들이/저 푸른 언덕에서 우리를 기다리고있는가'라는 구절은 그 기쁨을 단적으로 표현한 것이다. 기다리는 집이 있다는 것은 인간에게는 크나큰 행복일 수밖에 없다. 그것은 곧바로 당과 수령에 대한 감사와 충성으로 이어진다. '위대한 수령님 이끄시는 로동당시대'가 '누구도, 이 세상 그 누구도/우리에게 줄수 없었던 사랑의 창문들을' '활짝 열어주'는 집을 주는 것으로, 민중들의 기쁨을 형상화하면서 당과 김일성의 존재가 부각된다.

이렇게 정서촌의 시는 지배담론으로서의 역사를 보충하면서 지배담론의 역사를 형상화하는 북한 역사의 충실한 기록물인 셈이다. 당의 사업과 성과에 대하여 민중의 기쁨과 충성심을 형상화하여 당의 요구에 충실히 부합한 시편들을 만들어 놓은 셈이다.

5. 충실한 역사의 기록이 주는 의미

정서촌의 시는 주체의 역사에 대한 충실한 기록이다. 그의 시는 항일무장 투쟁 시기부터 시작하여 사회주의 건설에 이르기까지 김일성의 업적과 성과를 형상화하는 데에 초점이 맞추어져 있다. 항일 무장 투쟁 시기에 행했던 김일성의 업적을 찬양하고, 해방 이후 토지 분배와 주택 무상 공급에 대한 민중들에 기쁨과 수령을 향한 충성심을 노래하였으며, 사회주의 건설에 박차는 가하는 당의 요구에 부합하는 인간형을 형상화하였다.

본고에서는 먼저 정서촌의 시가 김일성 신화 만들기에 주력하고 있다는 것을 밝히고자 했다. 특히 1967년을 전후로 하여 그 이전에는 수령 형상화의 방법이 민중들과 함께 고민하고 생활하는 인간주의자로서의 모습을 강조한 수평적 신화 만들기였는데, 그 이후에는 민중들을 초월하여 역사적인 상징의 자리로 오른 초월자로서의 모습을 강조한 수직적 신화 만들기로 변질 되어갔다는 것을 주목하였다. 그리고 정서촌의 시에서 형상화된 주체가 창조적이고 개인적이며 서정적인 주체가 아니라 선전 선동적인 주체임을 포착하고자 했다. 노동에 관한 시편들에서 검토해 보면서 그의 시에서 형상화된 인물들은 주체의 세계관과 당의 비전이 합치하고 주체의 행동이 시대적인 진취성을 가지며 타인의 전범으로 기능할 수 있는 선동적인 주체임을 살펴보았다. 마지막으로 정서촌의 시가 김일성을 중심으로 하는 북한의 역사를 형상화하는 지배담론의 일종임을 검토하였다. 그의 시는 항일 무장 혁명 시기부터 시작하여 토지 분배와 주택 보급 등의 사건들을 통하여 김일성의 업적을 찬미하고 김일성에 대한 충성심을 고조시키는 장면을 형상화하면서 북한 사회에서 역사적 사건들의 의미를 구체적으로 규정하고 있었다.

이러한 정서촌의 시적 작업은 역사로 말한다면 일종의 正史가 될 것이다. 지배계층의 모더니티 혹은 정치적 모더니티를 근간으로 하여 당의 요구와 비전에 따른 창작의 한 면모를 보여준 것이며, 때로는 당의 요구보다 더 나아가서 새로운 주체사회주의적 인간형을 창조하려고 나름대로 노력한 것으로 볼 수 있다. 그런데 정사란 역사의 한 얼굴일 것이다. 지배계층이 시도한 역사에 대한 충실한 서술 뒤에는 인간의 다양한 욕망에 대한 억압이 숨겨져 있는 것이다. 정서촌의 시에는 이러한 욕망에 대한 암시와 비유가 취약한 것이 아쉽다. 문학은 비유의 속성으로 인하여 다양한 욕망이 모이고 충돌할 수 있는 다성음적인 공간일 것이기 때문이다.

'노동'을 소재로 한 최근의 북한시

—2001~2002년 사이의 『조선문학』

1. 『주체문학론』 이후의 문예동향

욕망의 기록이 문학일진대, 그러한 문학에도 시대적인 경향을 주도하는 한 인간이 엄연하게 존재한다는 사실이 북한시 앞에 선 필자의 당혹감이다. 침대에 맞춰 손님의 다리를 늘였다 줄였다 하는 신화의 주인공격인 김정일이 북한시의 이론과 창작의 전면에 부상해 있다는 점에서, 북한시의 동향을 살피기 위해서는 그의 문예관을 중시할 필요가 있다. 김정일의 『주체문학론』은 1967년에 당의 공식문예이론으로 채택된 주체문예이론의 1990년대적인 변신이다. 이 변신의 요체는 "사회주의적 사실주의는 유물변증법적 세계관에 기초하고 있지만 주체사실주의는 사람중심의 세계관, 주체의 세계관에 기초하고 있다."[1]라고 하는 부분에서 가장 잘 드러난다. 북한사회의 철학관과 문예관의 무게중심이 사회주의적 사실주의에서 주체사실주의로 이동한 데에는, 동구사회주의의 몰락에 따른 당의 이념적·시대적 위기감이 숨어 있는 것으로 생각된다.

1 김정일, 『주체문학론』, 조선로동당출판사, 1992, 95쪽.

이러한 주체사실주의를 표방하는 『주체문학론』에서 표나게 강조하는 것 중의 하나가 주체사회주의를 잘 구현하는 '인간전형'이다.

> 주인공의 내면세계를 깊이 있게 그려야 세상에서 가장 아름답고 고상한 주체형의 인간전형인 충신의 성격적 특성을 옳게 밝힐 수 있고 인간적 풍모를 선명하고 풍만하게 보여줄 수 있다.[2]

> 우리 시대의 영웅을 형상화하는데서 그들이 처음부터 영웅적 기질을 타고난 기상천외한 인물이 아니라 평범한 출신의 근로자이며 직장과 가정에서 날마다 사람들과 함께 일하며 살고 있는 보통인간이라는 것을 잘 보여주어야 한다.[3]

북한시가 관심을 갖는 대상은 주체사회주의 건설을 위해서 열심히 일하는 근로자이면서, 당에 무한하게 충성하는 자이다. 따라서 그의 내면세계에 대한 묘사는 '충신'이라는 '침대' 안에서만 유효하다. 시적 화자(혹은 서정적 주인공) 역시 '충신'으로 묘사될 때에만 문예적, 사상적 가치를 획득하기 때문이다. 따라서 충신에서 미달된 자는 연장의 방법으로, 그리고 충신 이외의 것은 절단의 방법으로 인간전형을 만드는 기이한 제련술이 북한시에서 살펴지는 것은 전혀 이상한 일이 아니다.

이러한 문예정책은 『주체문학론』 이후부터 최근까지 북한문예의 일관된 흐름이다. 다만 포스트김일성시대 이후의 김정일시대에는 '선군혁명문학'이라는 용어로 그 표현을 달리하고 있을 뿐이다.

> 가장 위대한 선군정치시대를 반영한 우리 문학은 선군혁명문학이다. 우리가 말하는 선군혁명문학은 주체사실주의문학의 새로운 발전이다. […중략…]

---

2 위의 책, 165쪽.
3 위의 책, 170쪽.

오늘 우리 문학은 주체사상에 선군정치를 더하여 주체혁명의 새로운 한 시대를 펼치고 인류앞에 자주적운명개척의 새로운 전략을 마련하신 위대한 김정일동지의 선군혁명사상과 리념을 반영하여 20세기 새형의 문학으로 뚜렷이 부각되었다.[4]

위대한 령도자 김정일동지의 고전적로작《주체문학론》은 문학창작과 건설에서 나서는 모든 문제들을 새로운 해명을 주는 독창성과 시대성으로 더욱 빛나고 있다.[5]

선군혁명문학이란 김일성 사후부터 최근까지의 북한문예이론을 공식적으로 부르는 명칭인 듯하다. 그것은 '주체사실주의문학의 새로운 발전'으로 형용되고 있는데, 여기에서 '새로운 발전'이란 '김정일동지의 선군혁명사상과 리념을 반영'한 것이다. 즉 주체사실주의의 연속성 상에서 새로운 시대의 변화를 나름대로 수용하는 것이다.

『주체문학론』 이후의 이러한 문예동향은 2000년대 이후의 북한시가 쓰여지는 배경이 된다. 북한시는 주체사실주의가 요구하는 '사회정치적 생명체문제'와 '수령형상창조문제'에 여전히 몰두하면서 거기에서 발생되는 주제의 도식성 문제에 봉착해 있고, 또 그러한 문제를 극복하려는 나름의 다양한 시도를 제출하고 있다. 하지만 이러한 다양한 시도 역시 당정책에의 종속이라는 분명한 한계를 지니고 있음은 물론이다. 이 글에서는 『조선문학』지 2001~2년 사이에 노동을 소재로 한 시작품들을 선정한 뒤, 이러한 문제와 시도를 살펴보기로 한다.

---

4 최길상, 「새 세기와 선군혁명문학」, 『조선문학』 2001. 1호, 5쪽.
5 최길상, 「비범한 예지, 탁월한 예술적천품의 정화—위대한 령도자 김정일동지의 고전적로작《주체문학론》발표 10돐을 맞으며」, 『조선문학』 2002. 1호, 6쪽.

2. 생산격려와 강성대국건설을 다룬 시편들

북한시에서 가장 쉽게 발견되는 소재는 노동이다. 노동은 분야별로는 농업, 임업, 광업 등이 주로 눈에 띄는데, 여기에서 저개발국가인 북한의 이미지를 쉽게 느낄 수 있다. 그들의 노동은 고부가가치이자 노동집약적인 선진국형이 아니라 주로 1차 산업적이다. 또한 노동을 소재로 한 시에서는 북한사회에서 가장 시급히 요구되는 식량의 문제, 에너지의 문제를 엿볼 수 있다. 가뭄과 기근, 에너지의 부족이 반복되는 북한사회의 당면한 난제는 문예에서도 중대한 문제로 부각된다. 이러한 당면과제의 극복 앞에서 북한시에는 크게 두 가지의 주제가 상정된다. 생산격려와 강성대국의 건설이 그것이다.

이 두 가지의 주제를 다룰 때에는 거의 주체사실주의가 요구하는 사회정치적생명체문제와 수령형상창조문제가 개입된다.

아, 내 오늘
함흥 100리벌에 이어
벼물결 일렁거리는
눈뿌리 아득한 광포대지우에서
온 세상에 소리쳐 말하고 싶구나

지난 날 흐릿한 광포호수에서
갈게나 건지던 내가 바로
장군님의 배심과 담력으로
이 땅을 들어 올린 사나이라고
고난의 그 감탕 속에서
행복의 알찬 열매를 엉글린 사나이라고

—최광조, 「땅을 들어 올렸다」 부분[6]

왔구나
토지정리한 농장벌에 찾아 온 봄이여
새해농사 지으려 벌에 들어서는
장군님 보내주신 새 뜨락또르의
발동소리도 봄노래에 젖었구나

돌개바람을 일구며
차량마다 화학비료 싣고 달여 오는
기관차의 무쇠발굽도
봄바람을 안았구나

아, 봄이여
어사벌에 찾아 오는 새 세기의 봄이여
봉건의 마지막유물로 남아 있던
그 논 그 지경 그 두렁을 밀어 내고

장군님 펼쳐 주신 규격포전 그 어디나
기계화의 보습날을 대이는
기쁨의 봄
강성부흥의 새 씨앗을 뿌리는
행복의 봄

—오필천, 「어사벌의 봄」 부분[7]

위의 두 시에서는 모두 수령형상창조문제와 사회정치적생명체문제를

6 『조선문학』, 2001. 8호, 40쪽.
7 『조선문학』, 2001. 5호, 7쪽.

'충신' 혹은 '숨은 영웅'의 형상화라는 관점에서 접근하고 있다. 앞의 시는 광포호수를 논으로 개간한 사나이가 제 감격을 노래하고 있다. 그가 호수를 개간할 수 있었던 마음의 원동력은 장군님의 배심과 담력이다. 그의 배심과 담력을 배우고 익혀서 자신의 것으로 만들었을 때 놀라운 개간의 역사가 나타난다. 이렇듯 앞의 시에서는 사나이의 의지를 수령의 의지의 모방물로 그리면서 수령형상창조문제를 자연스럽게 표현하고 있고, 나아가 그의 형상대로 사는 것이 그 사회의 충신이자 숨은 영웅이 되는 것임을 암시한다. 물론 이러한 형상화 내용의 목표는 노동의 격려, 생산의 격려이다.

뒤의 시에서도 마찬가지이다. 오필천의 시 「어사벌의 봄」에서는 장군님의 역할이 더 많이 드러난다. 새 뜨락또르를 보내준 자, 규격포전을 펼쳐 주신 자가 장군님이다. 장군님은 기계화의 선구요, 농지정리의 화신으로 형상화된다. 그 가운데에서 시적 화자는 '기쁨의 봄/강성부흥의 새 씨앗을 뿌리는/행복의 봄'을 맞이하고 있다. 그는 수령의 뜻에 따라서 자신의 사회적 역할—농사일(노동)—을 충실히 수행하는 충신으로서 강성대국을 건설하는 일꾼인 것이다.

이렇듯 북한시는 '수령'과 '충신'이라는 일정한 성격을 거의 획일적으로 묘사한다는 점에서 도식성에 빠져 있다. 북한시단에서도 이러한 도식성의 문제는 교훈을 위해서 쾌락을 희생시킨다는 점에서 심각한데, 그것을 극복하기 위한 노력을 나름대로 하고 있는 듯하다. 북한사회에서 그러한 노력은 '생활적인 시', '진실'한 작품으로 나타난다. "《당정책적인 대가 바로 서고 작가의 사상적의도가 좋은 경우에도 형상이 진실하지 못한 작품은 대중의 사랑을 받을수 없다.》"[8]라고 한 김정일의 말은 그러한 경향을 단적으로 보여준다.

8 리동성, 「생활적인 시에 대한 소감」, 『조선문학』 2001 9호, 53쪽.

3. 노동을 통한 사랑의 형상화

도식성의 문제로 제기되는 생활적인 시에 대한 요구는 『주체문학론』에서 그 근거가 분명히 찾아진다. "생활을 진실하게 반영하는가 못하는가 하는 문제는 작가의 생활체험이 얼마나 깊은가 하는 데 따라 많이 좌우된다."[9]라는 구절이 그것이다. 당의 문예정책과 지침을 충실하게 수용하면서도 그것을 생활에서 실감나게 묘사해야만 도식성이 극복되고 미적 감동과 쾌락이 생기는 것이다. 따라서 시인에게는 개성이 요구된다. 김정일은 "시에서는 서정적 주인공의 모습이 뚜렷하여야 하며 다른 사람이 대신할 수 없는 독특한 정서세계가 펼쳐져야 한다."[10]고 주장한다.

그런데 당의 정책과 시인의 개성은 자칫 충돌하기 쉬운 두 요소이다. 하나가 규범이라면, 다른 하나는 욕망이기 때문이다. 이 부분을 그럴듯하게 통합시키는 시편을 찾는 것은 북한시를 읽는 재미난 일임이 분명하다. 규범의 바닥을 파헤치고 욕망의 언어를 크게 소리내는 어느 복두장이의 이야기는 아닐지라도, 북한시는 나름대로 도식적인 규범을 횡단하는 욕망을 묘사하는 경우가 종종 있다. 연시(聯詩) 「전야의 사랑가」[11]가 그러한 경우이다.

「전야의 사랑가」는 총각과 분이가 노동을 통해서 사랑을 성취한다는 주제를 11편의 연시—「첫 머리에」, 「싹」, 「싹에서 돋은 줄기」, 「새벽에」, 「비구름만 봐도」, 「사랑풍경」, 「전야의 사랑은」, 「돌아가지요」, 「이삭은 왜 고개 숙이나」, 「이삭에게 주는 사랑가」, 「나를 청해 다오」—에서 보여준다. 이 가운데에 「첫 머리에」와 「나를 청해 다오」는 시인의 프롤로그와 에필로그로서 시인의 목소리로, 「돌아가지요」까지의 전반부는 분이

---

9 김정일, 앞의 책, 196쪽.
10 위의 책, 105쪽.
11 『조선문학』, 2001 1호, 15~20쪽.

의 목소리로, 후반부는 총각의 목소리로 주로 서술된다. 분이의 목소리에는 주로 사랑(욕망)에 대한 자연스러운 감정이, 총각의 목소리에는 노동(정책)에 대한 가열한 의지가 배어 있다.

전반부에서는 분이가 화자가 되어 총각을 향한 사랑의 감정이 깊어지는 것을 묘사한다. 「싹」에서는 제대하자마자 벌로 달려온 총각의 한 마디에 그에게 정이 든 분이의 마음이 노래되고, 「싹에서 돋은 줄기」에서 분이는 "그런데 그런데 야속도 해라/십리밖 돌피는 잘도 보면서/한발작 앞 요내 가슴 둘치며 크는/꽃줄기는 어째서 못 보는가요"라고 하면서 총각을 향한 사랑이 싹 트는 자신의 감정을 홀로 속삭인다. 「비구름만 봐도」에서 양떼를 몰다 실개천을 만나 건너지 못하는 분이를 총각이 도와주고, 「사랑풍경」에서는 서로 솜외투를 덮어주며, 이어 「전야의 사랑은」에서는 분이와 총각이 함께 노동을 하면서 서로 사랑이 깊어지고 있음을 보여준다. 여기까지는 젊은 남녀 사이에서 있을 법한 사랑의 감정을 감칠 맛나게 묘사하고 있는데, 이 부분을 두고 "순수한 생활세태를 노래한 자연주의작품 같다고"[12] 비판한 사람이 있을 정도로 자연스러운 감정을 비교적 수수하게 묘사하고 있다.

그런데 총각의 목소리가 중심을 이루는 후반부에서는 노동에 대한 당 정책의 의지가 강하게 암시되면서도 개인간의 사랑이 교묘하게 드러난다. 「이삭은 왜 고개 숙이나」에서 총각은 "아! 한포기에도 바친 사랑을/굳이 헤어린다면/일생을 련인에게 다한/그 열렬함과 맞먹을가요"라고 하면서 이삭(노동, 당정책)에 대한 강렬한 애착을 드러낸다. 이어 「이삭에게 주는 사랑가」에서는 노동의 의미를 최우선시하면서 동시에 이성간의 사랑을 성취한다.

---

12 리동성, 앞의 평론, 55쪽.

이삭아

땀을 달라면 깡그리 땀을 줄테다

살점을 달라면 살을 떼줄테다

갓 서른 오르도록 입밖에도 못내 본

사랑! 그 사랑이 필요하다면 사랑을 줄테다

지어 목숨을 내라면 목숨까지도 바칠테다

[…중략…]

나의 사랑은 이삭, 이삭은 내 사랑

배우자선택에 무슨 소개자가 필요하랴

이삭을 온몸으로, 온 일생으로 사랑하는 처녀

그런 처녀 내 사람으로 만들테다!

이 부분에서는 정책(노동의 격려)이라는 규범의 영토를 욕망(사랑의 감정)이 횡단한다. 총각은 이삭에 대한 애착을 바탕으로 분이의 사랑을 발견한다. 여기에서 발견이란 정책에 대한 충실한 일꾼이자 분이의 사랑을 받아주는 애인이 되는 접지점의 발견이다.

이 발견은 일종의 희극적인 발견 혹은 인지(cognitio)와 흡사하다. 노동에 대한 총각의 의지가 사랑의 유일한 장해였는데, 결말에 와서 총각이 사랑과 노동을 하나로 인지하면서 "주인공과 여주인공이 서로 결합되게끔 줄거리가 구성"[13]되었기 때문이다.

그런데 이러한 희극적인 기법은 서정시가 가지고 있는 비극성을 다분히 경시한다는 문제점이 있다. 그것은 북한문예의 형식주의, 북한사회

13 N. Frye, 『비평의 해부』, 한길사, 1982, 229쪽.

나름의 합리주의를 그대로 노출시킨다는 점에서 문학이 가져야할 "인간의 자유로운 정신"[14] 혹은 니체식의 디오니소스적인 것, 실존적인 것을 경시하는 약점이 있다. 그것은 마르쿠제가 말하는 "자기 증명적인 가설-끊임없이 독점적으로 되풀이됨으로써 최면적인 정의 또는 명령이 되는 가설"[15]인 일차원적인 사유(one-dimensional thought)에서 시작된 것에 불과하다.

4. 나가며

최근의 북한시가 『주체문학론』의 강력한 영향권 안에서 창작되고 비평되는 현실을 감안할 때, 북한시에 대한 접근방법 역시 연역적으로 이루어진다. 비평의 압력이 창작을 압도할 때, 시는 합리주의, 형식주의에 빠지기 쉽다. 북한시는 이러한 함정을 파놓고 자기 자신이 빠지는 놀이를 하고 있는 셈이다. 더군다나 문제가 되는 것은 당분간 이러한 함정파기놀이에서 빠져나올 가능성이 거의 전무하다는 데에 그 심각성이 있다. 이런 점에서 "문학 속에서 발생하는 모든 문제의 해결책이 언제나 김씨 부자의 교시와 사랑에 맞닿아 있다"[16]라는 김종회 교수의 우려에 전적으로 동감을 표한다.

지금까지 살펴본 노동을 소재로 한 북한시에서도 저간의 사정은 마찬가지이다. 수령형상창조문제와 사회정치적생명체문제가 주체사실주의의 양대 과제로 설정된 이상, 노동을 소재로 한 북한시의 경우에는 생산격려와 강성대국건설의 소재뿐만 아니라 사랑의 소재에서도 그러한 과

---

14 강영계, 『니체, 해체의 모험』, 고려원, 1995, 23쪽.
15 H. Marcuse, 『일차원적인 인간』, 한마음사, 1986, 34쪽.
16 김종회, 「오늘의 북한문학, 어떻게 볼 것인가」, 김종회 편, 『북한문학의 이해2』, 청동거울, 2002, 21쪽.

제들을 충실히 수행할 것이 분명하다. 하지만 우리가 북한시를 읽는다는 것은 합리주의, 형식주의에서 읽을 수 있는 북한사회의 정치적, 경제적, 문화적 경직성을 유추하고 미세한 사회의 변화를 포착한다는 점에서, 그리고 작품 속에 암시된 개인의 욕망을 살펴본다는 점에서 여전히 유효한 작업임에는 틀림이 없다. 아직까지는 북한사회를 살아가는 개인의 내면을 만나기에는 문학만큼 세밀한 것은 없기 때문이다.

역사를 전유하는 북한문학
—5·18광주민주화운동을 중심으로

1. 들어가며

북한문학은 왜 우리 사회에 관심을 가지는가. 이 관심은 북한의 현대 문학사에서 비교적 지속적이고 반복적이라는 점에서 어떤 숨은 의도가 있을 것으로 추측된다. 관심을 보인다는 것은, 관심의 주체와 깊은 관련이 있음을, 그리고 바로 주체 자신의 문제일 수 있음을 암시하기 때문이다. 이 글에서는 5·18광주민주화운동을 접근하는 북한문학의 방식을 통해서 우리의 역사를 전유하는 실상을 검토하고자 한다.

북한문학이 우리 사회에 관심을 가지는 것은 무엇보다 당의 문예정책에 기인한다. 당 문예정책은 여러 부분에서 확인되지만, 무엇보다도 1961년에 결성된 '조선문학예술총동맹'의 창작 지도 사업에서 가장 구체적으로 드러난다. 북한에서는 문예정책이 곧바로 문인들의 창작 가이드라인으로 작용한다는 점에서 아주 중요한다. 당이 정해놓은 몇 가지의 주제들을 토대로 놓고서 그것들을 심화·발전시키는 방향에서 작품이 발표된다. 이때 몇 가지의 주제들은 한 북한문학 연구가의 정리에 따르면 다음과 같다.

① 혁명적 전통(김일성의 항일 투쟁을 찬양함)을 다룰 것.

② 조국 통일과 혁명 과업(6·25 당시의 인민군의 활동을 찬양함)을 그릴 것.

③ 사회주의 사회 건설(북한 사회의 발전을 찬양함)의 위대성을 찬양할 것.

④ 제국주의 부패상(남한의 현실 비판)과 통일의 당위성을 그릴 것.[1]

당이 요구하는 주제 중 네 번째 항목이 제국주의의 부패상, 다시 말해서 남한의 현실을 비판하는 부분이다. 이 점에서 북한문학이 우리 사회에 가지는 관심은 개인적이지 않다는 것, 즉 당의 문예정책이라는 것이 분명히 확인된다. 사실 우리 문인들도 개인의 성향과 취향에 따라 북한 사회에 관심을 가지고서, 북한 사회를 형상화하는 경우도 있지만, 우리 사회에 대한 북한문인의 관심은 상당히 당 정책적이라는 점이 다르다. 철저히 당의 입장과 시각에서 우리 사회를 바라본다는 것이다. 이 점에서 네 번째 항목에서 "통일의 당위성"을 운운하는 것도 심정적인 민족공동체에 근거를 둔 것이 아닌, 사회주의의 확산 정책과 깊은 관련이 있는 듯하다. 당 지도부의 정책 욕망이 그대로 북한문인과 그들의 작품에 육화되는 차원이다.

아울러 우리 사회에 대한 관심 속에는 북한 사회의 체제우월성과 내부결속을 강조하기 위해서 필요하다는 점도 고려할 필요가 있다. 북한문인들의 작품 속에 표현된 우리 사회가 어떤 구체성을 지니고 인물들의 갈등을 실감있게 표현해서 우리마저 공감을 얻는 수준이 아니라, 북한식의 사회주의 체제가 아니기 때문에 발생하는 문제점에서 시작해서 사회주의 체제를 지향하는 방향으로만 서술된다면, 그러한 서술은 우회적으로 자기 체제의 우월성을 강조하는 데에 불과하다. 물론 이런 강조 속에는 북한 사회 내부의 모순과 불만, 갈등을 다른 사회를 배경으로 해

---

1 권영민, 「북한의 문예 이론과 문예 정책」, 권영민 편, 『북한의 문학』, 을유문화사, 1989, 79쪽.

소시키고자 하는 의도에 다름 아니다.

이처럼 북한문학은 당의 정책과 체제우월·내부결속이라는 두 목적이 서로 어울리면서 우리 사회를 문학적인 소재로 활용하는 듯싶다. 이 글은 이러한 현상의 구체적인 실례 중 하나로써 5·18광주민주화운동에 접근하는 북한문학의 실상을 주목하고자 한다. 먼저 우리 사회에 대한 북한문인들의 지속적인 관심을 검토하고, 우리 문학 속의 5·18광주를 살펴본 뒤, 5·18광주민주화운동을 전유하는 북한문학의 실상을 분석하기로 한다.

2. 우리 사회에 대한 북한문학의 관심

우리 사회에 대한 북한문학의 관심은 건국 이후 지금까지 지속적이고 반복적이라는 특징이 있다. 북한 문학은 평화적 건설시기(1945. 8~1950. 6), 위대한 조국해방전쟁시기(1950. 6~1953. 7), 전후복구건설과 사회주의 기초건설을 위한 투쟁시기(1953. 7~1960), 사회주의의 전면적 건설과 사회주의의 기초건설을 앞당기기 위한 투쟁시기(1961~현재)를 거치면서 우리 사회에 대한 비판을 중요한 주제 중의 하나로 취급한다.

평화적 건설시기에는 소설 「그전날밤」을 쓴 리동규와 「제2전구」를 쓴 박태민 등이 남조선 인민들의 투쟁을 다룬 소설이, 그리고 위대한 조국해방전쟁시기에는 반동세력을 규탄하기 위한 비판적인 反미·反남한 소설들인 김형교의 「뻐다구 장군」과 한설야의 「승냥이」 등이 주목된다. 전후복구건설과 사회주의 기초건설을 위한 투쟁시기에는 리근영의 단편 「그들은 굴하지 않았다」와 최재석의 단편 「탈출」과 장편 『동틀 무렵』 등이 남조선 인민의 투쟁을 심도 있게 다루고, 사회주의의 전면적 건설과 사회주의의 기초건설을 앞당기기 위한 투쟁시기에는 남한에서의 계급 투쟁을 그린 이기영의 중편 「한 녀성의 운명」이 발표된다. 이 시기에 시의 경우에는 남한의 현실에 대한 관심과 통일에 대한 문제의식, 미국에 대한 비판이 중심을 이룬 백하의 「교실은 비지 않았다」(1964), 리호일의 「천백 배 복수의 불길로」(1964), 안창만 등이 가세한 시집 『조선은 하나다』(1976) 등이 발표·출간된다.

이러한 가운데에 5·18광주민주화운동에 대한 관심은 1980년대 이후 상당히 지대한 편이다. 시에서는 림호권의 「광주의 꽃」(1980), 류향모의 「5월」(1993), 김영근의 「광주는 솟아 있다」(1987), 문성락의 「광주의 5월」(1991), 장혜명의 「투쟁의 도시 광주에」(1991), 고호길의 「5월의 광주여」(1994), 박원종의 「광주 사람들 문을 걸지 않는다」(1990), 문재건의 「광주의 얼」(1986), 「붉은 잎사귀」등이, 소설에서는 남대현의 「광주의 새벽」(1980), 이경숙의 「행진곡」, 고병삼의 「미완성 조각」(1983), 최승칠의 「함정」(1998) 등이 있다.[2]

5·18광주민주화운동을 바라보는 북한 시의 경우, 상당히 격앙된 목소리로 지배권력의 폭력성을 비판하는 경향을 보인다. 그 결과 선전·선동의 수준에 머무는 약점이 있다. 예를 들어 "흉악무도한 파쑈의 광풍속에 흩날리는/5월의 붉은 잎사귀는/불꽃이 되어/격문이 되어 온 세상을 날린다."(문재건 作, 시 「붉은 잎사귀」)[3]라는 구절처럼, 지배권력의 횡포가 "파쑈의 광풍"으로, 그리고 민중들의 투쟁은 "붉은 잎사귀는/불꽃이 되어"로 표현되어 상당히 선동적인 목소리를 낸다.

이 점에서 우리 사회에 대한 북한문학의 관심을 좀더 자세히 살펴볼

---

2 이상의 작품들은 다음의 글들을 참고했거나 필자가 직접 조사했다. 김병진, 「해방 이후 북한 소설사」, 『북한문학의 이해2』, 청동거울, 2002;노희준, 「해방 후 1960년까지 북한문학의 흐름」, 『북한문학의 이해』, 청동거울, 1999;고봉준, 「1960-70년대 북한문학의 흐름」, 『북한문학의 이해』, 청동거울, 1999;윤동재, 「도식성과 산문화 경향 극복을 위한 모색」, 최동호 편, 『남북한 현대문학사』, 나남출판, 1995.

3 강인철 편, 『1980년대 시선』, 문예출판사, 1990, 183~184쪽.

수 있는 장르는 소설이 아닐까 싶다. 소설의 경우 갈등체계를 비교적 선명하게 드러내는 까닭에 북한문학의 수준과 실상을 분명히 검토할 수 있을 것으로 기대된다. 이 글에서는 고병삼의 단편 「미완성 조각」과 최승철의 단편 「함정」을 중심으로 해서, 5·18광주민주화운동에 집근하는 방식을 살펴보기로 한다. 이에 앞서서 우리의 5·18광주문학이 보여준 수준을 참고하기로 한다.

3. 우리 문학 속의 5·18광주민주화운동

5·18광주민주화운동은 12·12사태로 등장한 신군부 세력에 대한 시민사회의 비판운동이다. 신군부가 권좌에 앉자마자 비상계엄령을 확대하고 민주 세력을 탄압하는 反민주화 과정에서 반발운동이 1980년 5월 광주에서 일어난다. 신군부는 공수부대를 투입하여 대학생·시민들을 무자비하게 탄압하는데, 광주 시민들은 이에 맞서서 무장을 시도해 시민군을 결성하고 신군부의 계엄군에게 저항한다. 그렇지만 신군부는 막강한 군사력으로 1980년 5월 27일에 시민군이 집결한 전남 도청에 병력을 투입하고 무자비한 진압을 한 결과, 10여 일간의 항쟁이 종결된다.

이러한 광주민주화운동은 언론을 장악한 신군부에 의해서 광란의 폭동으로 매도당했기 때문에, 우리 문인들은 광주에 대한 숨은 진실을 밝힐 필요가 있었다. 따라서 우리 문학 속의 5·18광주민주화운동은 권력이 숨겨놓은 진실 찾기의 유형으로 전개된다. 이 점에서 광주문학은 늘 탐구형이고 진행형이다. 즉 5월 광주의 진실이 무엇인지에 대해서 완전하고 분명한 답변이 곤란하며, 그 자체가 늘 관심과 탐구의 대상이라는 것을 뜻한다.

시의 경우, 광주민주화운동 직후 《전남매일신문》에 감태준이 「아아 광주여! 우리 나라의 십자가여!」를 발표한 이래, 1987년에 와서야 5월 광주를 주제로 한 시선집 『누가 그대 큰이름 지우랴』가 출판되고, 이후 시선집 『하늘이여 땅이여, 아아 광주여』, 박몽구의 『십자가의 꿈』, 임동확의 『매장시편』, 김희수의 서사시 『오늘은 꽃잎으로 누울지라도』가 발행된다.

첫 번째 시선집인 『누가 그대 큰이름 지우랴』의 머리말에는 광주를 소재로 한 시선집이 출간되는 이유를 분명히 밝히는데, 여기에는 우리 문인들이 광주에 접근하는 방식을 분명히 확인할 수 있다. "이에 그날의 증언, 투쟁, 울분, 비분, 정의감을 필두로 격려·성원·추모의 내용을 담은 시인들의 목소리야말로 역사의 진실 바로 그것임을 확신하고서, 살풀이 한마당의 거대한 민족적 제례를 펼치고자 그토록 참혹하고도 아름다운 육성들을 한데 모아 증언록을 엮는다"[4]라는 구절에서 알 수 있듯이, 5·18광주라는 "역사의 진실 바로 그것"을 찾기 위한 문인들의 노력이 바로 그것이다. 공론화되지 못한 경험적 진실을 알리고자 하는 것이 우리 문학의 접근방식인 셈이다.

소설의 경우도 사정은 크게 다르지 않다. 1987년 10월에 소설선집 형태로 출간된 『일어서는 땅』은 문순태, 박호재, 윤정모, 임철우, 박호재, 이영옥, 김남일, 한승원, 김유택, 정도상 등 10명의 소설가가 광주에 대해서 쓴 작품들을 모은 것이다. 이 소설집에서 5·18광주는 밝히지 못한 진실이라는 점, 다시 말해 커다란 고통을 평생 가슴 깊이 묻고 살아야만 하는 원인이 되는 트라우마의 공간이라는 점이다.

이후 임철우의 장편 『봄날』은 광주에 대한 본격적인 서사의 탐구라는 점에서 주목된다. "'5월 광주'의 핵심으로 들어 갈 수 있는"[5] 소설, "5·18의 총체적 진실 찾기"[6]로 평가받은 『봄날』은, 5·18광주민주화운동 10

4 문병란·이영진 편, 『누가 그대 큰 이름 지우랴』, 인동, 1987, 11~12쪽.
5 이성욱, 「오래 지속될 미래, 단절되지 않는 '광주'의 꿈」, 『비평의 길』, 문학동네, 2004, 참조.
6 조영식, 「5·18 문학적 형상화에 대한 고찰」, 『비평문학』 1999. 7. 456쪽.

일 간을 집중적으로, 그리고 전체적으로 조망한 소설이다. 이 소설은 "정치적, 계급론적 선택과 배제의 불가피한 논리를 밟게 되면서 '광주'의 의미와 깊이와 넓이가 상대적으로 축소되거나 사상되는 측면이 상당했던" 우리 광주문학의 한계를 넘어서서 광주에 대한 깊이 있는 형상화를 가능하게 한다. 이처럼 우리 문인들이 바라보는 광주는 어떤 정치적 목적이나 선입견을 최대한대로 배제한 상태에서 5월 광주라는 체험적 공간 속에서 진실이란 무엇인가를 찾아가는 실존적 탐구의 대상이다.

4. 5·18광주민주화운동을 전유하는 북한문학

—고병삼의 단편 「미완성조각」과 최승칠의 단편 「함정」을 중심으로

이 장에서는 고병삼의 단편 「미완성조각」과 최승칠의 단편 「함정」을 중심으로 해서 5·18광주민주화운동에 접근하는 북한문학의 방식을 살펴보기로 한다. 북한문학은 우리 사회의 한 단면을 묘사·서술할 때 사회 내부에서 진행되는 갈등에 주목하기 보다는 당의 문예정책에 근거해서 갈등을 전유하는 경향이 존재한다. 5월 광주라는 공간이 문제적인 까닭은 민주화 대 反민주화의 갈등인데, 북한문학은 교묘하게 그 갈등을 체제전복 대 체제인정의 갈등으로 전유한다. 즉 남한의 현실 비판을 통해서 은연중에 사회주의 체제의 우월성을 강조한다. 북한문학은 5·18광주민주화운동을 내부체제의 통합·유지와 우월성을 강조하는 데에 적절히 활용하는 혐의가 있다.

고병삼의 단편 「미완성조각」은 5·8 광주민주화운동을 경험하는 '혜경'과 '영걸'의 이야기이다. 이 소설은 '혜경'이 '영걸'을 찾으려 다니다 전남 도청에서 만나고, 비열한 생존보다는 자유를 지키기 위한 죽음을 선택해 항쟁의 의지를 다지는 내용이다. 이 때 이 소설은 두 가지 면

에서 민주화를 위한 자유라는 의미를 교묘하게 체제전복의 열망으로 전유하는 특징을 보인다.

먼저, 이 소설의 작가는 남한 현실에 대한 막연하고 포괄적인 비판을 통해서 민주화보다는 체제전복에 초점을 맞춘다. 물론 이것은 전체 서사에도 어긋난다. 가령 "워낙 빛을 잃고 안정을 잃은 서울은 온갖 사회악만 남은 불합리와 부조리의 도시"라거나, "이 불합리한 세상에서는 아름다운 것을 추구할 수 없다"[7]는 부분이 바로 그러하다. 이러한 서술은 서울을 제국주의 부패상에 찌든 공간으로 상투화하는 방식에 다름 아니며, 민주화를 위해서는 남한 사회 전체를 전복시켜야 한다는 암시까지 한다.

무엇보다 이 소설에서는 5월 광주의 본질, 즉 죽음을 넘어선 민주화 열망을 은밀히 체제전복의 투쟁 열망으로 전유한다. 따라서 5월 광주가 굳이 아니라고 해도 이상하지 않을 만큼의 추상적인 시공간이 소설을 지배하고 있고, 오직 표 나게 강조되는 것은 모든 것—죽음, 관계, 사랑—을 무릅쓴 투쟁의지뿐이다. 이 부분에서 5·18광주를 전유하는 북한 문학의 접근방식이 확연히 확인된다. 다음 인용 중 하나는 '혜경'이 전남도청에서 최후를 준비하는 '영걸'과 조우한 장면이고, 다른 하나는 그 사이에 '혜경'의 어머니도 전남도청에서 자신의 딸과 만나는 장면이다.

《작두날에라두 올라설 사내대장부의 심장두 당신을 보니 약해지는구려. 이 엄숙한 시각에 내 거연히 쳐든 머리를 수그려야 한단말인가?…》

《그게 무슨 말씀이어요? 전 당신을 데리러 오진 않았어요.》

《혜경이 고맙소. 내 언젠가 당신에게 약속한 바 있소. 당신의 얼굴을, 아니 앞날의 당신 모습을 산 인간처럼 조각해서 아름다움의 절정에 세우고 싶었소. 그

7 고병삼, 「미완성조각」, 『조선문학』 1983. 8. 61쪽.

러나 그것은 완성되지 못했소. 허지만 내가 이 세상에 남기구 가는 산 예술작품은 그것밖엔 없소. 거기서 미래를 상징하는 영원한 미소를 당신이 감득할 수만 있다면 나는 기쁘겠소. 이것이 내가 당신에게 줄 수 있는 사랑의 전부요.》[8]

《애들아- 내 아들딸들아- 이리 오너라. 마지막일지도 모르니 한번 안아보자꾸나.》 어머니는 두 팔을 벌리고 다가가더니 손에 잡히는 대로 젊은이들을 끌어안았다. 끝으로 그는 딸과 영걸의 목을 한품에 꽉 껴안고 볼을 비비다가 놓아주었다.

《이 사람들아- 나는 놈들의 발밑에 머리를 떨구고 엎드린 자네들을 보려구 찾아온 게 아니네. 그래서야 어찌 자네들이 우리 광주의 아들딸이겠나? 나두 마지막까지 자네들 곁에 있구 싶네만 교육자로서 이 애들을 위해 나는 가네… 애들아, 우린 먼저 가자.》[9]

첫 번째 인용은 '혜경'이 사랑하는 '영걸'을 만나 대화하는 장면이다. 이 대화 속에는 죽음의 위협을 무릅쓰고자 한 '영걸'과 '혜경'의 신념이 너무나 강조된 나머지, 사랑하는 사람을 살리고자 하는 본능에 가까운 아쉬움과 안타까움, 그리고 죽음에 대한 실존적인 두려움과 고통이 전혀 기술되어 있지 않다. 오직 "자유가 없이는 사랑할 수도 없"[10]다는 신념만이 강조된다. 그 신념은 체제를 악으로, 체제에 저항하는 것을 선으로 보고서 선의 승리만을 확신하는 상당히 경직된 감성과 의지에 근거한 것에 불과하다.

이러한 서술 방식은 두 번째 인용에서도 마찬가지이다. '혜경'의 어머니는 전남도청까지 와서 자신의 딸을 찾았는데, 정착 딸을 찾고서는 딸

---

8 고병삼, 앞의 소설, 65쪽.
9 67쪽.
10 64쪽.

을 집으로 데려가지 않는다. 오히려 "이 사람들아- 나는 놈들의 발밑에 머리를 떨구고 엎드린 자네들을 보려고 찾아온 게 아니네"라는 그녀의 말에서 알 수 있듯이, 그녀도 딸의 목숨보다도 자유를 더 중요한 가치로 여긴다. 그렇지만 이러한 태도를 보여주는 어머니란, 우리들의 시각에서 보면 상당히 부자연스럽고 어색하기 그지없다. 죽음이 임박한 딸의 신념을 마냥 존중하는 어머니, 그러면서도 교육자로서 다른 부모들의 딸과 아들을 데리고 빠져나가는 어머니란 모순에 찬 인물상이 아닐 수 없다.

위의 인용에서 서술된 자유란 엄밀히 말해서 5·18 광주민주화운동에서 요구된 자유와 동일한 것일까. 이 소설에서 서술된 자유란 민주화의 열정을 위한 것이 아니요, 인간간의 사랑 속에서 자연스럽게 형성된 것도 아니다. 오직 당이라는 강력한 목소리가 일종의 선이자 진실로서 이미 주어진 채로, 反黨的인 악을 극복하자 하는 자유, 즉 사회주의 건설을 위한 남한 사회의 反제국주의·권력 투쟁으로 보는 것이 더 타당하다. 5월 광주는 체험적인 진리의 탐구 공간이 아니라, 사회주의의 도정을 향하는 진리의 실현 공간으로 전유된 것으로 이해된다.

따라서 이 소설이 진리의 탐구보다는 투쟁의 의지를 강조하는 결말로 종결되는 것은 이상한 일이 아니다. 소설의 제목인 미완성조각이란 미완의 투쟁을 완성해 나아가는 인물을 의미한다.

> 이제는 그들의 입에서 노래 소리마저 멀어갔다. 그들의 모습은 그 어떤 재능있는 미술가도 예술적인 령감만으로는 창조하기 어렵지만 그대로 사멸할 수 없는 하나의 조각이었다. 그들의 뒤에서는 신부의 검은 옷자락도 붉게 물들어가고 있었다.
>
> 《혜경아! 영걸아- 내 아들딸들아- 내 차라리 너희들 곁에서 돌처럼 굳어지고 싶구나- 광주의 아들딸들아-》
>
> 어머니는 도청이 잘 보이는 가까운 언덕에서 흰 머리카락을 날리며 피타게

절규했다. 그의 곁에서는 소년의 여섯 눈동자가 그의 얼굴을 쳐다보고 있었다.

《애들아- 울지 말구 똑똑히 봐둬라. 너희들은 저 형님들과 누나들을 잊지 말아야 한다.》

아이들은 울음을 그치더니 갑자기 어른스러운 엄엄한 눈길로 그 쪽을 시켜보다가 어머니의 손길에 이끌려 무등산으로 올라가고 있었다.[11]

최승칠의 단편 「함정」에서도 5·18광주민주화운동에 접근하는 북한문학 특유의 방식이 엿보인다. 이 소설은 '문상기'가 동생을 찾으러 광주에 왔다가 '폭도'로 오인 받아 죽임을 당하는 과정을 서술한다. '문상기'는 광주시민도 아니고 폭동에 참여하지 않은 자신이 죽임을 당하는 것에 억울해 하지만, 차츰 이 항쟁에 "구경꾼이 따로 있을 수 없"다는 주체사상 신봉자에 영향을 받고 주체사상을 수용한다. 이 소설은 이처럼 '미몽에서 자각으로' 향하는 '문상기'의 인식 변화를 추적한다. 이러한 인식 변화에는 '문상기'와 함께 갇힌 세 사람의 말이 중요한 이유가 된다.

《이게 다 미국놈들 때문이야. 자네도 그놈들을 미워하고 민주와 나라의 자주통일을 바라겠지? 이 싸움에서는 모두가 주인이지. 구경꾼이 따로 있을 수 없어. 주체사상을 배우면 그걸 알 텐데. 생각해 봐요. 온 이남 땅이 일제히 들고 일어 났으면야 왜 이런 변을 당하겠나. 운명의 주인은 우리 자신이거던…》 그는 씁쓸한 표정으로 큰 숨을 내불고 나서 의미심장하게 말을 달았다. 《누구나 자기의 원쑤를 치지 않으면 그 적에게 자기만 아니라 겨레까지 죽게 되는 거여.》

상기는 자기의 존재와 함께 짧은 일생이 거부당한 듯한 충격을 받았다. 그의 한마디 한마디가 정신의 공간을 커다랗게 울리는 것 같았다. 압도해 오는 죽음

11 73쪽.

앞에서 헛되이 무죄를 주장하던 그는 갑자기 비쳐오는 리성의 빛살 앞에서 자신의 너무도 초라한 몰골을 보았으며 광주사람들의 불행과 자신을 무관계한 것으로만 생각해온 사고방식의 치졸성과 철면피에 머리가 아찔했다.

그러나 한편 투쟁의 의무를 회피하면 자신과 겨레에게 더욱 큰 불행을 끼치게 된다는 것은 자기도 이미 알고 있었다는 생각이 들었다.[12]

세 사람은 이미 주체사상을 수용해서 구경꾼이 아닌 주인의 자세로 사는 자들이다. 이들에게 있어서 5월 광주란 "운명의 주인은 우리 자신"이 되는 것을 깨닫고, "투쟁의 의무"를 따르는 중요한 계기이다. 위의 인용은 이런 세 사람과는 다른 삶을 살아온 '문상기'의 각성을 보여준다. 이 때 그 각성은 주체사상을 통해서만이 가능하다. "주체사상을 배우면" "투쟁의 의무를 회피하면 자신과 겨레에게 더욱 큰 불행을 끼치게 된다는 것"을 알 수 있기 때문이다.

작가 최승칠의 이러한 서술방식에도 불구하고, 우리 사회에서 지금까지의 고증과 연구에 따르면 '미국놈들'을 항쟁의 원인으로 규명하고 원망하는 일은 5월 광주 당시의 시민들에게는 거의 없었던 일이고, 오히려 당시에는 미국을 시민의 편으로 착각마저 한다. 더욱이 5·18 광주민주화운동을 주체사상과 관련지어 생각하던 경향도 존재하지 않는다. 그럼에도 이 소설에서는 민주화를 향한 열망과 자유의 실현이라는 광주 시민의 소망을 노골적으로 '주체사상'으로 전유하고 만다.

《돌멩이 하나 못 던지고… 개죽음 당하다니… 이걸 어떻게 하오?… 이 미물을 때려주오. 때려주오!…》

투사들은 동정과 리해의 눈으로 그를 바라보았다.

---

12 최승칠, 「함정」, 『조선문학』 1998. 5. 67쪽.

《좋은 사람이군… 친구, 알겠소. 그만해요.》

웃도리를 벗기운 젊은이가 입에 물린 수건을 뱉으며 걸그렁거리는 쉰소리로 말하자 중년의 사나이가 끼어들었다.

《장하오. 끝내 자기를 이겼구만. 우리의 무덤을 찾는 사람들은 피가 왜 붉은 빛으로 타는가 하는 걸 꼭 깨달을 거요.》[13]

위의 인용은 '문상기'가 "돌멩이 하나 못 던지고" 붙잡히어 온 것을 심히 자책하면서 주체사상을 수용한 삶을 살지 못한 자신을 반성하고 자책하는 부분이다. 주체사상을 수용하는 삶은 "자기를 이"기는 극기에 도달하는 삶이고, 그런 삶만이 의미 있는 것이다. 이런 과정을 거치면서 '문상기'의 죽음이 주체사상의 찬양으로 끝나는 것은 정해진 수순이다. "공기를 산산이 찢는 련발사격소리 사이로《주체사상 만세!》,《민주 만세!》를 피타게 웨치는 소리가 들렸다."라는 구절이 바로 그것이다. 이처럼 표 나는 주체사상 강조는, 우리 사회보다 북한 사회의 체제우월성을 강조하는 목적이 숨어 있음은 물론이다.

5. 나가며

지금까지 북한문학이 우리 사회에 관심을 가지는 이유과 그 실상에 대해서 살펴보았다. 북한문학은 비교적 지속적·반복적으로 우리 사회에 관심을 가지는데 그것은 당의 문예정책과 체제우월·내부결속이라는 두 목적이 서로 어울리기 때문이다. 북한문학은 당의 문예정책에 기본적으로 충실히 부응하는 위치에서 우리 사회보다 더 우월한 체제임을

---

13 최승칠, 앞의 소설, 68쪽.

강조하고 내부의 모순을 감추는 목적에 따라서 남한 사회를 비판적·문제적으로 서술한다. 이 글에서는 그 구체적인 실례 중 하나로써 5·18광주민주화운동을 전유하는 북한문학의 실상을 주목했다.

먼저, 북한문학이 우리 사회에 지닌 관심을 살펴봤다. 우리 사회에 대한 북한문학의 관심은 건국 지금까지 지속적이고 반복적이었다. 평화적 건설시기 이후 늘 우리 사회는 비판의 대상이었다. 그 중에서 5·18광주민주화운동은 상당한 관심을 보여줬다. 시의 경우, 상당히 격앙된 목소리로 우리 사회의 지배권력이 보여준 폭력성을 비판하는 경향을 보였지만, 선전·선동의 수준에 머무는 약점이 있었다.

그리고, 북한문학의 실상과 비교·대조하고자 우리의 5·18광주문학을 살펴보았다. 우리 문학 속의 광주민주화운동은 언론을 장악한 신군부에 의해 광란의 폭동으로 매도당한 현실에서 광주에 대한 진실 찾기의 유형으로 나타난다. 시의 경우 시선집 『누가 그대 큰이름 지우랴』와 『하늘이여 땅이여, 아아 광주여』, 박몽구의 『십자가의 꿈』, 임동확의 『매장시편』, 김희수의 서사시 『오늘은 꽃잎으로 누울지라도』가 발행되고, 소설의 경우 문순태, 정도상 등이 모여 소설선집『일어서는 땅』, 임철우의 장편 『봄날』등이 출간됐는데, 모두 5월 광주가 어떤 진실을 지니는가 하는 실존적 물음에 초점이 맞춰져 있었다.

반면, 5·18광주민주화운동을 서술한 북한문학은 5월 광주를 정치적 목적으로 전유한 혐의가 있었다. 고병삼의 단편 「미완성조각」과 최승칠의 단편 「함정」은 북한문학이 5·18광주민주화운동에 접근하는 독특한 전유의 방식을 보여줬다. 5월 광주라는 공간이 문제적인 까닭은 민주화 대 反민주화의 갈등인데, 이 소설들은 교묘하게 그 갈등을 체제전복 대 체제인정의 갈등으로 전도시켰고, 5·18광주민주화운동을 내부체제의 통합·유지와 우월성을 강조하는 데에 적절히 활용하는 혐의가 있었다. 고병삼의 단편 「미완성조각」은 민주화를 위한 자유라는 의미를 교묘하게 체제전복의 열망으로, 그리고 최승칠의 단편 「함정」은 '문상기'라는 인물의 죽음이 갖는 의미를 주체사상의 찬양으로 전유하는 특징을 보여줬다.

이렇게 볼 때 5·18광주민주화운동에 접근하는 북한문학은, 우리문학과는 달리 상당히 결정론적인 시각에 기댔다는 점을 중요한 특징으로 들 수 있다. 이 결정론적인 시각은 당의 문예정책과 체제우월성·내부결속성에 근거를 둔 것은 물론이다. 이때 이러한 시각에 근거한 북한문학의 경향은, 과거를 기억하는 것 혹은 역사화하는 것이란 무엇인가 하는 질문을 다시금 떠오르게 만든다. 우리와 북한이 만나는 일은, 상이한 역사의 판을 다시 짜는 일에서부터 시작되어야 하기 때문이다.

원문 출처

제1부 창비 세대의 시각과 그 성찰

창비 세대와 그 이후의 '현실', 그리고 리얼리즘: 『시작』, 2009년 가을호

1990년대 리얼리즘의 확장: 『시인시각』, 2006년 가을호

리얼리즘, 혹은 사실의 변형: 『문학수첩』, 2007년 여름호

민중시라는 전통: 『시인동네』, 2007년 가을호

민중시 형성의 한 과정: 『한국현대시사연구』, 김윤식 · 김재홍 편, 시학, 2007

제2부 욕망들, 혹은 타자들

타자성의 탐구—김이듬, 장이지, 강윤순의 시집: 『시현실』, 2008년 봄호

말할 수 없는 욕망들—김이듬, 조정인의 시집: 『시인수첩』, 2011년 가을호

시적 탐구의 두 양상—유안진, 윤영림의 시집: 『예술가』, 2011년 가을호

언어를 넘어서는 지점—류승도, 김현신의 시집: 『시현실』, 2015년 여름호

계몽의 반성 2—송재학, 고증식의 시집: 『시작』, 2005년 겨울호

삶의 역리(逆理)와 시의 미학—김초혜, 오탁번, 최명길의 시집: 『시와시학』, 2007년 여름호

환상 속의 역사—심상우의 동화선집: 『심상우 동화선집』, 심상우, 지만지, 2013

제3부 현실을 다시 보다

파르마콘의 시학—정숙의 시: 『시와시학』, 2009년 가을호

시적 이미지를 만드는 힘—유종인의 시: 『시와산문』, 2010년 가을호

치열한 자기 갱신(更新), 또는 시인의 운명—문태준, 손택수, 김민휴의 시: 『시와사람』, 2005년 봄호

나의 시를 찾아가는 도정—정영효, 이선균, 김이강의 시: 『시작』, 2010년 가을호

수동적이라는 것—김제욱, 조동범, 박일만, 윤의섭의 시: 『시작』, 2012년 봄호

여성을 다시 보다—김언희의 시: 『시인동네』, 2013년 봄호

난독(難讀)의 시학—조연호, 이은규의 시: 『시현실』, 2010년 겨울호

제4부 남북한의 문학, 역사의 전유

역사의 풍파를 가르는 청마의 삶과 문학—유치환의 시: 『경남문학』, 2011년 겨울호

프로문학에 동조하는 식민지 지식인의 이념적인 이면—유완희의 시: 『초판본 유완희 시선』, 유완희, 지만지, 2014

어느 한 행동주의자에 대한 성찰—선우휘의 소설: 『선우휘 작품집-불꽃/깃발 없는 기수』, 선우휘, 지만지, 2010

한국전쟁을 포착하는 모더니즘—김규동의 시: 『시와사람』, 2011년 겨울호

주체의 역사에 대한 충실한 기록—정서촌의 시집: 『북한문학의 이해 2』, 김종회 편, 청동거울, 2002

'노동'을 소재로 한 최근의 북한—-2001-2002년 사이의 『조선문학』: 『북한문학의 이해 3』, 김종회 편, 청동거울, 2004

역사를 전유하는 북한문학—5 · 18 광주민주화운동을 중심으로: 『북한문학의 이해 4』, 김종회 편, 청동거울, 2008

찾아보기

ㅈ

ㅊ

ㅋ